여자공감

"여자공감"

안은영 지음

해냄

네 전화라면 새벽잠을 깨운대도 괜찮아

한밤중에 대형 마트에 장을 보러 갔다. 가끔 휴일 밤, 잠이 오지 않을 때 하는 짓인데, 어쩌다 한 번씩 하면 꽤 재밌어. 한밤중에 카트를 끌고 마트 구석구석을 누비다 보면 묘하게 평온해지거든. 일상적인 장보기가 아니라 뭔가 중요한 의식을 치르는 것처럼 사람들 표정이 꽤 진지하단다. 나처럼 한낮의 소란을 피해 느긋하게 장을 보는 싱글족, 잠자기도 아까워 도란도란 속삭이다가 함께 장을 보러 나온 신혼부부, 장을 보는 척하면서 비밀 연애를 하는 연예인 커플을 목격하기도 하지.

목적이 뭐가 됐든 그들과 나의 표정은 매장을 환히 밝힌 과도한 형광등에 표백된 채 너무 하얗고 파리하다. 자정을 넘긴 시각, 광활한 마트를 누비는 우리들은 표백된 표정으로 행복해하고, 표백된 표정으로 외로워한다. 형광등 때문에 내 볼이 유난히 패고 다크 서클이 도드라져 보이는 게 싫어서 늘 모자를 푹 눌러쓰게 되는데, 매장 내 거울에 비친 내 모습엔 '저 혼자 살고요, 야밤에 할 일 없어서 장 보러 왔답니다'라고 쓰여 있어서 피식 웃음만.

한밤중, 대형 마트에서 생긴 일

나는 질질 카트를 끌면서 냉장고에서 떨어지면 불안해지는 식료품들(감자와 토마토와 양파와 파프리카, 두부와 계란)을 사고, 다음 주 집에 놀러 올 친구를 위해 레드 와인 한 병을 담았다. 생수를 사야 하는 대목에 이르러선 약간 망설인다. 정수기를 들여놓지 않은 우리 집에 생수는 정말이지 성수만큼 꼭 필요한 물품인데, 이게 너무 무겁거든.

"남편이랑 같이 오셨다면 들여가세요. 오늘 2리터 6개들이가 평소보다 1,000원 싸요."

도우미의 말에 대꾸 없이 썩소를 지으며 6개들이 생수를 번쩍 들어 올려 카트에 담았다. 남편이랑 같이 와야 생수를 들여갈 수 있는 건가? 혼자 사는 여자는 물 대신 이슬만 먹으란 말이야 뭐야. 쳇.

피해의식 때문에 불편해진 심기를 도닥도닥 누르며 고소한 냄새가 나는 쪽으로 힘껏 카트를 밀었지. 기름진 굴비구이가 당겨서 굴비 한 두름을 주문하는데 "4인 가족 기준으로 포장해드릴까요?"라며 도우미가 활기차게 묻더라. "혼자 먹을 거니까 두 마리씩 담아

주세요." 순간 도우미의 얼굴에 미안함 같은 것이 스쳤지만 나나 그나 잘못한 것은 없으니까 패스. 괜한 서글픔이나 뻘쭘함 같은 것도 패스.

늘 갖고 싶었으나 어김없이 포기하곤 했던 해외 유명 브랜드의 냄비를 오늘도 만지작거리다 내려놨다. '음식을 맛있게 해준다는 그 냄비가 아니어도 나는 뭐든 곧잘 요리하고, 먹성이 좋다, 굳이 저 냄비가 필요하진 않다'라고 안간힘을 쓰며 위로했다. 일주일에 하루 정도 요리해 먹는 판에 돈이 아까웠거든.

대신 비슷한 무게로 늘 내 구매욕을 자극해온 찻잔 세트를 샀다. 이것 역시 고가였으나 내 경우엔 피곤한 육신과 정신을 다독이는 데엔 근사한 찻잔에 따라 마시는 홍차 한 잔이 특효였으므로 이번엔 망설이지 않았다. 사실은 이 세트를 사러 마트에 간 것이기도 했다.

오늘의 장보기를 통해 나는 위장보다 뇌를 만족시키는 데에 돈을 들이는 여자라는 결론을 다시금 확인. 이건 좋은 건가, 나쁜 건가. 합리적인가, 무모한가. 모르겠다. 어쨌거나 새벽은 위험한 시간. 까닭 없이 센티멘털해지는 이 시간에 감정을 소모하는 대신 필요한 것을 사기 위해 지갑을 여는 편이 더 안전할 때가 있으니까.

새벽 4시, 너의 전화

우당탕탕 장보기한 것을 식탁에 부려놓고 냉장고와 찬장에 자리를 잡아놓으니 갑작스러운 허기가 밀려왔다. 배불리 먹기에는 부담스럽고, 공복에 그냥 자려니 허전함에 뒤척일 게 뻔한 밤. 이런 날 나는 주로 반찬을 만들거나 듣도 보도 못한, 나만의 레시피로 요리를 만들어. 요리하다 보면 허기가 사라져서 막상 젓가락을 집을 땐 좀 전의 식탐과 달리 덜 먹게 되거든. 몇 가닥의 국수를 삶아 야채를 몽땅 쓸어 넣은 뒤 참기름과 김치에 비벼 먹거나, 올리브유에 파프리카를 볶는 흉내만 낸 뒤 아삭아삭 씹어 먹으며 DVD를 보기도 해.

생각해보니 오늘은 오후에 약속을 핑계로 이른 저녁을 먹고 여섯 시간 동안 위장이 비어 있었던 거야. 냉장고에 넣었던 감자를 푹 삶아 올리브유를 두른 프라이팬에 넣어 으깨고 양파를 썰어 익힌 뒤 일전에 후배가 백숙해주고 남긴 닭고기를 찢어 넣고는 토마토를 듬뿍 썰어 보글보글 끓였다. 순서는 아무래도 좋았다. 약한 불에 뭉근하게 익히기만 하면 되니까. 굵은 소금 몇 알만 있으면 간은 대개 맞게 돼 있고, 일련의 재료들은 서로 잘 어울리더라고.

책을 보면서 기다리노라면 이윽고 뭔가 요리의 형태로 익어가는 냄새가 풍기지. 이윽고 세련되게 표현하면 일종의 스튜이면서 닭고기 야채 스프 같기도 하고, 후지게 표현하면 정체 모를 토마토 죽 같은 것이 완성된다. 자, 이제 먹을 차례다. 내가 가장 좋아하는 일본식 볼에 3분의 2 정도를 채우고 숟가락을 들고 소파에 등을 기댔다.

테이블에 쿠션 하나를 올려놓은 뒤 다리를 쭉 펴면 이웃 동네에서 전쟁이 났다는 얘기가 들려도 꿈쩍하기 싫을 만큼 완벽한 휴식이 시작되지. 이럴 땐 묵직하고 터프한 영화나 로맨틱 코미디보다는 잔잔한 휴먼 드라마가 낫다. 하루의 일상은 역시 일상적인 소소한 감동으로 끝맺는 게 좋거든. 조금은 특별한 시간으로 기억하고 싶다면 〈카사블랑카〉나 〈애수〉, 〈티파니에서 아침을〉 같은 고전에 빠져보는 것도 괜찮아.

나는 잠깐 고민하다가 끙차, 일어나 이미 약간은 고전이 돼버린 〈청춘 스케치〉를 골랐다. 박중훈과 강수연의 〈철수와 미미의 청춘 스케치〉가 아니라 위노나 라이더가 나오는 〈청춘 스케치〉 말야. 원제는 〈리얼리티 바이츠(*Reality Bites*)〉. 내가 좋아하는 배우들이 몽땅 출연해버리는 바람에 한동안 이 영화의 사운드트랙을 끼고 다녔을 정도였는데, 10년 가까이 내동댕이쳤다가 다시 보니 새록새록 재미지더라.

잠은 이미 달아났고, 스튜인지 죽인지 모를 요리는 적어도 내 입맛엔 너무 맛있었고, 내친김에 오늘의 콘셉트는 약간 올드하면서 당대엔 청춘 영화의 대표작으로 꼽히던 작품 섭렵하기. 이 분위기를 이어가려고 〈클럽 싱글즈〉를 데크에 넣었지. 아아, 브리짓 폰다와 맷 딜런, 빌 풀먼의 조합이란!

마지막 장면, 이별 후에도 여전히 사랑하고 있음을 확인한 두 남녀가 여자의 집 현관문 앞에서 나누는 대화는 유치하면서도 강렬해. 벨이 울리고 거기 서 있는 남자를 보며 여자가 이렇게 말하지. "……좀 늦었네." 남자는 숨을 몰아쉬면서, 머쓱한 말투로 "버스가 늦게 와서……"라고 대답해. 그들이 돌고 돌아 다시 만나기까지 흘려보낸 몇 번의 계절은 아무것도 아니라는 듯이.

원제 〈하이 피델리티(*High Fidelity*)〉가 국내로 들어오면서 어이 없게 번역된 〈사랑도 리콜이 되나요〉역시 걸작 중 걸작이야. 존 큐 잭의 원맨쇼를 보는 재미도 쏠쏠하고. 오랜만에 귀염둥이 존 큐잭의 젊은 시절을 감상해줄까 하는 참에 적막을 깨고 '드드드드' 휴대전화가 몸부림을 치기 시작한 거야.

외로움을 말할 수 있다면
그건 더 이상 외로움이 아니야

놀랐냐고? 당연히 놀랐지. 새벽 4시에 전해 오는 휴대전화 진동은 "내 다리 내놔"라며 절룩거리며 쫓아오는 귀신보다 더 무서워. 더욱 놀란 것은 그게 술 마시고 진상 부리려는 옛 남친이나 술 먹고 번호를 잘못 누른 취객, 시차 생각 않고 무작정 전화한 해외의 친구가 아니라 지척에 두고 안부 문자를 주고받는 네 전화였다는 것이지.

남이 나에게 해도 되는 범위만큼 스스로에게도 허용하는 게 사람 심리다. 말인즉, 새벽 전화를 누군가에게 걸 수 있는 사람이 걸려온 전화도 비교적 잘 받아들일 수 있다는 거지. 나는 1년에 한 번 정도 새벽에 해외에 사는 친구들에게 전화를 걸어. 나는 새벽을 견딜 수 있어서 좋고 친구들은 시차 염려 없이 한국의 벗과 통할 수 있어 좋지.

그런데 그게 너일 줄은 몰랐다. 건달기 다분한 나와 달리 넌 좀 바른 생활 소녀잖아. 놀란 내가 다짜고짜 무슨 일이냐고 물었더니 너,

어이없게도 자지러지게 웃더라. 별일 없는 걸 확인하고 나서야 잠 안 올 땐 이불 빨래가 짱이니 어여 이불 홑청을 뜯으라고 조언해줬더니, 또 실없이 웃어젖히고 말이야. 너는 진짜 잠이 안 와서 전화한 것뿐이라고, 왠지 선배는 깨어 있을 것 같았다고 했지.

새벽녘. 욕을 한 바가지 얻어먹을 걸 뻔히 알면서도 위풍당당 내게 전화를 했을 땐 분명 전하고 싶은 말이 있었을 텐데 너는 허깨비처럼 웃기만 하더라. 한 시간 남짓 긴 통화를 마치고 났더니 어둠 사이로 동이 터오기 시작했어.

당장이 아니었어도 좋을 시시껄렁한 잡담부터 요새 네 머릿속을 동동 떠다니는 고민의 실체들, 소소한 하소연과 살포시 그려보는 오늘보다 멋진 미래의 청사진을 너는 조곤조곤 풀어놓았지. 나는 내가 읽고 있는 책과 1년 만에 다시 시작한 필라테스 얘기를 했고, 내가 받고 있는 스트레스와 사람에 관해 말했어. 볼륨을 줄인 TV에선 존 큐잭이 애인과 싸우고, 새 여자에게 작업을 걸고, 혼자 음악을 듣는 장면들이 이어졌지.

나는 누군가의 외로움을 듣는 일이 좋아. 물론 반드시 '좋아하는' 누군가여야겠지. 외로움을 말할 수 있을 땐 더 이상 외로움이 아니거든. 그 혹은 그녀와의 감정을 나누는 일이니, 한물간(미안하다, 존 큐잭) 멜로 영화를 보는 것보다 백배는 의미가 있지. 그런 사람의 전화는 새벽잠을 깨운대도 괜찮아. 오죽 몸에 한기가 돌았으면 무시로 전화할 수 있는 멀쩡한 대낮을 놔두고 하필 밤에 전화했겠니. 망설이다가 정말 목소리가 듣고 싶어서 버튼을 눌렀을 텐데, 그까짓 잠을 설치는 게 대수겠니.

"잠 깨울까 봐 안 하려고 했는데 전화할 사람이 선배밖에 없었어."

막판에 이런 말은 안 해도 돼. 이해한다. 나는 이런 짓 곧잘 하걸랑. 근데 J야. 외로워서 하는 전화는 언제든지 오케이, 하지만 단순히 잠이 안 오는 거라면 일단 전화기는 가방에 넣어두고, 이불 홑청을 뜯거나 옷장 정리를 하는 것도 방법이란다.

차례

1장

인정할 건 인정하고 시작하자

일, 사랑, 인간관계에 있어서
뭐 하나 특별할 것 없는 너와 나

2장

눈물과 한숨 끝에 얻은 최소한의 원칙들

살다 보니 이것만은 지키자, 라는
나만의 원칙이 생기더라

사랑 받을래, 상처 받을래? 믿을래, 배신할래?

인간관계에 있어서는 내가 우선, 타인은 그다음

4장

분명한 건, 지금까지도 잘 살아왔다는 것

과거의 시간을 부정하지 말고
앞으로의 시간에 조급해하지 말 것

너에게 진심을 담아 파이팅을 보낸다

갖고 싶은 것, 하고 싶은 일을 바라보면 길이 생긴다

인정할 건 인정하고 시작하자

일, 사랑, 인간관계에 있어서
뭐 하나 특별할 것 없는 너와 나

솔직함 혹은 정직함의 두 얼굴

민낯이어도 또렷한 인상을 주는 마스카라, 긴 생머리 사이로 반짝 빛나는 귀고리, 손에도 표정이 있다는 걸 말해주는 컬러풀한 매니큐어, 까맣고 동그란 사슴 눈망울을 만드는 컬러렌즈……. 실로 무시무시한 힘을 발하는 여자들의 머스트해브 아이템이지. 완벽하게 차려입은 뒤라면 부수적인 액세서리에 그칠 텐데, 최소한 뭔가를 보태지 않은 상태에서 이것들이 얹혔을 땐 위력을 발휘하더라.

그런데 나는 풀 메이크업은커녕 위와 같은 기본적인 것들조차 온몸으로 거부하는 촌티의 소유자다. 두꺼운 데다 아래로 한껏 처진 눈썹에 마스카라를 할라치면 무거워진 눈을 한 번씩 감았다 뜰 때마다 그 모습이 흡사 꿈벅거리는 '소의 눈' 같다. 대학교 1학년 때 귀를 뚫었으나 도저히 눈 뜨고 귓불에 귀고리를 박아 넣을 자신이 없어서 한 달도 안 돼 막혀버렸고, 매니큐어를 하면 손톱에 구슬을 달고 다니는 것처럼 무겁고 답답한 데다, 컬러렌즈는 망막을 긁을까 봐(도대체 이건 어디서 주워들은 돌팔이 의학 상식이람?) 겁이 데격 나서 아예 시도도 안 해봤다.

상처가 나는 건 참을 만한데 이물감을 견디지 못하는 거다. 하여 아침마다 화장대 앞에 앉는 시간은 5~10분을 넘기지 않는다. 그런 내게도 무기는 있다. 전지현의 머릿결과 신민아의 각선미와 문근영의 눈망울 대신 내가 가진 비밀 병기는 짜잔, 자연스러운 주름이다(이 말을 털어놓는 순간 자부심보다 자괴감이 솟구치는 건 뭐냐)! '주름은 세월의 훈장'이라는 말은 '남자들의 뱃살은 곧 인덕'이라는 말만큼이나 유치한 변명이라는 것을 모르지 않아. 하지만 무서워서 없애지는 못하겠는 걸 어떡하겠니. 나라도 아끼고 이뻐하는 수밖에.

애써 외면해온 진실과 마주하다

며칠 전 취재원과 회사 근처에서 점심을 먹던 중이었다. 마침 지구촌엔 바이러스가 창궐하고 있어서 겁쟁이 둘은 메뉴를 청국장으로 정했지. 어쩌다 먹는 청국장 한 그릇이 우리의 세포에 얼마나 발효식품의 효능을 전해줄지는 미지수이나, 마음으로나마 위안을 얻어보자는 속셈이었지. 밑반찬이 나오고 보글보글 끓는 청국장이 앞에 놓이자 보약 먹는 심정으로 수저를 뚝배기에 담그던 그가 내 얼굴을 0.3초 일별하더라.

허겁지겁 뚝배기 안을 수저로 저으면서 그는 "마사지는 안 하시나 봐요?"라는 거라. 뜬금없이 뭔 소리? 내가 순진무구한 표정으로 그를 빤히 봤더니 그런 내 얼굴을 마주하기가 사뭇 부담스럽다는 듯 뚝배기에 얼굴을 깊숙이 박으면서 하는 말이 "아니…… 피부는 그 정도면…… 괜찮으신데(여기까지도 거짓말인 티 안 내려고 매우 힘겹게 말을 잇더라) 팔자주름은 관리를 하셔야 할 것 같아서요……"라며 어깨를 움츠리는 거야. 내가 숟가락을 던지며 "내 주름이 어디가 어때서!"라고 소리라도 지를 줄 알았나 봐. 하긴 요즘 내 입가에는 주름 이랑이 매우 굵고 깊게 패어서 아침저녁으로 물만 잘 주면 잔디가 싹을 틔울 정도란다.

나는 청국장 콩과 두부를 오물오물 씹으며 고개를 갸우뚱했지. "관리한다고 주름이 없어지는 건 아니잖아요? 그냥 생긴 대로 살면 안 될까요?"라고 순진무구의 연장선으로 말을 받자, 그가 '하긴'이라는 표정으로 마지못해 웃어주더구나. 말은 그렇게 했지만 그날 저녁 집에 와서 우리 집에 있는 거울이란 거울은 모두 내 서슬 퍼런 눈길을 견뎌내느라 몸살을 앓았지.

과연 입가와 눈가는 단 한 해도 거르지 않은 채 지나치도록 성실하게 늙어가고 있더군. 그날 밤 나는 보톡스나 필러를 맞을까, 한의학에서도 약침을 놔준다던데, 자가 지방을 이식하면 안전하고 효과도 좋다던데, 등등 자구책을 골똘히 생각하다 잠이 들었다. 팔자주름에 대한 스트레스는 곧 이물감을 참아내고 단 1년이라도 '얼굴 좋아졌다'는 말을 듣느냐, 아니면 성가신 작업을 포기한 대신 외면하

려야 외면할 수 없는 세월의 진실을 받아들이고 사느냐의 문제로 이어진 것이지.

솔직함과 정직함의 디테일한 차이

넌 어때? 소위 '진실'이라는 것을 있는 그대로를 받아들이는 편이니, 아니면 한 번 꼬아서 생각하는 편이니? 솔직함과 정직의 차이를 알고는 있니?

가령 이런 거야. 솔직한 것은 "내 입가에는 팔자주름이 깊게 패었답니다"라고 말하는 거고, 정직한 것은 "보톡스를 맞으려고 병원 예약까지 한 적 있는데 무서워서 포기했습니다"라고 말하는 것이지. 또 솔직함은 "나는 요새 실연을 해서 죽고 싶어"이고, 정직함은 "죽을 만큼 힘든 실연의 상처를 겪고 나서 내 연애의 패턴을 생각해보게 됐어"인 거지.

말하자면 솔직함은 털어놓지 않고는 못 배기는 순간의 마음이고, 정직함은 자신의 감정에 책임을 질 줄 아는 자세야. 사람들은 솔직한 사람을 좋아해. 거짓말을 하는 사람보다는 5만 배 낫지. 하지만 과연 끝까지 그럴까. 당장의 솔직함이 나중에 거짓말보다 더한 결과를 낳지는 않을까.

솔직한 게 쿨한 거라고? 천만의 말씀. 남자친구가 출장 간 사이에 클럽에 놀러 갔다가 낯선 남자와 깊은 스킨십을 나눈 적이 있다 치자. 예민한 너의 남자친구가 "지난 토요일엔 전화를 안 받더라. 뭐

했니?"라고 물었을 때 "홍대 근처에서 놀다가 어떤 남자랑 프렌치 키스를 나눴어"라고 솔직하게 말하느니 차라리 침묵하는 게 낫지. 솔직해야 한다는 강박적인 태도가 낳는 결과는 생각보다 커. 네 죄책감을 덜기 위해 상대방에게 지울 수 없는 상처를 주게 될 테니까. 찜찜함 때문에 당장이라도 그날의 해프닝을 고백하고 싶다면 "친구들이랑 홍대 클럽에서 새벽까지 노느라 전화를 못 받았어, 미안"이라고 깔끔하게 봉인하는 게 맞지. 틀린 얘기는 아니면서 그날의 일을 속이는 것도 아니니까.

솔직함이 언제나 미덕은 아니다. 나는 '솔직히 말해서'라고 말머리를 다는 사람의 얘기는 일부러라도 이성을 차리고 객관적으로 듣는 편이야. 분명 자기감정에 도취돼 있기 때문이지. '나는 솔직한 사람'이라는 명제에 빠져서 자신의 감정을 있는 그대로 하소연하고 싶을 때 사람들은 '솔직히 말해서'라고 입을 여는 법이거든. 누군가에게 이렇게 말하고 있는 셈이야. "나는 지금부터 당신에게 내 속 얘기를 있는 그대로 털어놓을 것이고, 당신은 나의 솔직한 고백에 티끌만큼의 의심도 해선 안 돼." 특히 상대가 무방비 상태라면 얼마나 무지막지한 징징댐이냐. 얼마나 가혹한 주문이냐고.

제 아무리 각별한 사이라 해도 밑도 끝도 없는 솔직함은 때로 테러라는 얘기다. 그때의 감정에 도취된 솔직함은 그 순간이 지나면 공기 중에 휘발돼버려. 연예부 시절 배우들과 인터뷰를 하다 아주 가끔 느꼈던 건데 말이다, 완벽한 메이크업을 한 양미간을 매우 효과적으로 살짝 접으며 털어놓는 '솔직히 말해서'는 십중팔구 무책임

한 고백인 경우가 대부분이야. 예를 들면 "솔직히 ○○○ 씨는 처음
엔 무섭고 싫었어요. 알고 보니 젠틀한 분이더라고요. 가끔 와인을
기울이며 인생 애기를 나누곤 했죠"라는 식이지. 친해졌다는 앞의
말을 강조하기 위해 "솔직히 처음엔 별로였다"는 말을 굳이 할 필요
는 없었고, 취재 결과 촬영 도중 연인 사이로 지낸 걸 알게 되었지.
물론 작품이 끝나면 '쿨하게' 각자의 길을 가더라.

　정직한 사람과 솔직하게 말하는 사람의 인격은 천양지차야. 정직
한 사람은 '솔직'과 '진실'을 강조하지 않아. 솔직하게 말하는 사람
은 그 순간의 '사실'만을 강조하지. 그러니 그다음 상황에선 과거의
솔직함이 그들에겐 무의미해.

솔직한 사람보다는 정직한 사람이 좋다

　사람마다 말머리에 다는 입버릇이 있다. 그 가운데 유독 '솔
직히', '사실은', '실은', '있잖아'로 서두를 시작하는 사람의 애기는
부담스러워. 그냥 애기해도 될 것을 굳이 '사실'임을 강조하는 바람
에 순수한 의미가 사라져버리거든.

　별것 아닌 습관 가지고 너무 예민하게 생각한다고? 맞아. 예민했
지. 하지만 별것 아닌 것은 아니란다. 습관은 무의식의 결과니까. 사
람들은 저도 모르게 강조하고 싶은 말이 있을 때, 대화에서 주도권
을 행사하고 싶을 때, 자신의 애기가 의심받을까 봐 '솔직'을 강조하
거든. 이러한 습관은 과거에 거짓말로 인해 한두 번의 자괴감과 죄

책감을 느낀 사람에게서 나타난다더라. 그리고 나 역시 그렇다고 믿는다. 강조해서 솔직하게 말하는 사람치고 인생이 솔직한 것은 아니더라고. 그래서 나는 솔직하게 말하는 사람보다 정직한 사람이 좋다. 나도 의도적으로 '솔직'을 강조하지 않으려 노력하고, 어려운 상황에 직면해서 솔직해야 한다는 강박이 이성을 짓누를 땐 차라리 침묵해버리는 편이다. 당장은 힘들어도 결과적으론 나나 상대방이나 얻은 것도 잃은 것도 없는 제로섬(zero sum)만 남으니까.

나의 팔자주름은 계절이 바뀔 때마다 '저 어때요?'라며 짜증나도록 선명한 존재감을 드러내고 있다. 마음만 먹으면 내 나이를 3~4년쯤 과거로 돌릴 수 있을 테고, 육체적 이물감을 참아내면 정신적 만족을 얻을 수 있겠지. '솔직히' 고민 중이다. '사실은' 향후 내가 보톡스를 맞거나 자가 지방 이식을 한대도 나는 커밍아웃하지 않을 생각이야.

여기서 '솔직히'와 '사실은'을 빼고 얘기한대도 내 말의 의미는 충분히 전달됐을 것이라고 본다. 마지막 정리. 사람들은 민망하거나 겸연쩍은 얘기를 할 때 '솔직'의 말머리를 단다는 사실. 그리고 투명하고 정직한 사람일수록 입버릇은 적다는 사실.

네가 원하는 건
애정이니, 안정이니?

남자친구의 익숙한 체온보다 '아는 남자'가 무심코 건넨 한마디가 더 애틋할 때가 있지.

특히나 신경이 배배 꼬여 있을 땐 더 그래. 애인은 가까운 만큼 말과 행동에 감정을 있는 그대로 싣게 되잖아. 깊어가는 애정만큼이나 지나친 객관성의 잣대가 작용하거든. 대단한 충고나 되는 양 툭툭 내뱉는 말 속엔 '애정과 상처'가 공존하게 되는데, 서로 상태가 괜찮을 땐 그게 보약처럼 마음에 스미겠지만 그렇지 않을 경우 예상치 못한 파장을 낳기도 하지. 그래서 애인 관계에선 위험 요소가 더 많아. 연애에 빠져 있을 때 우린 "사랑하니까 이런 말 해도 괜찮겠지?"라는 만용도 서슴지 않잖니.

그러고 보면 이것저것 따질 게 많고, 조심할 것도 많아서 연애라는 건 참 성가셔. 하지만 성가신 만큼 '너는 나를 사랑하니까'라는 착각 혹은 환상을 믿고 마음껏 부주의할 수 있으니 그보다 짜릿한 오만이 어딨겠니. 평온과 불안함의 쌍곡선을 타면서, 미안해할 게 뻔한 짓을 나 몰라라 자행하고 용서를 바라면서, 그는 그녀의 어깨를 감싼 팔뚝에 힘을 더욱 세게 주고, 그녀는 그의 가슴팍에 머리를 기댄 채 콧소리를 내며 살아가는 거야.

아는 남자? 아이러니야, 아이러니

그런데 '아는 남자'의 경우는 좀 달라. 이런 말을 해도 되려나, 식의 애정 어린 배려 따위는 전혀 필요 없지. 대놓고 부주의해도 돼. 잔인하게 말하자면 이유는 딱 하나야. 내 남자가 아니니까. 그가 나의 무뚝뚝한 말투와 지극히 예의 바른 무심함에 상처 받을 일은 없을 테니까. 설혹 상처 받고 있다손 쳐도 알게 뭐니. "혹시 나 좋아해요?"라고 물어봐야 할 만큼 그가 심각하게 널 짝사랑하지 않는 이상 말이야.

허나 바로 이 부분이 함정이란다. 너는 그 남자 앞에서 애정이 깔끔하게 배제된, 아주 합리적이고 인간적인 애티튜드를 취하게 되지. 그가 이성으로든 동료로든 후배로든 너에게 호감을 갖고 있는 상태라면, 너는 러블리한 여자이기에 앞서 차분하고 합리적인 한 사람의 인격체로 그 남자 앞에 존재하게 되는 순간이 오는 거야. 드물긴 하지만 운명의 장난, 즉 삼각관계가 형성되기도 하는 시점이라고 볼 수 있지.

자, 이럴 때 대개는 흔들리게 돼 있어. 애인과 오래됐을수록, 애인이 너를 믿고 있을수록, 애인을 사랑할수록 너 자신을 시험해보고 싶은 욕망이 일기 시작하는 거라구. 좀 더 솔직하게 말하자면 한 번쯤은 애인 있는 여자가 아니라 다른 남자에게도 매력 있는 여자로 보이고 싶은 게 본능이야. 이건 옳고 그른 도덕의 개념과는 별개야. 굳이 따지자면 양심의 문제겠지. 하지만 그 양심이란 것도 본능을 앞서진 않아. 남자친구 군대 보낸 여자, 막 실연한 남자가 가장 유혹하기 쉬운 대상이라는 말은 괜한 우스갯소리가 아닌 거지.

너는 어떠니? 일순 찾아온 풋풋한 연애 감정에 빠져볼래? 들킬 염려는 없어. 너 혼자만의 망상으로 그칠 테니까. 아니면 오랜 연인에게 올인할래? 심심하고 답답하긴 하지만 성가신 감정의 혼란을 겪지 않는다는 점에선 추천할 만해. 낯설지만 신선한 감정에 잠깐 마음을 빼앗기거나 연인에게 반석 위의 사랑을 맹세하거나 양쪽 모두 겉으로는 너를 흔들지 않을 거야. 하지만 그것은 서서히 너를 잠식해가겠지. 어떤 선택을 한다고 해도 이전과는 다른 방향으로 네 마음이, 네 미래가 흘러가게 될 테니까.

삼각관계가 형성되는 찰나의 남과 여

한 여자가 남자친구의 전화를 기다리고 있다 치자. 그녀는 자신의 집에 있고, 그는 아마 모처에서 회식 중일 텐데 집 근처에서 전화할 테니 호젓하게 데이트를 하자면서 전화를 끊은 지 정확히 세 시간 30분 동안 감감무소식이다. 스무 살 때야 어림잡아 열 통은 넘게 전화를 해대고 닦달 문자를 남기느라 애꿎은 휴대전화 버튼만 콱콱 눌러가며 신경질을 부렸을 테지만, 세상을 좀 알고 나면 그런 짓을 하기에는 '가오'라는 게 있어서 말이지. 그녀는 지성인답게 분노의 전화질은 꾹 참고 있지만 마음으로는 이미 방 안의 사방 벽 위에서 작두를 타고 있겠지.

그의 전화가 오면 나른하게 있다가 나간 척하기 위해 앞머리를 한데 모아 질끈 꽂아놓은 핀도 빼고, 최대한 말갛게 보이기 위해 번들거리는 영양크림은 생략한 채 스킨케어도 마친 상태고, 배가 나와 보일까 봐 저녁도 반이나 남겼을 거야. 예상컨대 그녀의 남자친구는 한 시간쯤 뒤에 혀가 꼬인 것을 들키지 않으려고 느린 발음으로 딸꾹질을 감추고 가쁜 숨을 참아가며 전화하겠지. 이 대목까지 예상해버린 여자의 분노가 휴대전화를 쥔 손에 가해져 폴더가 댕강 부러질 위기에 처했을 찰나, 문자메시지 한 통이 도착하는 거지.

'뭐 해요? 집 근처 지나다 문득 생각나서. 밤공기 참 좋네요.'

아마도 그는 '아는 남자'. 창문을 열고 운전하면서 밤공기를 쏘이다가 문득 그녀의 동네를 지나게 된 마당에 아무 뜻 없이 보낸 문자메시지, 라고 하기엔 다분히 의도가 있는 내용이었지. 약간의 호감과 그 호감이 무시돼도 그다지 상처 받지 않을 만큼의 온도. '아는 남자'와 '아는 여자' 사이에 기대할 수 있는 매우 이상적이고 물리적인 거리.

그녀는 답장을 보냈을까? 대부분은 보내. 왜냐하면 여자니까. 남자친구 때문에 화가 나 있는 순간에도 그녀는 누군가로부터 매력적

인 여자임을 인정받고 싶으니까. 답장의 내용은 대개 두 가지로 나뉘지. 첫 번째는 득달같이 '남친이랑 드라이브 가기로 했는데 이 인간이 술 먹고 연락불통이에요, 아흑!'이라며 안 해도(해야) 되는 얘기를 주절주절 늘어놓는 형, 두 번째는 조금 사이를 두고 '앗 그랬구나. 전화하지…… 마침 심심했는데'라면서 과하지 않은 이모티콘 하나 붙여 전송하는 형. 이때 반말투는 필수야. 귀여워 보이거든. 둘 중 어느 것도 오답이 될 순 없어. 여자의 마음엔 미세한 깃발이 있고 가벼운 바람에도 흔들리지. 하지만 풍랑이 크지 않다면 대부분은 그냥 스쳐 지나가지. 여자 자신조차도.

남자친구와의 평범한 일상에 싫증을 느낀다고 해서 그것을 박차고 나올 용의가 없다면 부지불식간에 마음에 부는 바람 따위에 흔들리는 건 반칙이야. 반면 예민하고 섬세한 감성의 소유자여서 미세한 바람의 흔적에도 감응하는 여자라면 '아는 남자'의 실속을 파악하는 감식안은 필수야. 그녀들 주변엔 겉으로 멀쩡해 보이는 '아는 남자'가 도처에 깔리게 마련이고 그들의 속성은 대부분 일회성에 그치는 경우가 많기 때문에 사랑에 속고 순정에 우는 바보짓을 반복하게 될 가능성도 덩달아 농후하단다.

더 많이 사랑하는 쪽이 더 많이 포기하게 돼 있어

J야, 20대 중후반의 연인들이 꼽는 대표적인 이별 사유가 뭔지 아니?

'결혼'이야. 네가 그랬듯 말이지. 결혼을 하네 마네 식의 표면적인 이유가 아니라고 해도 우리 주변엔 결혼 때문에 헤어진 커플이 너무 많아. 자주 싸우고 화해하길 반복하는 커플들은 특히 시나브로 식어버린 애정에 대고 '일생을 맡기기엔 못 믿을 남자', '결혼하기엔 버거운 여자'라는 식으로 비상구를 마련해. 자기 탓은 아니란 거지. 이런 커플들 보면 이해가 안 가. 당장 결혼할 것도 아니면서 헤어지는 이유에 결혼은 왜 끌어다 붙이는지 모르겠다. 결국 한때 사랑했던 두 사람은 우아하게 '성격 차이'로 헤어지더라.

그 남자랑 헤어지고 너는 이렇게 말했지.

"선배, 이제 나는 자유예요."

그랬으면 좋겠다고 생각했지만 꼭 그렇지만은 않을 것을 알고 있었기에, 별다른 대꾸를 하지 못했다. 네가 그와 헤어진 이유는 비겁했고, 억지로 너로부터 분리당한 그 남자의 애정은 네가 홀가분한 마음으로 자유를 부르짖던 그 순간까지도 시뻘건 심장으로 펄떡이고 있었어. 너는 끝까지 외면했지만 말이다. 가정을 꾸리고 싶어졌다고, 하지만 너는 결혼에 적당한 남자는 아니라는 말로 그 남자에게 열패감을 줬고, 상처 받은 그 남자가 애를 쓰는 모습을 차갑게 외면하면서 너는 차근차근 이별을 준비하고 있었잖아.

네가 겉으론 도도하게 이별을 준비하면서 속으론 얼마나 죄책감에 시달렸을지 짐작하고도 남는다. 그 남자와 나눈 모든 추억을 봉인해버린 뒤 껍데기만 펄럭이던 네 모습을 생생히 기억하고 있어. 그러던 어느 날 네가 했던 말, 고맙게 생각한다. 너는 습관처럼 돼버린 그와의 사랑이 결혼으로 이어지고, 고만고만한 아파트에서 둘을 닮은 아이를 낳고 살아가게 될 것이 두려웠다고 했지. 그를 사랑하면서도 더 좋은 남자를 기다리는 자신이 환멸스러웠고, 그럼에도 현재의 애인을 통해 그려본 미래는 너무 초라했다고.

네가 이 말을 해주지 않았다면 나는 너를 오해했을 거다. 사랑에 비겁한 데다 야망마저 없는 여자는 별로니까. 둘 중 하나는 명확하게 챙길 줄 알아야 하니까.

'사랑하는 남자와의 그저 그런 미래 vs 지금이라도 고무신 갈아 신고 새 출발'은 너뿐 아니라 여자라면 누구나 고민함 직한 중대 사안이야. 애인은 익숙하고, 아는 남자는 은밀하지. 애인에겐 미안하고 아는 남자에겐 뻔뻔하지. 아는 남자와의 도발을 꿈꾸기엔 위험 부담이 따르고, 애인과 가던 길을 가는 건 좀 지루하고.

그런데 이거 아니? 여자들의 이런 저울질과 고민이 남자를 키운다. 너에게 순정을 무참히 짓밟힌 남자는 너와의 실연을 영양분 삼아 더 강력한 애정 인자를 생성하지. 결국 애정이냐 안정이냐의 먹이사슬은 끊임없이 반복되면서 최종 선택을 하는 순간까지 너를 갈등하게 만들 거야. 많이 사랑하는 쪽이 더 많이 포기하게 돼 있어. 네가 얼마만큼 포기할 수 있느냐에 달린 문제란 거, 너는 이미 알고 있었잖니.

눈빛을 잃으면 영혼을 잃는 거야

청계천이 흐르지 않고, 이순신 광장이 생기기 전의 광화문은 넓고 광활하고 무뚝뚝했지만 지금은 없는 '여백'이 있었다. 어떤 광화문이 더 좋은가는 개인의 문제이지만, 나는 지금처럼 뭔가가 마구 생기기 전의 광화문이 더 좋더라. 그땐 한가로웠고 비어 있었고, 그래서 사통팔달로 내달리던 숨 가쁜 바람이 잠시나마 쉬어갈 수 있는 느낌이었는데 말야.

특히 겨울엔 노희경 작가의 말을 빌자면 '지금 쓸쓸하지 않은 자, 유죄'의 분위기를 낮이건 밤이건 구석구석 풍겨댔지. 예나 지금이나 광화문에 온기는 없어. 그래서일까. 추운 마음을 스스로 덥히고 싶어서인지는 몰라도 겨울날의 광화문에 서 있으면 저도 모르게 제각각의 따뜻한 마음에 빠져들게 된단다. 추억하건 연민하건 그리워하건 사랑하건 감상적이 돼. 미워하는 것조차도 더운 감정 없인 불가능하니까. 이문세 아저씨가 부른 〈광화문 연가〉를 들어봐라. 밋밋하고 쓸쓸하게 시작했다가 촉촉하게 사무치잖니. 아, 너는 그 노래 모르나? 이런! 고(故) 이영훈 작곡가와 가장 멋진 하모니를 이뤘던 시절의 이문세를 모르다니! 그때의 이문세는 최고의 감성파 노래쟁이였는데.

견디기 힘든 추위 속, 삭막한 광화문 거리

어제는 꽤 바빴다. 취재원과 점심을 먹은 뒤 광화문 우체국에 들러 우편물을 보내고, 교보문고에서 책 두 권을 사들고 강남에 취재를 가야 했어. 순두부 떠먹듯 뚝뚝 'to do list'를 끝내고 강남행만 남았지. 프레스센터 건너편에서 택시를 기다렸다. 코리아나호텔에서 대부분의 택시가 손님을 태워 가기 때문에 내가 선 그곳은 '꼭 택시를 타고 싶어 서 있을 뿐 하등 바쁠 일이 없는 사람'이 서 있는 자리였지.

춥고 피곤하고 게다가 약속 시간이 얼마 남지 않은 나로서는 느긋하게 고집 부릴 처지가 아니었지만 스무 걸음만 내려가면 되는 거리인데도 너무 추워서 움직여지지가 않는 거야. 알다시피 내 별명이 '3보 후 승차'잖니. 세 걸음 이상 걸으면 무조건 택시에 탄다고 해서 붙여진, 딱히 반발할 순 없지만 마음엔 썩 들지 않는 별명이란다. 걷는 건 좋아하지만 공기 나쁜 데서 바쁘게 걷는 건 싫다는 게 나의 궁색한 변명이기도 하고, 뭐.

　5분쯤 기다렸을까. 무심코 주위를 둘러보던 순간 을씨년스러운 회색 벽에 몸을 웅크린 할머니 한 분이 눈에 들어왔어. 남루한 행색에, 금방이라도 119를 불러야 할 것 같은 표정과 체구의 이 할머니는 살찐 비둘기들도 날개를 접은 영하의 광화문 네거리에서 뭔가를 팔고 계셨다.

　거듭 강조하지만 날씨는 너무 추웠어. 택시를 기다리는 나 말고 사람이라곤 보이지 않았지. 가죽 장갑을 낀 손이 곱고, 튼튼한 겨울 부츠 속 발가락이 꽁꽁 얼 지경이었다. 한마디로 완전 무장을 한 젊은 여자도 견디기 힘든 추위 속에 쓰러질 것 같은 할머니가 신문지 위에 대충 물건을 늘어놓고 있는 풍경을 상상해봐. 그 물건이라는 것은 도대체 이 할머니가 왜 이런 곳에서 이걸 팔고 계시나 싶을 만큼 어울리지 않았어. 그 할머니의 거죽만 남은 손에 들려 있는 것은 빨간 고무장갑. 동네 슈퍼에만 가도 발에 걸리고 차이는 물품이었지.

　할머니가 너무 고생스러워 보여서 나는 다가가 얼마냐고 물었어. 그런데 이 할머니, 모기만 한 목소리로 뭐라고 중얼거리시는 거야. 어느새 나는 할머니의 말을 알아듣기 위해 쪼그려 앉고 있었다. 할머니 주위를 에워싸고 있는, 말로 표현하기 어려울 만큼 쾌쾌한 냄새를 헤치고 중얼거림의 내용을 파악하기 위해 바짝 귀를 들이댔어. 해독한 내용인즉 "아들놈이 도망가 죽지 못해 나와 앉았으니 돈 좀 줘"였어.

　내가 자취 생활 몇 년이냐. 지난 20년 가까이 웬만한 생필품 가격

의 오름새를 파악하고 있을 정도의 자취 내공이 고무장갑 가격을 모를까. 끽해야 1,000원에서 1,500원 안팎이지. 나는 지갑에서 5,000원을 꺼내며 "고무장갑 하나 주세요" 했어. 1,000원짜리는 있었지만 거스름돈을 안 받을 요량이었던 거지. 내 손에 든 5,000원권 지폐를 본 할머니는 갑자기 표정을 싹 바꾸시는 거야. 아까의 금세라도 쓰러질 듯한 할머니는 간데없고 표독한 얼굴이 나를 노려보고 계시더라. 나는 당황했어.

고무장갑 할머니의 눈빛

"이거 안 파세요?" "만 원." "네?" "만 원(웅얼대던 목소리는 어느새 우렁차게 변해 있다)!" "고무장갑 한 켤레에 만 원이요?" "만 원(이번엔 고개까지 힘차게 끄덕인다)!"

'아, 좀 비싸네'라고 생각했지만 내 한 팔로 안아도 품에 들어올 만큼 작고 야윈 할머니를 상대로 시장에서 흥정하듯 "에이, 뭐가 이렇게 비싸요"라며 툭툭 털고 일어설 순 없었다. 당시 내겐 지금 당장 택시를 타야 가까스로 약속에 늦지 않을 만큼의 시간만이 허락돼 있었지. 다시 지갑을 열어 만 원짜리 한 장을 꺼내는 동시에 할머니 손에 들린 고무장갑을 잡았단다. 그런데 이 할머니, 얼른 내 손의 만 원을 빼앗듯 챙기더니 다른 손에 든 고무장갑도 빼앗는 거야. 순식간에 일어난 일이었는데, 물건 값을 치렀으니 엄연히 내 것인 고무장갑을 빼앗기지 않기 위해 나도 놓치지 않으려고 힘을 막 줬어. 맘

소사. 이 할머니가 내 팔뚝을 힘껏 꼬집는 거라. 코트를 입고 있었는데도 손끝까지 얼얼할 정도로 아팠다.

다시 한 번 물었지. "할머니, 이거 파시는 거 아니예요?" 할머니는 몇 번 말해야 이 상황을 알아듣겠냐는 듯 중얼댔지. "아들놈이 도망가서, 죽지 못해, 만 원!" 맥이 탁 풀리더라. 콘크리트 바닥에 웅크리고 앉아 내놓은 고무장갑은 유인용이었고, 돈을 구걸하고 있으며, 접수 금액은 만 원 한 장. '무슨 이런 경우가!' 싶었지만 그냥 돌아섰어. 텅 비어 있는 할머니의 눈빛을 봤거든. 이전까지 계속 딴 곳을 바라보며 불안하게 흔들리던 동공이 나를 잡아먹을 듯 쏘아봤는데, 그 눈빛은 아무도 없는 세상에 홀로 남겨진 사람의 그것처럼 섬뜩했어. 그런 눈빛에 대고 상식이네 도덕이네 따지는 게 무슨 소용이니. 지옥에 가자, 라며 내 팔을 끄잡아댈 것 같았는데(엉엉)!

가까스로 그 순간을 떠올리자면 그 눈빛은 사람의 말을 오래전에 잃어버린 이의 그것처럼 공허하고 차갑고 깊고 슬펐다. 이미 물이 말라버려 귀를 울리는 공명만 되돌아오는 오래된 우물처럼.

나는 일어서기 무섭게 죄라도 지은 사람처럼 코리아나호텔 앞으로 뛰듯이 걸었어. '진작 코리아나호텔로 갔으면 이런 일은 없었을 텐데!'라고 후회하면서. 눈 뜨고 만 원을 갈취당한 느낌이었고, 내 값싼 동정심이 만만치 않은 세상에게 호되게 욕본 것 같아 창피했다. '고무장갑은 눈독들이지 말 것', '적선금은 만 원'은 할머니의 옹골진 규칙이었다. "추운데 해장국이라도"라며 잘난 척한 내가 바보였어.

오늘 아침 출근길에도 고무장갑 할머니를 봤다. 무심히 고개를 돌리고 회사로 들어와버렸지만 오전 내내 얼굴도 화끈, 마음도 뜽하다. 나는 어처구니없게도 할머니가 구역을 바꿔 가까운 서대문으로 옮기셨으면 좋겠다고 생각한다. 볼 때마다 연민과 섬뜩함의 쌍곡선을 탈 것 같아서 말이다.

미간은 팽팽히 펴고 눈에는 힘을 줘!

대화하면서 눈을 못 마주치는 사람을 종종 본다. 나는 상대방의 눈을 보지 못하면 답답한데 마주 앉은 사람이 좀처럼 눈을 마주치지 못할 땐 두 가지야. 소심하든지 수줍든지 성격의 문제일 경우가 있고, 자기가 지금 누구와 함께 있으며 무얼 하고 있는지를 모르는 '영혼의 표류 상태'인 경우. 대화를 할 땐 상대방과 아이 컨택(eye contact)을 하는 게 기본인데 그게 안 되는 첫 번째 경우엔 연습하면 돼. 자신감을 얻고, 대화에 집중하면 자연스럽게 해결되거든. 하지만 두 번째의 경우엔 당장의 대화는 고사하고 인생 전반에 걸쳐 폿대를 잃은 돛단배처럼 이리저리 휩쓸리게 돼 있단다.

누구나 가끔 퀭한 눈빛일 때가 있지. J야, 만약 어느 날 거울을 봤는데 네 눈빛이 거울을 뚫고 벽을 뚫고 억겁의 시간을 뚫고 감정도 내용도 없이 텅 비어 있다면 너는 적어도 그 순간을 가장 경계해야 해. 눈빛을 잃으면 영혼을 잃는 거란다. 네 아이덴티티는 눈빛에서 나오게 돼 있어. 목소리와 몸짓과 표정은 임시방편으로 감출 수 있어도 눈빛만큼은 절대 감출 수가 없거든.

특히 너는 미간을 좁히면 못생겨지니까(!) 미간은 팽팽히 펴되 눈에 힘을 주며 살아. 네가 사랑스러운 사람인가, 믿을 만한 사람인가, 지금 불안에 떨고 있는가 하는 모든 것은 거기서 드러나니까. 숨기려야 숨겨지지 않으니까 눈빛을 가꾸면 자연스럽게 마음도 가꿔지는 거야.

대화를 할 땐 상대방의 눈을 보는 게 가장 좋은데 너무 뚫어져라 쳐다보면 실례야. 하염없이 눈만 바라보는 것도 부담스럽거든. 그럴 땐 가끔 인중 정도로 시선을 떨어트렸다가 다시 올리는 것도 방법이야. '깨끗하게, 맑게, 자신 있게' 한답시고 서클렌즈 껴봐야 렌즈 때문에 충혈돼 있는 거 들통 나니까 원래의 눈빛, 즉 기본에 충실해라.

그리고 언제나 눈빛이 촉촉한 사람이라면 네 모든 것을 보이지 마라. 심약한 데다 심지가 약해서 언젠가 본의 아니게나마 너를 배신할지도 몰라. 눈동자가 불안하게 흔들리고 있다면 거짓말을 하고 있는 거니까 긴장하는 게 좋을 거야. 흰자위가 노랗게 변해 있다면 개인사가 복잡한 사람일 거야. 비즈니스를 할 땐 부적격한 사람이다. 술을 좋아하거나 지키지 못할 약속을 남발하는 허풍선이일 가능성이 높지. 동공이 큰 사람은 눈물이 많아.

저번에 만났을 때 너 서클렌즈 끼고 왔더라. 이쁘긴 이쁘더라마는 하루에 두세 번은 아이 미스트 꼭 뿌려줘라. 렌즈 때문에 안구가 건조해지면 골치 아픈 안과질환에의 첫걸음을 떼는 셈이거든. 핸드백에 꼭 넣고 다녀. 안과 가면 판다. 아직 할 일이 창창하고 앞길이 구만리인데 예뻐지려다 눈빛까지 잃지는 말란 소리야.

완벽한 어른이 될 필요는 없어

학창 시절, 나는 단 1년도 차분하게 보낸 적이 없던 말괄량이
였다. 초등학교 땐 공놀이를 하다가 유리창을 깨트린 순간 같은 학
교에 다니던 오빠가 이르는 바람에 엄마한테 디지게(!) 맞고, 내 분
홍 치마를 홀렁 까뒤집으며 "아이스케키"라고 외치던 같은 반 남학
생의 따귀를 살짝 올려붙였을 뿐인데 걔가 울면서 저희 엄마한테 이
르는 바람에 또 디지게(!) 맞고, 친구 집에 놀러갔다가 보리차인 줄
알고 친구 아버지의 꼬냑에 밥을 말아먹고는 개네 거실에 빈대떡(뭔
말인지 알지?)을 열 장 정도 부쳐댔다가 친구 아버지가 울 엄마한테
이르는 통에 역시 디지게(!) 맞았지.

오죽 천방지축이었어야지

    아무튼 크고 작은 말썽을 부릴 때마다 당시 내게 최고의 수사관이자 집행관이던 엄마에게 번번이 들켰고, 완전범죄는 물거품이 된 채 언제나 디, 지, 게 맞았다. 바글바글한 자식들을 통솔하기 위해 울 엄마는 자주 회초리를 드셨거든. 집에서 뽑기를 하다가 국자를 태우고 설탕을 주방에 온통 쏟았을 경우, 주범인 나는 나대로 따로 맞고 내 위로는 나를 돌보지 못한 죄와 아래로는 누나가 하는 짓을 고대로 따라한 죄로(아니, 그럼 어린 동생이 뭘 알아!) 우리 형제들은 조르륵 안방에 모여 연대 기합을 받았다. 혼자 맞을 경우엔 가급적 맞지 않으려고 집 안을 빙빙 돌았는데, 나중엔 엄마도 나도 우리가 왜 이렇게 집 안을 빙빙 도는지 이유를 까먹고는 "엄마 탄내 나!", "에그머니, 계란찜!" 하면서 싱겁게 휴전을 하곤 했지.

    정말이지 장난질과 회초리의 나날이었다. 내가 어떤 일이 닥쳤을 때 남보다 덜 주저하거나 다음 단계에 대한 대안 마련, 소위 '잔머리'가 발달한 이유는 바로 어린 시절 엄마의 회초리로 단련됐기 때문일 거다. 내 식대로 말하자면 맷집, 고상하게 표현하자면 충격 흡수 작용, 유식하게 표현하자면 쿠션이 좋은 거지.

    그래, 내 유년 시절의 또 다른 친구는 회초리였어. 그런데 그게 참 감사해. 우리 부모님은 단 한 번도 화가 나신다고 해서 직접적으로 손찌검을 하지는 않았다. 늘 무릎을 꿇린 채 손을 들게 했고, 늘 '도구'가 있었지. 가장 혹독한 도구는 파리채였는데 파리채 손잡이 부위로 종아리 맞아본 적 있니? 눈물이 찔끔 나. 어흑.

이후로도 초등학교와 중학교 시절 동안 집 안팎, 학교 안팎으로 많은 추억과 에피소드가 펼쳐졌음에도 딱 하나 이상했던 것은 친구들이 다 거쳐가는 사춘기가 내겐 오지 않았다는 거다. 나는 형제 많은 집에서 까불거리며 노는 일이 마냥 행복했던, 철없이 늦된 아이였으니까.

중 3 무렵 내 사춘기는 어이없게도 책 읽기와 더불어 시작됐어. 형제가 많으면 그건 좋아. 함께 커가는 서너 살 터울 위아래 형제의 관심사를 공유할 수 있다는 것. 언니가 듣던 음악, 오빠가 보던 책들을 또래보다 빨리 접하게 되거든. 음악도 책도 나는 손위 형제에게 배웠다. 그렇다면 과연 내 동생들은 내게 뭘 배웠을 것인가를 생각하니, 음…… 선뜻 각이 안 나오는군. 아무튼 나는 중학교 단짝 친구 몇이서 책을 돌려보던 가닥을 기반 삼아 고등학교에 올라간 뒤에도 가열차게 읽어댔는데, 그 취미는 급기야 시내에만 가면 한 시간이고 두 시간이고 서점을 놀이터 삼는 것으로 이어졌다.

누가 들으면 정말 책을 사랑한, 하얗고 투명한 피부에 속눈썹이 길고 가느다란 팔다리를 가진 문학 소녀를 떠올리겠지만 천만의 말씀. 그저 종이 냄새가 좋았을 뿐이었다. 지금은 거의 없어진 손바닥만 한 사이즈의 문고판을 펼쳐서 코를 비비면 석탑에 갇힌 공주를 구출하기 위해 지하실에 모인 비밀 결사대의 숨결이 느껴졌고, 김유정의 소설집에서는 호박이며 가지 등 채소가 넝쿨째 자라고 있는 시골 신작로의 흙먼지가 맡아졌거든. 이것도 문학 소녀의 기질이라고 박박 우길 수 있겠지만.

국내 문학은 물론 해외 중고생 필독 도서들은 죄다 읽은 것 같아. 제임스 딘에 '빽' 가서 『에덴의 동쪽』부터 작가의 작품을 섭렵해가는 동안 도무지 이해할 수 없는 난해한 번역체의 벽에 부딪혀서 좌절했더랬다. '아, 도대체 뭔 말이야? 무슨 책이 이렇게 어려워, 그리고 내 머리는 왜 이렇게 나쁜 거야?' 뭐 그런 식. 당연했지. 열여섯 꼬맹이 아가씨가 이해하기엔 어른들의 세계는 너무 복잡했으니까. 중요한 건 그때 읽은 책들의 70~80퍼센트 정도는 줄거리는커녕 작가도 기억하지 못한다는 거다. 하지만 머릿속에서 사라져간 낡은 책 냄새, 즉 고전의 향기들은 내 천방지축 철부지 시절을 다독이며 내면 어딘가에 켜켜이 쌓여 내 나름의 인격을 형성해주지 않았을까 싶다.

비닐우산, 그 투명함의 뉘앙스라니……

그 시절, 떡볶이를 먹든 호떡을 먹든 오락실에 가건 롤러스케이트장에 가건 서점 주변에서 모든 걸 해결하던 어느 일요일 오후 갑자기 비가 왔다. 소나기였지. 지금처럼 산성비가 아니었으므로 소나기 정도 맞는다고 탈모나 아토피를 걱정하던 때가 아니었고, 날씨는 5월 아니면 9월쯤이었으니까 한기가 느껴질 정도도 아니었다. 친구와 나는 근처 제과점에서 다른 친구들을 만나기 위해 신호등에 서 있었어. 나와 달리 준비성 철저한 친구는 가방 안에서 날씬한 접이 우산을 꺼내 재빨리 펼쳤어.

COFFEE
CERVECERÍA - CAFETERÍA
CAFE

아직 빨간불, 가방을 앞으로 끌어안으며 친구의 우산 안으로 어깨를 들이밀던 내 눈에 파란색 비닐우산 하나가 들어왔다. 너도 알다시피 비닐우산이란 무엇이냐. 1980년대 영화를 보면 비 오는 장면에 늘 등장하던 '딱 한나절만 비를 막아드립니다. 그 이상은 장담 못 합니다' 풍으로 생긴 약하디약한 우산 아니겠니. 대나무로 살을 만들고 그 위에 지금의 우비보다도 얇은 비닐을 씌운 거 말이야.

나는 그 우산을 쓰고 하늘을 보고 싶었다. 우산의 주인공은 대학생으로 보이는 평범한 오빠였는데, 그대로 늙었다면 지금쯤 정말 착실한 가장이 돼서 당시의 나 정도 되는 사춘기 딸을 뒀겠지. 나는 불현듯 그에게 다가가 신호등을 건널 때까지만 우산을 바꿔 써주겠느냐고, 우산을 쓴 채 하늘을 보고 싶다고 말했고 그는 흔쾌히 "그럽시다"라며 우산을 바꿔줬어.

마침 신호등이 녹색으로 바뀌었다. 친구와 나는 걸을 때마다 팔랑팔랑 소리를 내고, 찰랑찰랑 빗방울이 미끄러지는 비닐우산을 쓴 채 주룩주룩 비 내리는 하늘을 올려다보며 신호등을 건넜지. 우산을 바꿔 쓰며 그가 했던 말은 지금도 선연하다. "비닐우산의 뉘앙스를 만끽하셨나요, 꼬마 아가씨들?" 그리고 나는 그날을 결코 잊을 수가 없어. 우산을 쓰고도 하늘이 보이던 순간, 비 오는 하늘을 향해 고개를 쳐들던 순진했고 꾸밈없던 친구와 나, 우리의 치기를 아낌없이 응원해주던 이름도 성도 모르는 동시대의 한 사람.

이제 자기방어는 걷어치워

　J야. 나는 지금 그날의 뉘앙스에 대해 생각한다. 뉘앙스의 사전적 의미는 '미묘한 차이', '사소한 간극'이라고 돼 있어. 뉘앙스라는 건 작정하고 속이려면 당장은 속여지겠지만 결국 드러나버리고 마는 또 다른 진실이기도 해. 보는 시각에 따라 그것은 진실이기도 하고 아니기도 하고, 옳은 것이기도 하고 그른 것이기도 하잖니. 그래서 어떤 사안을 두고 '뉘앙스의 차이'라고 하면 때로 수긍이 되기도 하지.

　지금에 와서야 가끔 알록달록한 캐릭터 우산이나 까맣고 빨간 우산을 썼다면 결코 보지 못했을 그날의 하늘을 떠올려보는데 말이야. 우산 하나 바꾼다고 그 하늘이 도망가는 것도 아닌데 비를 뿌리는 찰나의 표정을 보겠다고 치기 부린 내 모습이 딴 사람처럼 낯설게 보여. 그때가 아마 내 사춘기의 절정이면서 순수의 정점이었을 거야.

　그날 이후 나는 단 한 번도 비닐우산을 쓰고 하늘을 올려다볼 생각을 하지 않았다. 그리고 우산은 타인의 시선을 피할 수 있는 가장 합리적인 방패라고 믿어 의심치 않았다. 그저 어린 날의 객기 따위지, 그게 무슨 대수라고! 비를 피해 우산을 쓰고 있을 때의 안온함, 성가신 것들로부터 보호 받고 있다는 편안함. 그뿐이니? 마주치기 싫은 시선들을 정당하게 피할 수 있다는 게 얼마나 깔끔한 자기방어냐. 결국 우리는 어느새 피하고 숨기 위해 득달같이 우산을 펼쳐드는 '철이 너무 많이 든 어른들'이 돼버렸어.

우리가 빗방울이 떨어질 때마다 펼쳐들었던 우산은 비로부터 스스로를 막기 위한 것이었을까, 아니면 우산 속으로 위선에 찬 내 모습을 숨기고 싶어서였을까. 속이려고 한 게 아니었으나 결과적으로 속인 꼴이 돼버려서 회초리 세례를 받던 그 시절이 차라리 그리운 건 뉘앙스라는 허울을 뒤집어쓸 줄 몰랐던 순수함 때문일 거야.

누군가의 딸이면서 동생이고, 친구이면서 후배이고, 프로젝트 매니저이면서 AE인 채로 살아가는 동안 네가 애써 감추고 있는 인생의 두려움을 외면한다고 해서 그게 우산 속으로 숨겨지겠니.

세상에서 가장 슬픈 일은 자신을 속이는 일이더라. 네 감정을 방치하고, 네 처지를 왜곡하고, 네 진심을 외면하는 건 너 스스로 너를 죽이는 것과 다름없어. 너를 알아봐주고, 보듬어주고, 환호해줄 첫번째 사람은 다른 누가 아니라 네 자신이어야 해. 하늘은 비닐우산을 쓰나 검정 우산을 쓰나 늘 그 자리에 있지만 네 존재감은 네가 보살피지 않으면 안 돼. 또 사물에 대해선 가능하지만 감정을 두고 뉘앙스 운운하는 건 맞지 않지. 이런 것도 같고, 저런 것도 같다는 식으로 수습하고 피하려 하지 마라.

헤어진 남자친구에게 전화 걸고 싶은 거 열 번 참고, 문자 보내고 싶은 거 스무 밤을 견뎠으면 네 마음에도 굳은살이 박혔을 거야. 전화 한 번, 문자 한 번은 너 자신에게 허락해줘라. 못된 클라이언트의 주문을 군말 없이 받아준 시간이 석 달이면 하루 정도는 네게 방종할 자유를 줘. 피하기 위함이 아니라 네 감정을 보호하기 위한 우산은 그때 씌워주는 거야. 아주 투명하고 가벼운 걸로!

아주 사소한 이유로
나는 네가 부러워

네가 구해준 수분크림은 건조한 내 피부에 가공할 위력을 발휘하고 있다. 아침에 세수할 때마다 매우 보람차다. 최근에 네가 한 일 가운데 가장 기특한 짓이 아닌가 싶다. 세상 좀 알아간다고 내가 한마디 할라치면 열 마디를 하고, 하늘 같은(이걸 명심해야 해) 선배한테 감히 '지적질'을 할 때마다 가당치도 않았는데, 그간 내 앞에서 까불어댄 짓들 잊어주마.

"딱 그 나이로 보여요"

운전하는 내 옆모습에 얼굴을 바짝 들이대고 피부를 만져보고, 머릿결을 훑는 존재가 남자가 아니라 너였다는 사실은 정말 어처구니없었다. 게다가 너는 피부 쓸 만하다고 자만하더니 늘어진 모공을 좀 보라는 둥, 벼를 심어도 이모작은 하겠다는 둥, 청담동 미장원 가서 비싼 돈 주고 파마하기 전에 집에서 두피 관리부터 하라는 둥, 쉬지 않고 늙어가는 선배를 제물 삼아 입으로 아주 작두를 타더구나.

내가 아무 말 안 하고 빙긋 웃으며 듣기만 했더니 넌 좀 심심했나 보더라. 급기야 "안 되겠다. 선배, 조치를 취해야겠어"라고 뭔가 결심한 듯 주먹을 쥐는 것으로 너의 일장연설이 끝났는데, 그런 네가 재밌기도 하고 예쁘기도 해서 푸하하 웃음이 터져 나왔다. 웃다가 네 얼굴을 봤는데 네가 너무 심각한 표정이어서 나는 조금 놀랐어.

"알았다, 알았어. 용산구 최고 미녀로다 손색이 없도록 가꾸고 정진하마"라고 맞장구를 쳐줬는데도 닫힌 입이 열릴 줄 모르더니 한참 있다가 네가 이렇게 말했잖아.

"선배가 멋있게 늙어줘야 후배인 내가 재롱 피우며 잘난 척할 맛도 나는 거잖아. 오늘 선배 너무 피곤해 보여요. 속상해."

여자라면 누구나 그렇겠지만 특히 나를 비롯해서 30대를 지나 무시무시한 40대로 향하는 여자에게 단 한마디로 내릴 수 있는 사형선고가 뭐게?

제 나이로 보인다는 말이야.

나이보다 들어 보인다는 말은 차라리 노력의 여지가 있어서 위안이 돼. 제 나이로 보인다는 건 앞으로 가나 뒤로 가나 별수 없이 당신은 서른셋, 서른다섯, 서른아홉이라는 평가가 되거든. "머리를 바꾸고 유행하는 옷과 구두를 차려입는다고 해서 당신이 살아온 세월을 속일 순 없어요"라는 싸늘한 암시랄까, 뭐 그런 것. 우리 중고등학교 때 선생님들이 자주 하시던 말씀 있잖냐. 링컨 가라사대 사람은 마흔이 되면 자기 얼굴에 책임질 줄 알아야 한다 운운. 이제야 비로소 그 말이 이해가 돼. 웃기지 않냐. 마흔이 다가오니 마흔을 주제로 한 구절이 이해된다는 게. 인생은 한 치 앞도 모르게 흘러가지만 때가 되면 어김없이 '진실'을 말해줘. 우리의 삶은 결코 누구에게도 속여지지 않아! 제 잘난 맛에 살아가고 있지만 세월의 진실 앞에선 언제나 '꼼짝 마라'야.

누군가 내게 "딱 당신 나이로 보여요"라고 사형선고를 해도 그 자리에서 꼴까닥 넘어가지 않으려면 지난 시간이 부끄럽지 않아야 해. 세월의 흔적들이 보인다고 한들 그것 때문에 서글퍼서야 되겠니. 중요한 것은 그 나이만큼 잘 살아왔느냐, 즉 부끄럽지 않은 시간을 보냈느냐는 것일 텐데.

어느 여배우와의 인터뷰

예전에 어떤 여배우를 인터뷰하다가 "데뷔 4년차네요, 19○○년생이죠?"라고 물었더니 "에고, 벌써 스물둘이에요. 저도 늙었어요"라더라. 나는 그때 '내가 지금 무슨 말을 들은 거지?' 싶어 잠깐 동안 할 말을 잃었었다. 그녀가 생긋 웃으며 말했어.

"전 호기심이 강하고 제 일을 사랑해요. 제가 경험하지 못한 것들을 빨리 익히고 싶어요. 반대로 이미 경험한 것들에 대해서만큼은 나이가 어리다는 이유로 무시당하고 싶지 않아요."

인터뷰를 마치고 돌아서는 내 뇌리를 스친 생각은 맹랑하다, 가 아니라 욕심 많은 어린 여자다, 앞으로 저 친구의 행보를 지켜봐도 되겠다, 라는 거였다. 똑 부러진 자기표현도 인상적이었지만 단 두 음절 '벌써'라는 단어 때문이었어. 그 배우는 그 말을 하면서 계산된 제스처가 아니라 가벼운 회상에 잠기듯 보일락 말락 눈이 젖어갔고, 나는 그걸 놓치지 않았다. 그녀의 어리고 순결한 진심이었으니까.

지난 4년 동안 단역부터 시작해 여주인공의 친구, 공포영화의 헤로인을 거쳐 주말드라마 타이틀 롤을 꿰차기까지 얼마나 숨 가쁘게 달려왔겠나 하는 생각이 들더라. 그녀는 지금 20대 후반의 동급 여배우 가운데 가장 진지하게 작품을 골라오면서 연기 스펙트럼을 넓혀온 한편, 스타로서도 손색없이 아름답고 탱탱하게 물이 올라 있단다.

배우와 기자를 떠나 그때 내 앞에 앉아 있던 어린 여자는 나이 먹은 여자의 만용을 압도하는 영민함을 이미 갖추고 있었다. 어리다고 해서 그(녀)가 짊어지고 있는 삶의 무게, 고민마저 가볍게 무시돼선 안 되지.

어린 여배우를 만나고 돌아서면서 나는 그녀가 참 부러웠다. 배우가 안 됐다고 해도 뭘 하든 자기 삶에 당당할 수 있었을 거야. 단지 어리고 젊어서 부러웠던 거냐고 묻는다면 그건 아니올시다야. 뿐만 아니라 나이만을 두고 젊음이라고 통칭하기엔 석연치도 않고. 젊음은 사람에 따라 매우 주관적인 거니까. 만만찮은 배우의 길을 스스로 선택했고 선택에 기죽지 않는 당당함, 그 나이에 이미 명확하게 자신의 위치를 확인하고 야무지게 다져가고 있는 영민함이 부러웠던 거지. 스무 살 언저리에 던져진 가장 어려운 고민들을 얄미우리만치 덥석 물고 이리저리 다듬어서 제 것으로 만들고 있는 모습이 부러웠던 거야.

나에게선 이미 떠난 시간들이, 네 앞에 펼쳐져 있어

다시 수분크림 얘기로 돌아가자면, 값이 비싼 것은 아니지만 구하기가 어려워서 애를 먹고 있다면서 며칠만 기다리면 손에 넣을 수 있으니 기다리라고 네가 말했을 때만큼은 나도 아차 싶었다. 거울을 들여다봤지. '뭐, 아직 괜찮은 것 같은데?'라는 눈물겨운 거짓말을 반복하면서 말이지.

나는 어느새 마음에 들지 않는 나의 어떤 부분을 맞닥트리면 외면해버리고 말더라. 인정하기 싫어도 받아들일 수밖에 없는, 또 하나의 내 모습이니까, 부정하려고 애쓰긴 또 싫거든. 왜냐, 용쓰는 내 모습에 자존심이 상해요. 이미 화석이 돼가고 있기 때문이지. 너라면 상상할 수 없는 일일 거야. 너는 아직 나보다 더 많은 진화의 기회가 남았으니까.

그래서 나는 네가 부러워. 아이크림 바르는 것을 빼먹고 자도 괜찮은 피부라든가 야근하고 퇴근하면서 새벽까지 술을 마시고도 다음 날 아무렇지 않을 수 있는 체력보다 더 부러운 건 나는 이제 결코 돌이킬 수 없는, 네 앞에 남아 있는 시간. 그 시간 안에서 너는 네 모습을 어떤 식으로든 변화시켜도 돼. 변형과 탈피를 거듭해서 진화하는 게 살아 있는 존재의 숙명이라면 앞으로 가든 옆으로 가든, 심지어 뒷걸음질을 쳐도 그건 네 자유야.

나는 나보다 훨씬 자유롭게 컸고, 그래서 독립과 자유, 책임에 대해 스스로 몸으로 깨달아온 너의 당당함이 부러워. 너와 내가 다른 게 또 있지. 다양성과 일체성의 중간에서 어정쩡하게 서 있던 나와 달리 너는 다양성의 풍요 아래 사춘기를 보낸 세대 아니겠니. 그래서 우리보다 훨씬 더 많은 '나와 다른 사람'에게 관대할 줄 알아. 다른 것과 틀린 것의 차이에 대해 조금 더 숙지한다면 분명 너는 나보다 더 근사한 어른이 될 거야.

아, 너의 뻔뻔함도 부러워. 내 생각엔 내가 너를 더 생각하고 염려하고 자랑스러워하는 것 같은데, 이 모든 감정을 포괄한 "사랑한다"는 표현은 언제나 너한테 지고 말잖아. 이건 개인차겠지만 어느 정도는 자유, 다양성, 정신적 풍요를 기반으로 커온 너의 의식과도 연관이 있을 거야. 그래서 너의 뻔뻔함은 언제나 나를 기분 좋게 해. 일관되게 네 감정에 충실하니까. 이 부분에선 나 역시 남 못지않다고 자부했는데 너는 언제나 그 점에선 한 수 위야. 나는 '내 감정을 건드리지 마시오' 식의 닫힌 충실이고, 너는 '내 감정을 알아주시오' 식의 열린 충실이니까.

자글자글한 주름과 시원하게 뚫린 모공보다 더 아차 싶은 건 말하

자면 이런 거야. 인성이나 품성, 성향이 아무개라는 사람으로 뭉뚱
그려져 화석화돼가는 것, "나는 그런 사람이 아니에요"라고 항변해
봐야 더는 돌이킬 수 없는 것. '해볼 만한데!'라는 의지에 머리를 두
고 '과욕일지도 몰라'라는 체념 쪽에 몸을 뻗고 마는 것.

　이렇게 화석이 돼가는 나였는데 네 수분크림 덕분에 마른 틈새 사
이로 물기가 돌고 있다. 너를 방심하지 않으마. 나를 방치하지도 않
으마. 사랑스럽고 뻔뻔한 너와 너희들을 더 사랑하기 위해 나와 언
니들이 물기를 간직하고 있을게. 물론 용산구 최고 미녀로 탱탱하게
물이 오르기를 기도하는 것도 빼먹지 않고 있다!

살아남고 싶어서

비루하게 군 적 없니?

광화문 네거리가 환히 내려다보이는 카페의 창가 자리다. 거의 비어 있는 적이 없긴 하지만 특히 오후 4시의 이 자리는 낮 동안의 한가로운 풍경과 조망권 때문에 비워지기 무섭게 채워지는데, 오늘은 운이 좋다. 게다가 오늘 나는 혼자다. 말 거는 사람도, 골똘해야 할 화제도 없다. 마음껏 공상하거나 책을 읽거나 멍청히 앉아 있거나 혹은 *끄덕끄덕* 졸아볼 수도 있다.

딱히 읽기 위해서라기보다 비어 있는 시간을 연결하기 위해 갖고 다니는 문고판 책을 꺼내들었지만 이내 덮어버렸다. 그리고는 창가에 턱을 괴고 사람 구경에 본격 착수, 바깥 풍경에 눈을 박았지.

가을날, 광화문 네거리의 사람들

우선 동화면세점과 일민미술관, 교보문고와 세종문화회관을 차례로 바라보다가 각 건물 앞을 지나는 사람들을 쫓아다녔다. 몸은 커피숍에 느긋하게 앉아 있지만 눈은 점찍은 사람과 함께 동화면세점에서 나와 할리스커피전문점에서 베이글을 사들고 모퉁이를 따라 코리아나호텔로 쏙 들어가기도 하고, 한낮의 태양 아래 동아일보 1층 돌층계에 앉아 연거푸 시계를 들여다보고 있는 한 남자에게 꽂히기도 한다.

코리아나호텔로 들어간 일본인 아줌마 관광객 두 명은 양손에 쇼핑백을 가득 들고 있었는데, 쇼핑이 꽤 흡족했던지 웃음소리가 내 귀에까지 들려올 정도였다. 오늘의 쇼핑이 얼굴에 오랜 세월 쌓여온 피로함을 지워줄 순 없겠지만, 그녀들은 욘사마의 나라에서 그의 정취를 느끼며 잠시나마 행복했을 것이다.

이런 생각을 하는 사이, 드디어 남자의 기다림이 끝났다. 미니라고도 미디라고도 할 수 없는 애매한 길이의 스커트 덕분에 종아리의 알 근육이 두드러지는, 이목구비는 확인할 수 없으나 작고 하얀 얼굴의 여자가 앞에 서자, 남자는 반색하며 벌떡 일어나 여자의 나뭇잎처럼 얇디얇은 가방부터 얼른 받아든다.

여자의 몸짓은 자연스럽다 못해 '돌쇠, 게 있느냐'다. 아직도 이 나라에 남자에게 핸드백을 맡기는 유아기적 데이트가 성행한단 말인가? 좀 놀랍다. 어쨌든, 일어선 남자는 그 나름 잘 자란 훈남 스타일이다. 약간의 다이어트에 약간의 패션 감각만 익힌다면 '20분 기다린 것도 모자라 벌떡 일어나 애인 가방 받아들기의 굴욕'은 청산할 수 있을 텐데. 그리고 더 나아가 지금 만나는 그녀가 약속 시간에 늦지 못하게 장악하거나, 더 센스있는 새 애인을 만들거나 둘 중 하나일 텐데.

나는 시간 가는 줄 모르고 사람들 속에 섞여 이런저런 참견을 하다가, 정신을 수습하고 다시 카페 내 자리로 돌아왔다.

'이봐요, 아저씨. 로또 사러 가시는군요. 행운을 빌어요.'

'아줌마, 오늘은 날씨가 더워서 군밤은 안 팔릴 것 같죠?'

'거기, 청년. 담배 피우는 건 좋은데 걸어가면서 연기를 뿜지는 말아줘. 당신 뒤로 임신부가 걷고 있다구.'

'아가씨, 어제 과음했구나? 화장이 죄다 떠버렸네, 수분 스프레이라도 뿌리는 게 좋겠어……'

하고 싶은 말을 목구멍으로 밀어 넣으며 히죽이는 사이 이순신 동상 너머로 노을이 붉더라.

타인의 시선에서 결코 자유로울 수 없다

거리에 나서면 우리는 저마다 타인 속에 스며든다. 내가 누군가의 구경거리가 되기도 하고, 누군가를 흘금흘금 구경하기도 한다. 가끔 이런 생각을 해본다. 우리가 살아가는 이 세상이 곧 거리이고, 거리는 내가 나를 타자화(他者化)시키는 곳이라고. 그러니깐 뭔 소리냐면 세상살이란 건 산에 움막을 짓거나 무인도로 가지 않는 한

죽어도 혼자 독야청청할 수 없다는 거지. 또한 타인의 시선에서 결코 자유로울 수 없다는 거야. 그래서 우리는 나 자신도 알지 못하는 사이 '눈치'라는 것을 보게 돼. 고상하게 표현하자면 '분위기 파악' 정도 되겠네.

이 '눈치'라는 건 사람을 센스 있게 포장해주기도 하고, 비참한 신세로 곤두박질치게도 한단다. 배웠다면 좀 배운 우리도, 어릴 적부터 좁은 땅덩이에서 밀리고 치이느라 주입식 교육에는 일가견이 있는 우리도 도저히 학습으로 해결하지 못하는 몇 가지 중 하나가 바로 눈치다.

눈치는 타고나는 것이라서, 배운다고 익혀지지 않아. 그래서 입사 초년병의 무릎을 가장 쉽게 꺾는 말이 '눈치껏 하라'는 주문이야. 눈치라곤 배워본 적이 없는데 어떻게 눈치껏 하라는 걸까. '직선'과 '속전속결'로 배우고 정진하느라 우회하고 눙치는 법을 모르는 20대 직딩들에겐 다소 어려운 얘기일 수 있겠지.

잘 들어봐, J야. 감히 얘기하건대 사회생활의 8할은 눈치다. 눈치 있는 사람이 성공한다고 해도 틀린 말은 아니다. 똑같은 학벌과 지능에 똑같은 연차에 똑같은 프로젝트를 진행한 두 사람의 결과물이 차이점을 보인 가장 큰 이유가 뭐라고 생각하니? 성격 아니면 꼼수? 능력 아니면 열정? 모두 영향을 미쳤겠지. 그런데 그런 것들 속에 도사리고 있는 묵직한 함수는 바로 눈치, 곧 센스야. 같은 일도 상황별로 기획하고 변수를 예측하고 결과에 대한 대응까지 고려할 줄 아는 사람이 성공하게 돼 있어. 곧, 선배들이 늘 얘기하는 '눈치껏'의

연장선인 거지.

결국 시선의 문제다. 타인의 시선의 향방을 살피면서 내 행보를 점칠 줄 아는 센스는 사회생활에서 꼭 필요해. 함께 일하는 선후배나 동료 가운데도 유난히 눈치가 빠른 사람이 있고, 어쩜 저리 모를까 싶게 눈치가 둔한 사람도 있어.

예전에 유망주로 입사한 후배를 기억한다. 남다른 열정의 소유자인 데다 품행은 단정했고 언제나 예의 바르게 구는 반듯한 스타일이었지. 모두가 그를 칭찬했다. 하지만 그 칭찬이 두 달도 채 안 돼 사그라들면서 점차 답답한 시선으로 그를 대했다는 게 문제라면 문제였지.

애석하게도 우리의 유망주는 눈치라고는 약에 쓸래도 없었다. 모두가 예민한 기사 마감 시간에 유선전화를 들고 큰 소리로 (그다지 중요하지 않아 보이는 건을) 취재하고(이럴 땐 휴대전화를 들고 사무실 밖에서 통화하는 게 매너), 선배가 애써 만들어놓은 취재 테이블에서 매우 진지한 표정으로 엉뚱한 질문을 해대 분위기를 얼려놓기 일쑤였다.

뜨거운 불과 차가운 물을 번갈아 수십 차례 견디며 담금질해야 비로소 장수의 칼이 된다지. 하지만 그건 『삼국지』에나 나오는 말이다. 안타깝게도 장수의 칼이 될 쇳덩이는 떡잎부터 다르다. 눈치 혹은 센스, 시쳇말로 최소한의 '촉'을 익히지 못한 사람은 잘하면 대기만성일 수 있겠지. 하지만 어쨌든 대기하여 만성에 이르는 긴 시간 동안 남보다 주목 받지 못한 채 더디 가야 한다는 게 이 시대의 슬픈 현실이다.

그런가 하면 대놓고 눈치를 보다간 한 끗 차이로 비참해지기도 하지. 너나 내가, 우리 모두가 겪어본 일, 지나치게 눈치를 보다가 자기환멸에 빠지는 일. 상대를 속이기 위해 나를 속이고, 어설프게 위선을 떨다가 결국 내 이상과는 다르게 일이 흘러가버려서 더 큰 절망에 빠지는 일. 살아남기 위해 비루하게 굴었던 우리 모두의 지난날 어느 한순간.

비루할지언정 비겁해지지는 말자

내친김에 작정하고 가만히 눈을 감아봤다. 지난날 나는 몇 차례나 나를 속이며 비루했던가. 잇새로 스스로를 향한 욕지기가 치미는 것을 참으며 내 명분과 자존심을 외면했던가. 눈치는커녕 상황 파악조차 되지 않아 은근한 웃음거리가 됐던 적이 몇 차례였나. '그러거나 말거나 일단 나부터 살고 보자'는 마음, 티끌만큼도 없었다고 과연 할 수 있을까.

J야. 돌이켜보면 나는 말 그대로 '눈치껏' 살았다. 정말이지 너무 바빴다. 왜냐고? 눈치 보느라. 위아래로 형제가 득시글한 집안이다 보니 나도 모르는 사이 어떻게 하면 돋보일 수 있는지, 어떻게 하면 언니나 동생에게 쏠린 관심을 내게로 돌릴 수 있는지를 고민하지 않았을까. 그러다 어느 순간 자신이 형제 중 그다지 돋보이는 존재가 아니라는 사실을 깨닫고 어린 마음에 대상 없는 박탈감 같은 것을 느

끼지 않았을까. '도대체 어떡해야 해?'라는 막막함 때문에 눈물을 떨구지 않았을까, 나는.

내 경우가 특별한 건 아닐 거다. 모르긴 몰라도 너도 나와 다르지 않을 것이다. 우리는 말을 시작하면서부터 사회생활을 시작하고, 경쟁하고, 남과 나를 비교하면서 자라니까. 네게도 형제가, 사촌이, 그리고 엄마 친구 딸이 있었을 테니까.

이렇듯 욕구와 현실 사이에서 좌충우돌하는 사이 스무 살이 됐고, 서른 살의 강을 건넜다. 굵직한 에피소드를 건너면서 웃거나 울었고, 비교적 성실한 편이었다. 하지만 '눈치 보지 않아도 되는 나이'란 건 여전히 없더라. 그도 그럴 것이 우리는 끊임없이 타인 속에서 섞여서 살아가고 있잖니.

그런데 J야. 어느 순간이 되니까 말이다, 눈치껏 살되, 눈치를 보며 살기는 싫더라. 이유는 잘 모르겠는데 사는 게 조금 만만하기도 하더라는 거야. 때로는 슬쩍 잘난 척을 해봤는데 주변에서 (귀찮았는지는 몰라도) 대략 수긍해주고 게다가 응원까지 해주더라. 오호, 그 대목에서 자신감이 붙더라고. 한마디로 나는 내 '촉'을 믿게 됐다. '내가 옳다고 생각하면 옳은 거야'라는 믿음이랄까. 만용을 부릴 생각은 없지만 어깨를 늘어뜨린 채 '전 아무것도 몰라요' 풍으로 위선을 떨 생각 역시 손톱만큼도 없다.

비루했던 과거의 어느 날, 생각하기도 싫은 비참한 기분은 지금와 생각하면 아무것도 아니다. 한편으론 고맙다. 적어도 나는 내 양심까지 저버리진 않았다. 나는 비루했으나 비겁하진 않았다. 삶을

움직이게 하는 동력은 내가 나를 믿는 마음, 줄여 말하면 '자신감'
아니겠니, J야.

2장

눈물과 한숨 끝에 얻은
최소한의 원칙들

살다 보니 이것만은 지키자, 라는
나만의 원칙이 생기더라

집에 오면 TV부터 켰어,

외로웠거든

빨리 만나는 게 급선무였고, 강남과 강북의 중간 지점을 고르다 급하게 낙점하긴 했지만 어쨌든 만남의 장을 이태원으로 합의한 순간 친구와 나는 동시에 이국의 향신료와 올리브 오일과 홍합과 와플과 달콤한 와인이나 골목 노천카페에서 마시는 시원한 맥주를 떠올렸어. 하긴, 이태원에 맛집이 한두 군데라야 말이지. "간만에 이태원이라…… 너무 좋겠다"라면서. 뜻밖에 재밌거리를 만난 기분이랄까.

금요일 저녁 이태원 그리고 비

근데 이게 웬일이니. 광화문에서 잡아탄 택시가 남산터널을 통과할 즈음 비가 내리기 시작하더니 약속 장소에 도착하니 문을 열기가 겁날 정도로 비가 퍼붓는 거야. 새로 산 친구의 구두와 오랜만에 꺼내 입은 나의 실크 블라우스는 홀딱 젖어버렸고, 우린 만나자마자 인상을 벅벅 쓰며 "아니, 무슨 날씨가 지랄맞게스리……"라고 짜증을 내다가 우리의 젖은 머리카락이 빈틈없이 두피에 착 달라붙을 즈음 투항하는 심정으로 아무 데나 찾아 들어가기로 했지. 그러면서 우리는 두 가지 원칙을 세웠어.

'주종은 소주로 하고, 시끄럽지 않을 것.'

어쩌면 원칙은 우리가 세운 게 아니라 갑작스러운 폭우가 만들어준 것인지도 모르겠다. 비를 맞을수록 값싸고 빨리 취하는 소주가, 옷이 젖을수록 따끈한 국물이 사무쳤으니까. 그런데 막상 찾으려고 하면 더 없는 거 너도 알잖니. 도처에 널린 와인바와 클럽을 휙휙 지나치며 소주를 마실 수 있는 공간을 찾았는데, 당최 눈에 띄지 않는 거다. 해밀턴호텔에서 제일기획까지 걷고 또 걷다가 다시 되돌아와 맨 처음 아직 옷이 홀딱 젖지 않았을 무렵 "저기 갈까?", "저긴 일본 관광객이 찾는 곳이잖아", "하긴 이태원까지 와서 시티즌으로서의 예의가 아니지"라고 했던 문제의 그 갈비집으로, 울컥한 심정이 되어, 예의 따위 잊은 채 들어서버린 것이야.

우비를 입고 호객하던 젊은이는 물에 젖은 생쥐 꼴이 된 두 여자를 보며 딱하다는 표정을 지어 보였지만 그러거나 말거나 우리는 골고다의 언덕을 오르는 순례자처럼 허겁지겁 젊은이의 우비를 뜯을 듯 달려들며 물었지. "자리 있어요?"

걱정과 달리 갈비집 2층은 자리가 있다 못해 광활하더구나. 비 오

는 금요일 밤, 안창살을 뜯으며 소주를 마시는 사람이 그토록 없을
수가! 배려심 충만한 종업원이 갖다준 수건으로 대충 머리를 닦으며
소주 한 병과 고기를 주문하자니, 아까의 종업원이 우리 자리 옆에
열풍기를 놓아주더라. 이태원 관광 특구 서비스의 절정이라고 해야
하나, 헐벗고 굶주린 자에 대한 자비라고 해야 하나.

세상에서 가장 따뜻한 위로에 대해서

우리는 홀의 중간, 창가 자리에 앉아 오이와 당근, 고기와 간
장게장을 번갈아 뜯어 먹었어. 소주는 조금 썼고, 양념 갈비살의 밑
간은 조금 달았다. 일본 관광객의 입맛에 맞췄나 보더라. 초콜릿 외
에 단 음식을 좋아하지 않는 나는 한 손엔 당근, 한 손엔 소주잔을
든 채로 친구의 얘기에 귀를 기울였다. 그날의 목표는 친구의 하소
연을 들어주는 거였어.

그녀가 믿었던 투자자와 동지로부터 동시에 '오늘부로 나는 당신
을 배신합니다'라는 통보를 받은 지 세 시간여 만에 우리는 만났고,
비에 흠뻑 젖은 채 서서히 취해갔다. 그녀와 나의 공통점은 술을 마
시면 웃음이 헤퍼진다는 것. 그런데 이상도 하지. 으하하 까르르 웃
는 걸 보면 분명 취했는데 정신은 갈수록 명료해지는 거야.

우리는 배신의 참담함과 일상의 우울 따위 상관없다는 듯, 알 만
한 사람 다 아는데 꽁꽁 감추다 최근 커밍아웃당한 톱스타 커플의
열애부터 앙리 마티스와 에드워드 호퍼까지 두루 아우르며 시간을

보냈어. 그때 나는 이따금씩 친구의 미간에 주름이 잡히는 것을 모른 척했다. 떨쳐버리려야 떨쳐지지 않는 참담함을 애써 누르고 있는, '나는 배신당했지만 지금 이 유쾌한 순간만큼은 즐겨야 마땅해. 그래야만 해'라는 자위의 제스처였으니까.

J야, 세상에서 가장 따뜻한 위로가 뭔지 아니? 진짜 쉬워. 들어주기만 하면 돼. 잘 들어주는 사람이 가장 훌륭한 카운슬러야. 상대방이 숨을 고르는 순간과 격앙된 순간을 파악해서 적절한 맞장구를 쳐준다면 최고의 리스너(Listener)로 등극할 수 있지. 그런데 듣고만 있다는 것은 상대방에 대한 애정과 연민이 없으면 불가능해. 그래서 '들어만' 주는 게 어려운 거란다.

깻잎 위에 고기를 얹은 다음 구운 마늘을 된장에 찍다 말고 친구가 말했어.

"젤 견디기 힘든 건 말이지, 딸꾹, 내가 지금 어디에 와 있는지, 뭘 위해 이런 기분을 참아내야 하는지 하나도 모르겠다는 거야. 누군가 '네가 멍청해서 그래'라고 답을 주면 좋겠는데 아무도 내게 말하지 않아. '요새 힘들죠?'라고만 해. 야, 세상에 안 힘든 사람이 어딨냐. 그걸로 엄살 부릴 생각 요만큼도 없다. 그냥 알아주기만 해도 땡큐라는 거지. 잘 알지도 못하면서 아는 척, 이해하는 척하는 거 신물나. 딸꾹."

내가 뭐라고 할 수 있었겠니. 세상에 안 힘든 사람이 없고, 모두가 힘들다는 사실을 잊어보려고 친구를 찾고 소주를 찾고 운동을 해. 그런데 너무 서글픈 거야. 그 친구 심정을 알 것도 같고, 모를 것도

같은데 정작 중요한 건 내가 그녀를 위해 해줄 수 있는 게 아무것도 없다는 사실이었으니까. 그저 들어주는 일 말고는.

된장에 발린 채로 대롱대롱 매달린 마늘을 바라보다가 천천히 창 밖으로 고개를 돌린 순간 그곳에는 바다가 펼쳐져 있더라. 여기는 갈비집 건물의 2층 창가 자리이고 우리는 열풍기가 씩씩하게 뿜어내는 온기 덕택에 따뜻한 공기에 휩싸여 있으며 지금 밖엔 비가 오고 있다는 것을 나는 알고 있는데, 아이 참, 이상도 해라. 밖은 그냥 바다인 거야.

"밖이 바다 같아. 여기는 이름 모를 밤바다에 정박한 배 같고."

"뭔 소리여. 그새 취했냐."

말은 그렇게 하면서도 고개를 창문에 박은 채 친구는 한동안 말이 없었다. 나는 서푼어치 말보다는 묵묵히 친구를 바라보는 쪽을 택했고, 친구는 횡설수설하면서 말하길 누군가 옆에 있어주기만 해도 위안이 되겠지만 그게 너여서 고맙다고 했어. 그날 우리의 회동이 흡족한 결실을 맺는 순간이었지.

당연히 기뻤어. '내가 이렇게 앉아만 있어도 누군가에게 존재감을 줄 수 있구나. 바닥을 수차례 내리찍었던 네 고단한 하루를 내가 마무리해줄게'라는 감상에 도취된 바 없지 않지만 그거면 된 거 아니겠냐. 언제부턴가 나는 섣부른 위로와 덜 여문 이해 따위 바라지도, 하지도 않게 됐거든. 자기 자신보다 더 자신을 잘 알 수는 없으니까. 모든 건 각자의 몫이고, 그걸 깨달았을 때 울거나 분노하다가 비로소 일어설 힘도 생기는 거니까.

창밖에 펼쳐진 바다 위에는 반짝반짝 흐릿한 것들이 빛을 내고 있었어. 눈물 같기도 하고, 깃발 같기도 하고, 반가운 이의 부드러운 손짓 같기도 했다. 친구가 우걱우걱 고기를 씹으며 말했지. "야, 어떻게 하면 네온사인 불빛이 눈물이나 깃발이나 사람 손으로 보이냐? 솔직히 말해. 너 사실은 바보지?"

'내 기분은 꽤 회복되고 있어'라는 말보다 더 듣기 좋은, 애정 어린 핀잔이었다. 우리는 깔깔 웃으며 자정이 넘은 시각에 비에 젖은 이태원을 걸었어. 그러고는 새벽까지 문을 여는 아이스크림 가게에서 초콜릿 아이스크림을 사서 쪽쪽 빨면서 각자의 집을 향해 돛을 올렸지.

네가 너를 사랑하는 한, 외로운 건 당연해

바다에 표류하다 귀향하는 것 같은 감상은 집으로 가는 길 내내 이어졌어. 3년 만에 집으로 가는 마도로스처럼 설레고 벅찼느냐고? 천만에. 머물다 온 바다나, 향하고 있는 집이나 쓸쓸하기는 마찬가지라는 체념 혹은 인정 같은 것이었어. 어쩌면 친구의 심리 상태에 전염된 것이었는지도 몰라. 하지만 내 머릿속에는 좀 전에 본 바다가 지워지지 않았고, 그것은 분명 착시였지만 그 착시 역시 마음이 불러온 것이었으니까 전혀 이상한 것은 아니라는 거지.

집에 들어서자마자 나는 현관의 센서가 켜지기도 전에 거실로 성큼성큼 걸어가 TV를 켰어. 브라운관이 파밧, 하면서 인사를 건네는 걸 들으면서 채널 재핑을 했는데 어디에서도 바다는 나오지 않았어. 대신 기다렸다는 듯 화면 속 등장인물 모두가 내게 골이 지끈거릴 정도로 호들갑을 떨며 말을 걸어왔지. 2초 이상 말을 쉬지 않는 쇼호스트가, 시어머니 구박에 시달리는 가난한 며느리가, 성형 흔적이 남아 있는 여자 아나운서가, 심각한 얼굴로 사건을 쫓는 FBI 수사관이…….

그때 나는 너도 함께였던, 국제영화제 취재차 부산에 내려가서 봤던 먹색 밤바다를 떠올렸던 것 같다. 우리는 뒷맛이 개운치 않은 치정 스릴러 영화 뒤풀이에 갔다가 흥청망청 취했고, 급기야 숙소로 돌아가는 길을 따라 펼쳐진 해운대 백사장에 벌렁 누워버렸지. 그때 네가 이렇게 말했잖아.

"우리는 배 안에 있고 밖엔 바다가 출렁이고 있는 것 같지 않아요? 나가보지 않으면 아무도 알 수 없잖아요. 내가 바다에 있는지, 해안에 정박해 있는지. 아, 쓸쓸하다. 그쵸?"

기억하니? 뜬금없는 네 주사에 와자지껄 떠들어대던 일행은 약속이나 한 듯 일제히 입을 다물었잖아. 아마도 앞의 말은 무시하고라도 "쓸쓸하다. 그쵸?"에는 동의한 것 아니었을까. 어처구니없이 도심 밤거리를 바다로 착각하고는 외로워서 TV를 켤 수밖에 없었던 나에게나, 해안가에 수평으로 누워 쏟아지는 별을 쓸쓸하게 바라보던 너에게나, 아이스크림을 먹어야겠다고 바득바득 우겨대던 (결국 달콤한 처방이 필요했던) 친구에게나, 우리는 모두 혼자라는 사실을 잊고 싶은 순간이 있어.

그럴 때 손을 뻗어 닿을 수 있는 누군가가 있다면 좋겠지만 그게 어렵다면 너만의 처방을 만들어봐. 정호승 시인도 「수선화에게」라는 시에서 이렇게 읊지 않았겠니. '울지 마라/ 외로우니까 사람이다…….' 어떤 날, 어떤 순간 외로움이 사무치더라도 그걸 낯설어하지는 말아. 시인의 말씀을 극적으로 표현하자면 말이다, 외롭지 않으면 그건 사람 아니다. 외로움이란 건 마음이 앓는 감기 같은 거야. 네가 아무리 더 몽롱한 감기약에 취해 침대에 누워 있고 싶어도 일주일이 지나면 식욕이 당기면서 움직이고 싶어지잖아. 너의 외로움은 시나브로 사라질 것이고 다시 일상 속으로 파고들게 될 테니까. '이런! 나 외로운가 봐요! 누가 나 좀 어떻게 해줘요!'라는 촌스러운 반응은 보이지 마라. 네가 너를 사랑하는 한 외로운 건 당연하니까.

그나저나 쓰다 보니 갑자기 생각난 건데, 영화제에 가고 싶다며 나를 달랑달랑 따라온 너는 이틀째 되던 날 밤 홀연히 사라져서는 다음 날 나타났잖니? 기자도 아니면서 너 그때 어디 갔었니? 내가 깜박 잊고 있었다만 이 편지 받는 즉시 그날 밤 무슨 일이 있었는지 이실직고하는 게 좋을걸?

지난날의 실수는 과연
되풀이되지 않을까?

일주일 중 가장 억울한 순간은 심 봉사 개안하듯 자동적으로 눈이 번쩍 뜨이는 휴일 아침 7시. 암만 발버둥을 쳐봐도 잠은 다시 오지 않고, 어제 읽다 만 책을 다시 펴는 기행을 하면서까지 절대 몸을 일으키지 않는 나의 결연한 보상심리란! 하지만 그 짓도 한 시간을 채 넘기지 못하고 신경질을 버럭버럭 내며 일어나는 거지. 그렇게 일어난 아침, 가장 생산적인 일은 하루 일과를 앞당겨 해치우는 거야. 그런데 그게 말처럼 쉽지 않지. 멍청하게 소파에 앉아 있다가 엄마한테 괜히 한 소리 듣고, 늦잠 푹 자서 탱탱하게 물오른 동생의 피부를 질투(!)하다 보면 어느새 10시가 훌쩍 넘어가 있잖아.

토요일 아침, 병원에서

독립해 혼자 지낸다고 해서 크게 다르지 않아. 나 역시 일단 거실로 나가서 행여 잠이 올지도 모른다는 미련을 버리지 못하고 소파에 다시 한 번 누워본단다. 더욱 명료해지는 머릿속과 흐드러지게 자고 싶다는 육체의 욕망 사이를 오가는 사이 블랙 코미디처럼 뜬금없이 허기가 밀려와. 뭐 그때부터 밥을 짓는다든가, 갓 구운 크루아상에 드립 커피를 떠올리며 추리닝(트레이닝복이라고 하면 참 어감이 얄미워. 추리닝은 그냥 추리닝이라고 말해야 나 같은 게으름뱅이에 대한 예의라고나 할까) 차림으로 나가보기도 해. 너도 알다시피 나는 식탐 대마왕, 뭔가를 위장에 채워 넣어야 본격적으로 아침이 시작됐다고 할 수 있으니까.

최근에 나 말야, 잘 먹기로 어디 가서 남부럽지 않던 식탐 대마왕께서 크게 탈이 나셨다. 뭘 먹어야 하는데 먹을 수가 없을 지경이 됐고, 웬만하면 무식하게 참던 마왕이 제 발로 병원을 찾을 만큼 위중해지신 게지. 아마 오늘 아침 7시 기상은 쓰리고 꼬인 위장의 아우성을 견디지 못한 탓이 더 클 거야.

병원 진료가 시작되는 시간은 8시 30분. 생수 500밀리리터를 천천히 씹듯이 마시고(병원에서 알려준 물 음용법), 득달같이 병원을 노크하는 성마른 환자는 되기 싫어서 신문을 뒤적이며 최대한 늑장부리다 8시 50분이 돼서야 집을 나섰단다. 토요일 오전은 한가할 것이라는 예상을 깨고 병원은 사람들로 바글바글하더구나. 일주일에 닷새는 일하고 하루는 병원을 찾아 닷새 동안 일하면서 얻은 스트레스

와 질병을 치료하고, 나머지 하루는 밀린 잠을 자는 사람들. 다름 아 닌 우리가 그렇게 살고 있어.

10년째 내 장기를 주무르고 계신 원장님으로부터 만성 위염이 부 른 소화 장애에 식도염까지 반갑지 않은 훈장을 주렁주렁 받아들고 서 병원을 나섰다. 1층 약국에서 약을 지어 건물을 나서는데 햇살이 너무 눈부시더라. 집으로 직행해 섭식에 신경 써야 할 위염 환자인 주제에 나는 오랜만에 토요일의 브런치를 떠올렸어. 햇살이 잘 드 는 창가에 앉아 커피를 마셔줘야 할 것 같은 욕구로 정신이 아득해 지더라.

병원으로 다 몰려갔는지 토요일의 대학가는 한산하고 고즈넉한 기분마저 들었어. 아무 데나 찾아 들어가기로 하고 길거리를 어슬렁 거리는데 '5번가'라는 이름의 카페가 눈에 들어왔지. 알록달록한 상 점들과 예쁜 카페들이 늘어선 주택가 골목에 지평선보다 아래에 위 치한, 반지하 카페. "아침 먹을 수 있어요?" 물었더니 11시부터래. 시계를 보니 10시 50분. 나는 햇살이 차양에 꺾여 알맞게 들어오는 바깥쪽 테라스에 자리를 잡고 브런치 메뉴를 주문했지. 사실상 그 시간에 내게 주어진 메뉴 선택권은 그것밖에 없기도 했지만 내 후각 은 이미 이 집에 들어설 때부터 식사보다 갓 볶은 커피 냄새에 매료 당해 있었어.

선글라스를 끼고 책을 읽으며 식사를 기다리는 내 모습은 언뜻 한 가로운 휴일의 망중한이었겠지만 실상은 괴로웠어. 아침 댓바람부 터 설치더니 급기야 카페에서 개폼을 잡고 선 주인장을 원망하는 위

장의 아우성을 외면하자니 죄책감이 들었지. 그즈음의 나는 집에 가
서 죽을 끓여 먹고 미지근한 물로 위장을 달래야 할 팔자였으니까.

그러나 속은 울고 있다

　　물을 천천히 마시는 동안 커피와 음식이 날라져 왔는데 너무
슬프면서 너무 기뻤어. 이걸 다 먹을 수 있다면 얼마나 좋을까, 라는
생각과 커다란 접시 위에 놓여진 구운 토마토와 지금 막 오븐에서
꺼낸 바삭한 토스트과 햄과 소시지, 허브 식초를 뿌린 샐러드, 신선
한 후추가 점점이 박혀 있는 에그 스크램블을 3분의 1도 먹지 못할
것이라는 사실 때문이었지. 게다가 커피를 마실 때마다 물 한 모금
으로 식도와 위장을 희석해야 하는 수고로움도 반가운 건 아니었다.
하지만 이렇게 맛있는 것이 내 몫이라는 사실의 황홀감은 식탐 대마
왕으로서 몹시 뿌듯한 일이었지.

　　의사는 '노 카페인'이라고 엄중히 경고했지만 나는 비웃었다. 토
스트와 커피를 먹고 마시며 여봐란 듯 의사의 경고를 비웃었고, 제
몸이 타들어가는 것도 잊은 채 불붙은 짚에 파고드는 살찐 벼룩처럼
30분 후면 후회할 게 뻔한 짓을 자행하고 있는 내 어리석음을 비웃
었다. 영화에서 그런 경우 종종 있잖아. 관객은 다 아는데 주인공만
바보같이 모르고 쾌락의 위험에 빠져드는 순간. 그 순간 주인공은
너무 행복해 보이잖아. 잠깐 그 행복을 의심하면서도 '괜찮아, 다 잘
될 거야'라고 밑도 끝도 없이 낙관적 태도를 취하지. 나도 그랬다.

'괜찮아, 약 먹으면 돼. 어차피 오늘내일 나을 것도 아니잖아. 사흘 후엔 또 병원에 갈 건데 뭐.'

나는 조금씩 아파오는 위장의 신호를 감지하자마자 가방에서 약을 꺼내 테이블에 올려놓았어. 그러고는 그 약이 마법의 주문이라도 되는 양 안심하며 다시, 커피를, 한 모금, 입에 물었지. 볶은 원두의 탄 냄새를 음미하며 천천히 삼켰을 땐 이미 식도의 염증 부위에서 찌르는 듯한 통증이 전해져 왔다.

햇살과 커피와 토스트를 만끽한 대신 장기의 염증이 두 배로 부어오르는 형벌을 받았지. 어깨에 내려앉은 햇살을 툭툭 털어내듯 일어서서 값을 치르고 나오는데 대학생 아르바이트로 보이는 앳된 종업원이 "식사는 맛있게 하셨어요?"라고 얼굴만큼이나 예쁘게 묻더라. "굉장히 맛있게 했어요"라고 대답해줬어. 종업원은 게걸스럽게 먹던 언니 모습에서 이미 짐작은 했다, 라는 듯 환하게 웃으며 고개를 크게 끄덕이더군.

약이 뭐라고, 나는 그것만 믿었을까. 내가 지키지 않으면 약이고 뭐고 아무 소용이 없는데. 그날 나는 죽도록 아프고는 부은 염증 외에 '사흘간 죽만 드시오'의 형벌을 추가로 받았어. 위장과 관련한 각종 질병들은 한 번씩 다 경험해봤을 만큼 허접스러운 위장의 소유자이면서 나는 탈이 나도 초지일관 부주의하다. 정말이지 나는 통증과 질병에 대해서만큼은 의사 말을 듣지도 않을뿐더러 '오로지 나의 길을 가련다'야. 그러니 시간과 비용이 몇 배로 더 들지. 욕망 한 번 참고, 고집 한 번 꺾으면 되는데 말이다. 이런 바보가 세상에 또 있을까? 많다고? 다행이군. 외롭지 않아서.

실수는 반복된다, 대신 나는 진화하고!

J야, 사람은 참 안 변해. 고집을 꺾으려 하지 않고, 경험하지 않은 것은 믿지 않을 뿐만 아니라 제멋대로 예단해. 그러다가 꼭 뭔가 사단이 일어나고, 그제야 갸우뚱하며 자신의 무지를 인정하는 '척' 하지.

'한 번 실수는 병가지상사'라는 말, 나는 믿지 않아. 일사부재리의 원칙도 믿지 않아. 장구한 인류의 역사처럼 길게는 100년에 이르는 개개인의 역사도 무한 반복된단다. 한 번 한 실수는 이후 끊임없이 똑같은 방법으로 반복돼. 상황만 바뀔 뿐이야.

지난날의 과오에 비추어 다시는 반복하지 않겠다는 약속은 정말 근사해. 인간은 누구나 실수를 하는데 인간이기에 가능한 결점을 스스로의 의지로 불식시켜나가겠다는 의지의 표현은 얼마나 위대하냐. 흔히 정치 하시는 분들이 그런 말 많이 쓰지. 여의도 국회에서 나라를 바로잡고자 불철주야 애쓰시는 그분들을 폄훼할 마음은 눈곱만큼도 없다마는 그분들의 얘기는 신중하게 가려들을 필요가 있어. 특히 역사의 과오를 반복하지 않겠다는 선언의 경우엔 못 들은 것으로 하는 편이 나아. 오히려 나는 이렇게 말하는 정치인이 좋아. 과오는 반복될지 몰라도 그에 대한 대응과 대책은 빨리 마련하겠다, 라고.

정치는 광장 문화에 입각해서는 선동이고, 대승적 의미에선 약속이고, 감성적 차원에선 최면이야. 그것을 너나 나, 개인에게 대입시키면 답은 나오지. 우리는 지난날의 실수를 통해 그땐 이럴 수밖에 없었다고 합리화(선동)하고, 다신 그러지 않아야지 다짐(약속)하고, 실수를 반복했을 땐 자괴감(최면)에 빠지거든. 실수 한 번에 오만 가지 상념에 빠지느니, J야, 차라리 인정하는 게 낫다.

어떤 일에 대해 상사에게 보고한 다음 일을 처리하는 습관은 기본이랄 수 있지. 그런데 이게 참 안 되는 직장인들이 있어. 조직 내 보고 체계는 중요도 차원에선 1순위인데, 특별한 의도가 있는 것도 아닌데 번번이 이걸 놓치는 사람이 있더라. 몇 번씩 주의를 줘도 안 되는 건 안 되는 거야. 의도가 있다면 그 의도의 싹을 잘라버리면 되는데 그게 아니니 윗사람이나 당사자나 답답할 노릇이지.

그래서 나는 후배들에게 늘 이렇게 말해. 위에 보고하고 위로부터 지시 받는 습관을 들이지 못한 것은 조직생활의 개념 문제라고. 익숙하지 않아도 해야만 하는 일이라고. 그런데도 안 되는 사람은 안 돼. 그럴 땐 내 쪽에서 먼저 액션을 취하는 게 속 편해. 보고 받기 위해 "나한테 보고할 거 없냐?"라고 묻는 거지. 그러면 대개는 머쓱해하지. 부끄러우라고 한 얘기가 아니라 일하자고 물은 거니까 서로 민망할 필요가 없고, 나는 속 끓이지 않아서 좋고, 후배는 타이밍을 놓친 것에 대해 자연스레 학습할 수 있으니 좋아. 대응 방법만 달리하면 실수는 다른 형태로 진화할 수 있어.

실수를 두려워하지 마라. 실수는 반복될 운명을 타고난다. 다만 받아들이는 사람의 마음가짐의 문제야. 네가 실수를 무서워하니까 실수란 놈이 너 놀려주려고 자꾸 달려드는 거야. 실수를 하지 않겠다는 허울 좋은 다짐보다는 다음번 실수할 땐 이렇게 처리해야지, 라고 마음을 바꿔봐.

"하루 한 잔 정도는 커피를 마셔도 되는 약을 함께 처방해주세요"라고 말했더니 의사가 별수 없다는 듯 나지막이 귀띔하더라. 의사가 사는 낙을 막아서야 되겠냐고, 커피를 하루에 한 잔만 마시는 대신 커피 마시는 날엔 밀가루 음식을 먹지 말라고, 밀가루 음식 먹은 날엔 커피 대신 밀크티 마시라고. 꽤 괜찮은 처방 아니니? 모든 실수엔 협의가 가능해. 그리고 즉각적이고 현실적인 협의일수록 실수 발생 빈도는 현저히 줄게 돼 있단다.

워커홀릭이 되느니 네 삶을 살아

평화로운 풍경을 보다가 불현듯 '젠장'이라고 욕해본 적 있니? 우아한 음악을 듣다가 '아, 거지 같아'라고 탄식해본 적은? 평화로움과 욕지기, 우아함과 탄식은 언뜻 잘 어울릴 것 같지 않지만 평화와 우아함의 성격에 따라 퍼즐처럼 꼭 맞기도 해. 한마디로 어이없는 경우지. 울다가 갑자기 웃음이 터져 나오는 것처럼 황당하고 말야.

나한텐 차르(The Czars)가 그래. 우리가 알고 있는 차르는 제정 러시아의 황제를 일컫는 말이지만 너무나 아름다운 음악을 탄생시킨 미국 덴버 출신의 밴드명이기도 하단다. 내 기억으론 1994년에 결성됐다가 앨범 세 장을 내고 돈이 없어서 해체하고 만 불운의 밴드이기도 해. 제정 황제를 본 따 이름을 지었으나, 배우는 출연작 따라가고 가수는 제목 따라간다고, 러시아가 그랬듯 이름의 숙명대로 멸망하고 만 거야. 그것도 제정이 아닌 재정의 문제로 말이지. 아이러니하지.

모든 이들은 우아함과 고급스러움을 갈망하지

가끔 차르의 음악을 들으며 생각하지. '노래 잘 부르는 남자가 섹시하다 못해 우아할 수도 있구나'라고. 특히 내가 좋아하는 곡은 비장한 제목의 마지막 앨범 《울려서 미안해(*Sorry I Made You Cry*)》의 리메이크 수록곡 〈그 소년들이 머무는 곳(*Where The Boys Are*)〉이야.

이 곡으로 말하자면 여름날에 풀장에 튜브 띄워놓고 누워서 아이스티를 마시고 있는데 검은 새 한 마리가 네 튜브로 뚝 떨어지는 기분. 얼굴에 빗금이 잔뜩 그어지는 찰나 검은 새가 낮고 평온한 목소리로 "놀라지 마세요. 저 나쁜 새 아니예요"라고 말하는 것 같은 기분. 경천동지할 상황은 아니었으니 이전까지의 평화가 깨졌다고는 할 수 없으나 울컥해서 욕은 치밀고, 검은 새의 속삭임은 불가항력적이어서 기묘한 우아함을 선사하지만 그렇다고 뭘 어찌해볼 수 없는 노릇이므로 네 입에선 장탄식만 나오지 않겠니.

이렇게 우아하고 슬픈 목소리로 노래하면서 정작 자신들은 동요하지 않아. 이들은 단조 도에서 장조 파의 사이를 오가면서 정말 성심껏, 수준급의 사운드를 만들어냈단다. 검은 새가 말을 건대도 꽉 소리를 지르지 않을 정도로 평정심이 유지되고 있거나, 금방이라도 꽥 소리를 지르고 싶을 만큼 욕구 불만이 가득 차오른 날 꼭 한번 들어보길 바란다. 취향의 문제니까 '그래서 어쩌라구'라고 한대도 나는 잘못 없다. 흠흠.

덴버 출신 촌뜨기들로서 출발은 메인스트림이 아니었지만 보컬이 러시아어를 좀 한다는 이유로 밴드명을 거창하게 짓고 출사표를 던진 거지. 우리나라에도 그런 경우는 많잖아. 꿈을 과하게 담아낸 이름이나 제목 때문에 제목처럼 한순간에 명멸해버린 슈퍼스타들.

"뭐 근사한 이름 없을까. 뻔하지 않으면서 고급스러운 거 말야. 우리 음악처럼!"

밴드명을 지을 때 네 명은 가난한 옷차림에 가난한 악기를 들고 가난한 스튜디오에서 머리를 맞대고 이런 고민을 했을 거야. 뻔하지 않으면서 고급스러운 어떤 것. 실로 어려운 일이지. 새하얀 목에 진주 목걸이를 했다고 모든 여자가 다 우아해질 순 없는 것과 같은 이치야. 예쁜 여자가 아름다움까지 도달하기가 어려운 것처럼, 가방끈 길고 똑똑한 여자는 많아도 지성 '미'까지 갖추기가 쉽지 않은 것처럼.

인생의 진화기, 스물여덟에서 서른셋까지

그런데 우리가 '고급스럽다'고 말하는 것들을 보면 의외로 뻔한 고급스러움으로 치장한 것들이 많은 거 아니? 고급스러운 것은 흔하지 않아야 해. 도를 넘지 않아야 하고, 스스로 조심스러워야 하고, 다른 것과 차마 비교되지 않을 만큼 독특한 오라가 있어야 하고, 무엇보다 빼기지 않아야 해. 속살을 의기양양 드러내놓고 찬사를 기다리는 것에는 당장은 반응할지 몰라도 두 번 이상 찾게 되지 않아. 사람이건 물건이건.

너의 10년 후가 뻔해질 것인가, 고급스러워질 것인가는 전적으로 너한테 달린 거야. 나는 스물여덟 살부터 서른두 살 혹은 서른세 살까지를 어떻게 보내느냐에 따라 고급스러워지거나 뻔해지는 거라고 확신한다. 이후의 시간들에는 자각과 보정, 성취와 진화의 과정이 기다리고 있지. 직장인은 일을 열심히 하고, 창작하는 사람은 열심히 창작하고, 학생은 열심히 공부를 하면 훗날 인생이 고급스러워질까.

내가 말하는 건 돈을 많이 버는 것 말고 삶의 윤기에 관한 거야. 가난한 삶을 살다가 요절했어도 고급스러운 인생으로 기억되는 음악이 있고, 돈 방석에 올라앉았어도 길거리에 나뒹구는 전단지보다도 못한 대접을 받는 음악도 있어. 너의 서른 살 언저리를 어떻게 보낼 것인가에 대해 물리적인 성공과는 다른 측면에서 진지하게 고민해봐야 한다는 뜻이야. 나 역시 시도 때도 없이 진지한 사람이랑은 그다지 안 친해지고 싶고(재미가 없잖아!) 진지한 것 자체를 즐기지도 않지만 때로는 어떤 절실함을 갖고 진지하게 고찰해야 하는 순간도 있는 법이니까.

너한텐 바로 지금이 그 순간이야. 네가 새로 장만한 영상 통화폰

으로 내게 전화를 걸 때마다 깜짝깜짝 놀라. 어떻게 자정이 다 되도록 회사 근처 편의점에서 생수와 메추리알을 사고 있니? 갈라진 목소리로 "수분과 단백질을 섭취하는 중"이라고 얘기했을 때 내가 한 말 기억나지? 밤잠 설치고 야근하는 동안 네 무릎도가니는 소리 없이 삭아가고 있다고.

또 한 가지, 유방암 같은 직장 여성의 여성암 발병 원인 1위가 수면 부족과 스트레스, 즉 야근 때문이란 뉴스도 못 봤니? 새벽 5시에 퇴근하면서 동트는 햇살을 찍어 단체 전송하는 취미도 이젠 버려다오. 일에 치여 살고 있는 몰골을 동네방네 광고하면서 네가 얼마나 메마르게 살아가고 있는지에 대해 친절하게 설명해주지 않아도 돼. 충분히 너는 딱하게 살고 있으니까. 주변의 믿음을 배반하지 않기 위해 역량이 달리는 걸 알면서도 매일 밤 쥐어짜듯 야근을 마다하지 않는 것이 훗날 너에게 훈장을 줄 거라고 생각하니?

너에게 주말도 없이 일하고 있다는 말을 언제쯤 안 듣게 될까. 어쩔 수 없이 해야 했던 일이 지금껏 네 주말을 빼앗아간 숱한 날들 중 몇 퍼센트나 될까. 매일 밤, 매주 토요일 네가 아니면 안 될 일들이 미션으로 주어졌고 언제나 네 손을 거쳐 '미션 클리어'됐다면, 그 정도로 네가 희귀한 능력자였다면 너는 지금쯤 '우리 회사 최고의 원더우먼'으로 초특급 승진을 했어야 해.

우리나라에 여성의 직위가 부장급까지가 가장 많고, 이사까지는 극소수에, 대표 자리까지 꿰차는 일은 손에 꼽을 만큼 드문 이유가 뭔지 알아? 입사하자마자 '나보다 예쁘고 학벌 좋은 여자 동기'→

'새로 들어온 뺀질이 남자 후배'→'나를 견제하기 시작한 여자 상사'→'일하느라 여성적인 매력을 잃어버려 남성스러워지고 있는 나 자신'과 매번 경쟁해왔기 때문이지. 결국 자신의 콤플렉스와 경쟁하면서 대리에서 부장까지 죽을힘을 다해 와버렸고, 결정적인 순간 전의고 뭐고 탈진해버리기 때문이야.

앞만 보고 무작정 달리지는 마

워커홀릭은 일종의 도취고 습관이야. 마라톤 선수의 심폐 기능이 한계치에 도달하면 육체의 고통이 사라지고 마약 성분과 같은 신경물질이 뇌에 전달되는데 그것을 '러너스 하이(Runner's High)'라고 부른다지. 그게 지속되면 어떻게 되는 줄 알아? 격렬한 도취 상태가 일순 사라지면서 심장을 움켜쥐며 땅에 무릎을 꺾고 마는 거야. 인생의 레이스에서 잘 달리는 일은 중요하지만 세심한 주의가 필요해.

네 나이였을 때 나는 어땠을 것 같니. 꽤 계획적으로 영민하게 보냈을까, 과연?

오후에 바짝 매달리면 끝낼 수 있는 일인데도 밤새 일하는 맛에 신명을 내던 당시의 나는 퇴근 무렵까지 슬렁슬렁 일하다 저녁을 먹고 늘 그렇듯 야근을 하게 됐어. 원래 일 못하는 사람이 야근하고, 밤새우고 그러는 거다. 적어도 내 경우엔 그랬으니까. 아무튼 그때 회사 분위기는 젊었고, 젊었기에 상식을 벗어난 면도 있어서, 야근하다 회사에서 잠을 잘 수 있는 시스템이었지(심지어 침대가 있었다

고!). 잔 것 같지도 않은 토막잠을 깨운 건 오전 8시 집으로부터 걸려 온 아버지의 부음 소식이었어. 집에 가려면 갈 수 있었던 그때, 나는 습관적으로 밤을 새는 당시의 일 중독증 때문에 아버지의 임종을 놓쳐버린 몹쓸 딸이 됐단다.

한번 들어버린 습관은 그러고도 고치지 못했지.

어느 날 새벽 4시에 회사를 나서는데 1층 현관에서 갑자기 숨이 턱 막히더라. 이유를 알 수 없는 분노, 처연함, 부끄러움 같은 것이 한 덩어리가 돼 내 뒷골을 잡아당기는 거야. 한참 서서 숨을 고르다 보니 그 덩어리는 '더 이상은 아니다'라는 절박감으로 정리되더군. 이 문을 나서서 다시는 들어오지 말자고 결심했지. 결심은 다음 날 아침 곧바로 실행됐고.

'남들처럼'이라는 잣대처럼 무서운 게 없더라. '나도 누구처럼 목표를 이루겠다'는 롤 모델을 마음에 품고 의지를 다졌다면 네 심장이 계속 달릴 수 있는지, 네 다리는 아직 튼튼한지, 너를 감싸고 있는 공기가 아직 견딜 만한지 체크해봐. 남들처럼 전력 질주하다가 막판에 갈팡질팡하느라 인생을 낭비하기 싫다면, 뻔하게 나이 들고 싶지 않다면 일을 줄이고 네 삶을 살아. '남다른 삶'은 튀는 삶이 아니라 남이 아닌 자신을 위하는 삶을 뜻하는 거니까.

너를 버리는 사람들,
너를 일으켜 세우는 사람들

과거에 네가 살던 집을 일부러 찾아가본 적 있니? 내 경우엔 작정하고 찾아보기로 하면 강남과 강동, 강서를 아울러 급기야 서울 구경을 다해도 모자랄 판이다. 지방에서 올라와 내가 풀고 싼 짐이며, 찾아다닌 부동산이며, 집마다 얽힌 사연들이 한두 가지라야지, 원.

예전 동네들이여, 다들 안녕하신가

너는 서울토박이인 데다 부모님께 얹혀사는 마당이라 나의 소회를 완전히 이해하긴 어렵겠구나. 오늘은 아주 우연하게 내가 전에 살던 동네 두 곳을 어슬렁거리게 됐다. 5분만 걸어 나오면 홍대 인근 바와 카페, 놀 거리가 즐비한 동교동과 열 발짝만 걸으면 인사동 맛집이 즐비한 안국동. 특히 이 두 동네는 한번 눌러앉으면 나가라고 하기 전까지 집이건 회사건 사람 마음이건 먼저 나가는 법 없는 느리고 어리숙한 내 성정이 고스란히 반영된 곳이지. 웬만하면 눌러 참는 둔하고 게으른 성격이라는 말이 맞을 거야. 그러다 나가야겠다고 결심하면 뒤도 돌아보지 않고 성큼성큼 걸어 나오는 일명 '단칼'의 이면이지.

집을 구할 때도 가급적 오래 있을 곳을 구하게 됐고, 회사는 모든 면이 내 맘에 쏙 들 순 없으니까 내가 마음의 의지 삼을 수 있는 절대 가치가 충족된다면 그것으로 족했고, 연애를 할 땐 한번 빠지면 '당신 심장이 내 집'이라는 뜨겁고 빨간 딱지를 척 붙이곤 했으니까. 잘 참는 성격이면서도 결정적인 면이 틀어지면 물건이건 마음이건 보따리를 싸는 데에는 그리 오랜 시간이 걸리지 않더라.

동교동 집은 동교삼거리에서 안쪽으로 나 있는 조용한 주택가였어. 얼마나 이 동네를 좋아했느냐면 볕 좋은 휴일이면 집에 있을 것인가, 산책을 나갈 것인가 미간을 찡그리며 고민했을 정도로 행복에 겨워 마음이 성가실 정도였어. 창으로 쏟아지는 햇빛이 방바닥에 만들어내는 조각이 너무 좋아서 거기에 몸을 맞춰 웅크리고 누워 있다 보면 스르르 낮잠에 빠져들었고, 해 저물녘에는 슬리퍼를 끌고 동네에 찾아온 친구를 만나러 집을 나서곤 했지.

갓 지은 밥을 내놓는 식당과 딸 자랑에 여념이 없던 친절한 이모가 있는 삼겹살집, 바람둥이 청년이 운영하는 와인바 모두 나의 단골집이었다. 유일한 대본점에서 만화책을 빌려 읽기도 했고, 커피

맛은 시금털털 별로였지만 카레라이스가 맛있어서 가끔 들르던 카페는 나중에 드라마 〈커피프린스 1호점〉의 촬영지가 됐더라. 혼자서 할 수 있는 공간이 많았다는 점에서 그 동네는 내게 많은 추억을 안겨줬는데, 특히 마음이 걸레같이 찢어지는 날엔 나를 알아봐주는 상점 주인들의 마음 씀씀이가 눈물겹더라고.

예상치 못했던 그날의 온기

이런 적이 있었어. 스스로 숨을 끊은 젊고 파릇한 여배우의 빈소에 취재 갔다가 자정을 넘긴 시각에야 집에 돌아오는 길이었다. 가느다란 명주실 한 가닥에 내 이성이 연결돼 있을 만큼 기진한 상태였지. 마침 친절한 이모네 삼겹살집이 환하게 간판을 밝히고 있더라. 친구들과 자주 들러서 이미 '단골 예쁜이(토할 것까진 없잖아!)'로 통하는 곳이었지만 평소 같았으면 그 야밤에 혼자서 삼겹살집에 가는 건 좀 말이 안 되는 일이었지. 그런데 그날 나는 그렇게 했다. 다행히 손님은 몇 테이블 없었고 구석에 자리 잡고 앉았지.

"이 시간까지 밥도 안 먹고 뭐 한거?"라며 주인아주머니는 상을 차려주셨다. 평소 고기를 좋아하긴 했지만 옆 테이블에서 상을 뒤엎으며 "저 아가씨만 손님이고 우린 손님도 아니란 말인가!"라고 절규할 만큼 넘치는 1인분이었지. "이모, 양이 너무 많아요, 더군다나 지금은 새벽 1시라구요!"라고 말하기도 전에 주인아주머니는 어느새 내 앞에 앉아 낮에 담근 거라며 김치 겉절이를 찢어 내 밥에 얹고 계시더라.

"오늘은 일이 고됐어?" "네, 조금요." "그래도 끼니는 거르지 말어."
"네……." "울었어?" "아, 아니요. 그게 아니라……." "눈물 끝엔 허
기가 지는 법이여. 어차피 문 닫을 시간이니까 서두르지 말고 천천히
다 먹고 가."

이미 나는 배가 터질 지경이 됐는데 "다 먹고 가"라고 나를 째려보
시며(!) 된장찌개와 계란찜을 내놓으시는 통에 묵묵히 다 먹어버렸
어. 나의 위장에 건배를! 희한하게 빵빵해진 건 위장이 아니라 마음
이었고, 어느 순간 마음의 피로감은 회복됐더라. 오늘 가보니 그곳
에는 오리 주물럭 간판이 걸렸고, 이모는 보이지 않더구나. 결혼 앞
둔 박사 딸내미 하나만 보고 사셨는데 손주는 몇을 두셨을까?

안국동의 오피스텔 창밖으로는 운현궁 앞뜰이 펼쳐져 있었어. 가
끔 새벽 3시만 되면 폭주족이 큰길로 내달리는 통에 잠을 깨곤 했던
것을 빼면 호젓한 전망을 만끽할 수 있는 곳이었다.

너는 살아보지 않아서 모르겠지만 오피스텔의 겨울은 건조해. 나
같은 호흡기 약골에겐 환영할 만한 곳은 아니었는데, 촉촉한 겨울을
위해 가습기와 어항을 들여놓고 습도 조절을 했지. 유난히 춥고 긴
겨울이었다. 2월 말이었는데도 밤새 내린 눈이 꽁꽁 언 길을 따라 산
책 삼아 걷게 된 인사동의 저녁. 사실 산책은 허울이었어. 남자친구
와 나는 격렬하게 다퉜고, 침묵보다 무서운 무관심 속에 마주 앉아
커피를 마신 뒤 목도리를 여미고 나서는데 카페 입구에 있는 나무에
희끗한 것이 보이는 거야.

아직 어둠이 내려앉기 전의 남청색 하늘 아래 솜털 보송보송한 것

이 앉아 있길래 처음엔 눈인 줄 알았다. 자세히 보니 그것은 새로 시작될 봄에 초록으로 피어날 새싹이었어. 영차, 영차 구령 붙여가며 찬 공기 위로 눈과 얼굴과 몸통을 삐죽 뽑아낸 그것들을 보자니 가슴이 막 뛰는 거야. 식물은 그래서 위대하다. 아무도 봐주는 사람 없는데 제 할 일을 묵묵히 해.

누가 옮겨 놔주는 것도 아니고, 만지고 싶은 사람이 있다손 쳐도 땅에 뿌리를 내린 몸으로서는 먼저 다가서지도 못해. 그것들의 소명은 오로지 계절의 순환에 따라 싹을 틔우고 이파리를 넓혀 그늘을 만들고 열매를 맺고는 다시 땅으로 돌아가는 일이야. 욕심 없이 제 몫을 다하는 이름 모를 나무, 꽃 하나는 얼마나 소중한 것이냐. 오늘 그 카페에까진 들어가보지 못했지만 나무는 여전히 그 자리에 있을 거야. 누가 옮기지 않았다면 말야.

너를 일으켜 세워줄 그 한 사람만은 분명하게 알아보기를

한번 돌아봐, 네 주변을. 모두 웃는 얼굴이지만 그들이 다 너를 응원하고 지지하고 미래를 약속해주진 않아. 네가 네 편이라 믿어 마지않았던 사람이 너를 배반하기도 하고, '당신이 날 알아요?'라고 가벼이 여겼던 사람이 네 손을 잡아주기도 해.

J야, 언젠가 내가 말했지. 안테나를 절대 접지 말라고. 사회생활을 하면서는 특히 누가 네 편이고 누가 네 반대편에 서 있는지 파악하

라고 말이야. 그런데 여기엔 오류가 있다. 네 편이라고 생각한 사람이 네 등에 칼을 꽂는 수가 있고, 반대편에서 너를 불편하게 했던 사람이 어느 날 응어리를 털고 네 곁에서 든든한 응원군을 자처하는 경우가 있어. 이럴 때를 위해 안테나를 세우라는 얘기야. 너를 버리는 사람과 버려진 너를 일으켜 세우는 사람은 한순간에 판가름 나지 않아. 세월이 말해줘. 그 흐름을 놓치지 말고 적당히 긴장하고 사는 것, 그게 바로 내가 주문한 사회생활의 안테나란다.

너처럼 사람을 잘 믿고, 또 그런 이유로 간혹 배신당하는 젊은 파이터를 잘 알아. 나도 그랬으니까. 영민한 사람은 세상이 만만해서 남을 의심할 줄 몰라. 자신을 믿으니까 누굴 의심하는 법도 모르는 거지. 그러다 버려지기도 하는 거야.

용도 폐기. 참 무서운 말이지. 누군가로부터 쓸모없다는 판정을 받는 것처럼 무참한 선고가 또 있을까. 마음으로부터 내쳐지고 일로부터 밀려나고 친구로부터 외면당하는 일은 살면서 가급적 겪지 않아야 하겠지만, 네가 아무리 순수했고 열과 성을 다했고 그래서 아쉬움이 남지 않을 만큼 투명했다고 해도, 네 의지와 상관없이 너는 버려지기도 해. 너는 아직 힘이 남았고 더 뛸 수 있고 더 사랑할 수 있는데도 상대방에선 "이제 그만!"을 외치는 순간인 거지.

그런데 J야. 오래된 동네에서 만나는 삼겹살집 주인아주머니나 후미진 겨울 골목에서 만난 새싹처럼 네 양 날갯죽지를 잡고 부드럽게 너를 일으켜 세우는 존재들을 뜻밖에 만나기도 한단다. 그러니 인생은 변수의 연속이라는 거 아니겠니.

믿었던 상사, 친구, 파트너에게 버림 받았을 때 등이 굽고 허리가 꺾일지언정 무릎까지 꺾지는 마라. 너를 일으켜 세울 누군가의 마음을 위해 최소한의 힘을 남겨둬. 그때 너를 일으켜 세우는 사람을 잊지 마. 그 사람이 나중에 너를 버리면 어쩌나, 라는 피해의식에 젖어 의심하지 마. 믿음은 상대적인 것이어서 가볍게 여기는 사람은 가볍게 사람을 버리고, 중하게 생각하는 사람은 중한 마음으로 상대방을 대하는 법이란다. 너를 버린 사람에겐 칼을 갈고, 너를 일으키는 사람을 위해 든든한 칼집이 되어줘. 믿음이 쉽게 변하는 사람에겐 약속하지 말고, 먼저 손 뻗어 너를 믿어주는 사람에겐 충성을 다해.

그리고 기억해라. 그것이 밥집 아줌마건 제 의지로는 한 발짝도 움직이지 못하는 주제에 존재만으로도 온기를 주는 2월의 새싹이건, 따뜻한 변수는 도처에 널려 있어서 무릎이 꺾이는 순간에 너를 곧추 세워준다는 것을.

진짜 언니가 되려면 만만하게 굴어

야근 중이다. 저녁을 너무 많이 먹어서 부른 배를 끌어안고 대차게 트림을 하면서 너한테 편지를 쓴다. 오늘은 특별한 이슈가 없이 꽤 한가하네. 우린 자의건 타의건 잔무 처리를 위해 남는 일은 거의 없어. 정해진 순서대로 돌아가며 야근을 하는 거지. 특별한 일이 없는 이상 대부분은 정해진 시간에 퇴근한단다.

남대문이 불타던 날, 누군가가 몹시도 그리웠다

그런데 내가 야근하는 동안 딱 한 번 경천동지할 일이 벌어졌지. 2008년 구정이 열흘 지난 일요일 밤. 지금 사옥으로 이전하기 전 당시 우리 회사는 남대문과 'Say Hello'를 해도 될 만큼 가까운 거

리에, 그것도 정면으로 마주 서 있는 건물의 10층이었어. 가끔 야근하다가 창가에 서서 볼수록 잘생긴 누각을 내려다보며 커피를 홀짝이기도 했으니까.

너도 알고 나도 알고 대한민국 국민이면 누구나 알고 있는 그 사건이 나던 날, 나중에 알려진 시간상으로 불이 붙은 지 5분 정도 지났을 무렵 갑자기 이상한 예감이 들어 창밖을 내다본 순간, 울긋불긋한 것이 남대문 근처에서 일렁이는 걸 봤다. 매캐한 냄새가 열어놓은 창 안으로 빨려들듯 밀려왔어. 마침내 눈 깜짝할 사이에 검은 피를 토하며 2층 누각마저 털썩 주저앉았을 땐 내 다리에도 힘이 풀렸어. 한 줌 재로 변한 600년 역사였다. 그 순간을 우리는 가슴을 쥐어뜯으며 속수무책으로 바라봤지.

불타는 남대문을 바라보며 전소 기사를 쓰는 동안 나는 너무 슬펐는데, 사물이건 사람이건 핑계 삼아 탓이라도 할 수 있었으면 좋으련만 화풀이할 만만한 대상이 하나도 없더라.

왜 그런 날 있잖아. 집에 들어가자니 할 일을 안 한 것처럼 마음이 무겁고, 누굴 만나자니 과정이 버겁고, 전화를 하자니 딱히 용건이 없고, 무작정 누군가를 찾아가자니 '배운 사람'으로서 야밤에 할 일은 아닌 것 같고 말이다. 결국 빈손과 빈 마음이 돼서 광화문과 남대문 사이를 100걸음쯤 걷다가, 조금 서 있다가, 지나가는 택시를 잡아타고 집으로 왔어.

그런 날 선배이면서 언니인 누군가를 찾아갈 수 있었다면 조금 덜 불행할 거야. 인생을 살아온 측면에선 배울 점이 많은 인생 선배이면서, 이러쿵저러쿵 내 인생에 대해 아는 척해서 가뜩이나 뭉쳐 있는 마음을 더 불편하게 하지는 않는 따뜻하고 사려 깊은 언니의 측면을 두루 가진, 말하자면 만만하면서 따끔한 멘토 같은 존재 말이다.

이런 건 외로움이나 인간관계 같은 명제와는 다른 얘기고, 내 마음가짐의 문제야. 만나자고 떼를 쓰면 어떻고, 전화해서 용건 없이 투정을 부리면 또 어때. 현관문을 탕탕 두드리며 보무도 당당하게 남의 집에 들어서면 좀 어때. 그렇게 찾아간 집에서 따뜻한 차 한 잔 얻어 마시고 상대가 조금 피곤해해도 굳세게 내 얘기 늘어놓다가 스르륵 잠든다고 누가 뭐래. 내가 잠든 사이 선배이면서 언니는 베개를 받쳐주고, 따뜻한 모포 한 장을 덮어주겠지. 후배이면서 동생인 나는 아침에 일어나 고마웠다는 말 대신 "모포는 역시 비행기 표가 최고야"라고 너스레를 떨겠지.

누구에게도 전화할 수 없었다는 건 핑계야. 내가 휴대전화를 열어 꼽은 지인은 모두 소금 자루를 뒤집어쓴 것처럼 무거운 마음으로 전화하거나 찾아간대서 나를 내칠 만큼 야박하지 않았고, 그중엔 "어머, 어여 들어와! 잠도 깬 마당에 우리 파티하자!"라며 까르르 웃어젖힐 만큼 천진한 똘기의 소유자들도 있었어.

그런데 감상이 충만하여 누군가가 그리운 날에는 반대로 언제나 혼자인 채로 지냈는데, 붕붕 충만하게 차오르는 감상을 함께 나눌 생각하니, 에고, 귀찮아지더라. 아끼는 후배는 물론이고 좋아하고 따르고 힘들 때 기대곤 했던 선배나 언니들조차 내 감정이 극에 치

달을 땐 차마 찾아지지 않았어. 한마디로 '이기적인 촌년'인 거지. '당신을 성가시게 해서 내가 상처 받고 싶지 않다'라는 아픈 단념 같은 거야. 이미 1~2년이 지난 일임에도 그날의 기억이 내 마음에 깊이 각인돼 있는 까닭은 '내가 얼마나 서푼어치 결벽증에 빠져 있었나'라는 자각 때문이야. 그 이후로 나는 조금씩 바뀌어갔으니 새털같이 많은 내 인생의 하루였을 뿐인 그날이 한편으론 '특별한 순간'이 된 셈이야.

발끈하지 마, 숨죽이는 순간도 필요하다구

너는 이미 네 자리에서만큼은 프로페셔널이고, 나중에 더 멋진 여자가 될 테지. 그리고 많은 동생들의 '언니'가 되겠지. 이거 한 가지는 기억해라. 진짜 언니는 만만해야 한다는 것. 나이나 인생의 경험치가 더 많은데도 불구하고 그보다 적은 사람에게 만만하게 보일 수 있으려면 상당한 내공이 필요해. "쟤 뭐야?"라며 턱을 내밀어 과시하지 않을 수 있는 관용, 내 실수가 부족함의 결과였음을 인정할 수 있는 여유, 후배보다 더 못할 수 있다는 걸 인정하는 아량, '네가 나를 이해하겠지'가 아니라 '내가 너를 이해해야지'라는 마음 같은 것들이 필요해. 나로 말하자면 이제야 조금 알겠다. 평소엔 생각 없이 발끈하고 정작 행동이 필요할 때 주저하는 멍청한 습성 때문에 늦은 감이 있지만, 앞으로 남은 생을 생각하면 그나마 다행이야.

우리가 존경해 마지않는 '언니'들이 밥 먹듯 늘어놓는 커리어와

처세 공략법을 익히기보다 우선적으로 '나는 어떤 사람이 되고 싶은 가'부터 점검하는 게 좋을 거야. 나이를 먹을수록 멘토고 나발이고 간에 편하고 만만한 사람이 최고란다.

왜냐. 만만한 사람은 장벽이 없어서 기회도 쉽게 오고, 일에 있어 선 뜻하지 않은 고급 정보를 우연히 알게 되는 경우도 많지. 누가 너를 만만히 보는 것 같다는 생각이 들 때마다 '과정'이라고 생각해. 그때마다 발끈해서 "나는 정말 괜찮은 인간이고, 당신 따위에게 무시당할 수는 없거든요!"라고 얼굴 붉히느니 좀 더 넓어져 있을 너의 미래를 생각하며 마음으로 무시하는 게 현명해. 그러니까 남 탓 하지 말란 얘기다. 접근하기 어려운 사람에겐 눈 가리고 아웅 할지언정 결코 마음을 주지 않는 게 인지상정이야. 괜히 그 순간의 자존심을 챙기겠다고 까칠하게 굴어서 결국 미래에 찬연히 빛날 수도 있을 네 자존심을 갉아먹지 마라. 지금은 너 자신에게 집중해도 모자랄 시간이야.

또 한 가지 명심할 게 있어. 너는 순결하고 굳은 마음을 갖고 있으며, 꼭 필요한 사람이 되기 위해 부단히 노력하고 있는데도 욕구 불만이 치솟고 있다손 치자. 그토록 완벽하기 위해 노력하는데도 늘 숨이 턱까지 차오를 만큼 매번 힘들다면 일하는 태도를 바꿔야 해.

가장 바보 같은 일꾼이 누군지 알아? 남의 부림을 받는 신분이면서 자기가 주인인 줄 아는 일꾼이야. 요즘 세상으로 말하면 제 판단과 능력을 맹신하면서 멋대로 행동하는 거지. "선배, 날 뭘로 보는 거예요, 기본 매너는 지켜가며 일한다구요"라고 항변할 생각일랑 하지 마라. 좀 전에 말했잖니. 발끈하지 말라니깐!

입장 차이란 건 그토록 오묘한 거야. 일꾼 입장에선 충분히 예의를 지켜가며 일하고 있다고 생각하겠지만 부리는 사람 입장에선 내 말을 듣는 것 같기도 하고 아닌 것 같기도 하고 아주 아리송하단 말씀이야.

창의적인 것과 방종은 엄연히 다르단다. 가만히 생각해봐. 너, 그런 적 없어? 클라이언트의 뜻을 분명히 알고 있지만 뭔가 석연치는 않아. 설득해봤지만 저쪽에서 뜻을 굽히지 않아. 너는 부림을 당하는 입장이니 그 정도 선에서 그칠 수밖에 없었겠지. 뭔가 아닌 것 같은데 너라고 뾰족한 대안은 없었고, 그래서 오너의 지침대로 가는 척하면서 네 식대로 일 처리한 적 말이야.

그럴 때 모범 답안은 시키는 대로, 딱 시킨 것만큼만 일하는 것! 가장 질 나쁜 부하직원의 두 유형이랄 수 있는 겉멋 든 불안한 직원, 말만 앞서는 게으름뱅이를 모두 비껴 가면서도 말을 알아듣는 성실한 직원이라는 인상을 줄 수 있으니까. 오너는 너를 신뢰하게 됐을 테고, 너는 일 처리를 하는 동안 '뻘짓일 거야'라는 투정 대신 오너의 속뜻을 헤아릴 수 있었으니, 겉으로 보기엔 '시간 죽이기'처럼 보였겠지만 그 과정은 양자 간에 꼭 필요한 갑과 을, 오너와 일꾼, 클라이언트와 AE간의 '신뢰감 확인 사살' 아니겠니.

만만하고 눈물겨운 존재로, 그렇게 특별한 네가 돼

매사에 한숨 죽이는 과정이 그래서 필요한 거야. "왜 이렇게 해야 하죠? 이건 아닌 것 같은데요"라는 비틀기는 일을 시작하고 난 후에 하면 돼. "프로젝트를 진행하다 보니 오류가 발견됐고, 제 생각엔 이런 방식을 채택하는 게 나을 것 같습니다"라고. 나중에 비즈니스를 하게 돼도 마찬가지야. 무턱대고 발끈하면서 제멋대로 행동하는 파트너랑 누가 일하고 싶겠니. 참을성 있고 성실한 일꾼, 그런 파트너가 돼줘. 네가 방황하는 건 절대 보고 싶지 않은 나란다. J야, 너는 이미 훌륭한 일꾼이고, 나아가 너의 천재성이 입증되기 직전이야. 모든 일꾼이 그러하듯 말이다. 그 과정에서 좋은 언니를 만나면 인생은 좀 더 풍요롭겠지.

나한텐 피붙이 언니를 제외하고 사회에서 만난 딱 한 명의 '언니'가 있어. 어찌나 어수룩한지 전생에 내가 이 언니의 엄마가 아니었을까 싶을 정도야. 언니가 미국에 가기 전 한 동네 살 때, 일요일 아침이면 언니를 위해 찌개를 끓이고 반찬을 만들었어. '10분 후에 와'라고 문자메시지를 보내면 그녀는 15분 후에 앙증맞은 디저트를 들고 내 집 현관을 톡톡 두드려. "그렇게 짜게 먹으면 안 돼"라면서 내가 잔소리를 하는 동안 언니는 "어머, 햇살이 왜 이렇게 따갑니"라면서 손 가리개를 한 채 한 그릇을 뚝딱 비워내. 그러고는 리모컨을 들고 소파에 냉큼 올라앉아. 나는 설거지를 하면서 커피를 내리고 말이지. 나는 지금 그 순간들이 눈물나게 그리워.

우리는 홍대 주변을 거닐고, 잘생긴 종업원이 일하는 카페에 사심 가득한 얼굴로 찾아가 커피를 마시고, 책과 DVD를 교환하고, 동이 틀 때까지 서로의 집에서 수다를 떨었어. 언니는 할 수 있는 한 마음을 다해 나를 응원하고 지지하고 위로하고 울어줬는데, 못하는 게 있다면 요리였고 나한테 미안한 게 있다면 물리적 능력이 모자랐다는 것뿐이었어. 부족하지만 내가 흉내쯤은 낼 수 있는 사안들이었으니 나는 그 정도만 하면 됐지.

누군가에게 만만하고 눈물겨우면서 특별한 존재가 된다는 건 정말 멋진 일이야. 그런 존재를 갖는다는 건 더 멋진 일이지. 우리도 그럴 수 있을까? 이미 그런 거니, 아니면 더 시간이 필요한 거니? 네가 나를 위해 요리하는 동안 나는 향이 높은 커피를 준비할게. 원래 '언니'는 티 나는 일만 하고 싶어 하거든.

우울할 땐 거울 보지 않을 것

오랜만에 한강을 보고 왔다. 거실 창밖으로 굽이굽이 펼쳐진 한강이지만 강변을 질리도록 걸어본 건 근 두 달 만인 것 같다. 지난 여름 너랑 걸었을 때 낡은 벤치 없애고 새 벤치로 교체하는 공사 중이었잖아. 그거 다 깔았더라. 샛노랑으로다. 강변에 노란 벤치가 일정한 간격으로 놓이니까 멀리서 보면 병아리가 종종종 모이를 쪼는 것 같기도 하고, 노란 띠가 둘러진 것 같기도 하고, 거 상큼하대.

우리 아파트 뒤쪽으로 난 육교를 건너 계단을 내려가면 바로 한강 산책로가 나와. 왠지 서쪽은 별로여서(참, 『오즈의 마법사』에 나오는 서쪽 마녀는 나쁜 마녀였지?) 동쪽으로 걷다 보면 어느새 반포대교를 지나게 되지. 그러다 보면 정말 다양한 사람들이 다양하게 한강을 즐기는 걸 어쩔 수 없이 보게 돼. 오늘은 재미난 광경 두 가지랑 애

틋한 광경 두 가지를 봤어. 왕복 두 시간을 걷다 보면 이 정도 풍경은 뭐 다반사라고 할 수 있지. 처음엔 가열차게 파워워킹 비스무리한 걸 흉내 내다가도 시간이 지나면 자연스럽게 운동보다 사람 구경이 먼저더라, 애.

스트레스 받은 날 한강변 걷기

우리 집 앞 한강은 강의 맨 가장자리와 강변북로 쪽에 각각 산책로가 있고, 그 가운데 좁은 2차선의 자전거 도로가 있잖니. 나는 주로 이 세 갈래 길을 왔다갔다하면서 걷는단다. 워킹의 법칙 따위랄 게 있을 리 없지만 굳이 말하라면 지루해서지. 3년째 같은 길을 걷는다고 생각해봐. 역동적으로 한강은 흐른다지만 사실 지겨워진다고. 운동하는 사람들이 왜 때마다 운동복 바꾸고 장비를 사는데? 운동을 더 잘, 오래 즐기려면 그런 소소한 변화가 필요한 거야. 말하다 보니 변명 같구나. 흑.

아무튼 강가 산책로로 4킬로미터 정도 걷다가 자전거 도로로 4킬로미터, 풀숲 산책로를 4킬로미터 걸어 집으로 돌아오는 코스인데, 맨 처음 만난 광경은 고등학생으로 보이는 남학생 두 명이었어. 좀 빠른 걸음으로 앞에 가는 아주머니 두 분을 제치고 나니, 저만치 앞에 키가 고만고만한 커플이 손을 꼭 잡고 걷고 있더라. 그쪽 걸음은 좀 느긋한 편이어서 점점 사이가 좁아졌는데 가만 보니 책가방을 멘 10대 후반의 남자 둘이더라고.

관계라는 건 대개 한눈에 알게 되잖아. 둘의 경우 남녀라면 분명 깊이 사귀는 사이라고 단정지었을 정도로 애틋했어. 손을 잡다가 한쪽이 다른 한쪽을 바라보면 이쪽은 고개를 갸웃하며 다른 쪽의 어깨에 기대곤 했는데, 뒤에서 보는 모습은 뭐랄까. 낯설면서 조금 슬펐다고 해야 하나. 호기롭게 잡은 손을 흔든다거나 장난치며 투닥거리는 법 없이 소중한 듯 쥐고 있는 모양새가 일종의 의식처럼 보였을 정도니까. 옆을 지나며 힐긋 보니 솜털이 보송하게 하얀 피부를 가진 소년은 울고 있더라. 손은 여전히 꼭 잡은 채로.

그래. 굳이 훔쳐볼 것까진 없었는데. 나, 좀 천박했어. 그런데 그 모습이 얼마나 비장해 보였는지 몰라. 대한민국에서 동성애가 합법화되려면 너무 먼 애긴데 둘의 감정이 안 변해도 문제고, 같은 학교 소녀를 사랑하게 됐다는 둥 한쪽의 마음이 이성애자 쪽으로 변해도 문제 아니겠니. 그나저나 내가 웬 걱정이람. 나의 오지랖은 시들 줄 모르니 어쩜 좋으냐.

좀 더 걷다가 노부부를 만났어. 두 분의 짧은 대화를 들었지. 앞서 가는 할아버지에게 할머니가 "천천히 좀 가소, 청춘인 줄 아는갑네" 하니까 할아버지가 "청춘이 밸 건가"라고 대꾸하셨고 다시 할머니가 "만날 팔다리 쑤신다고 해쌓드만 거짓말이요" 하니까 잠시 뜸들이던 할아버지가 허허 웃으며 "잔소리할 기운이 남았나? 할망구가 나보다 오래 살겠네" 하시더라. 아, 어른에게 '귀엽다'는 표현은 버릇없고, 정말 귀여운 어르신을 만났을 때 그 의미는 어떻게 표현하고 전달해야 할까. 귀여우시다? 귀염 직하시다? 할아버지는 눈 감는 날까

지 할망구 잔소리를 들을 수 있기를 바라셨을 테고, 할머니는 '영감이 나보다 먼저 가면 적적해서 어찌 사누' 하셨을 테지. 이왕이면 함께 걸어주심 얼마나 좋아. 웃음을 참으며 빌었어. '두 분 오래 사세요'라고. 또 한 번의 오지랖이라고나 할까.

감정을 조절할 수 있는 방법

걷는다는 건 이래서 좋아. 굳이 한강일 필요는 없지. 금강이건 남강이건 상관없고, 숲길이건 오솔길이건 신작로건 대수겠니. 복잡한 도심만 아니라면 말이야. 걸을 때 옆을 스치는 사람들을 가만히 보렴. 느리거나 빨리 걷거나 뛰거나 상관없이 모두 살아온 만큼의 사연들이 거침없이 풀어헤쳐지고 있잖아. 걸을 땐 나에게 향해 있던 촉수가 남에게로 옮겨지면서 나를 객관화할 수 있으니 감정이 모로 치우쳐 있을 때 매우 좋은 방법이라고 본다.

나로 말하자면 원래 잡혀 있던 약속을 작파하고 씨근덕거리며 집에 돌아와, 안 넘어가는 밥을 꾸역꾸역 넘기고는 먼지 청소와 스팀 청소까지 마친 뒤, 그래도 뭔가 시원치 않아서 운동화를 꿰신고 집을 뛰쳐나온 게지. 그러니 오늘 나의 파워워킹은 분기탱천한 노처녀의 살풀이라고 봐도 무방했다.

분기탱천할 만한 일이 있기야 있었지. 살다 보면 그런 날이 있잖아. 뭘 해도 분이 풀리지 않고, 뭘 해도 기분이 나아지지 않는 그런 날. 오늘 나는 어떤 일로 인해 자존심에 적잖이 상처를 입었고, 꾹꾹

누르며 집에 왔고, 내 감정을 외면하려 애쓰며 몸을 움직였지만 분이 풀리지 않았지. 분명 육교를 건널 때까지만 해도 애써 마인드컨트롤에 집중했는데 한강을 휘돌아 집에 오니 오늘 일은 '그럴 수도 있지' 싶었고, 오히려 담대하게 넘기는 편이 더 훌륭하지 않았나 하는 자기반성에 이르렀으니, 한강 산책은 매우 적절한 선택이었고 그로 인해 나의 분기탱천은 저절로 치유된 셈이야.

그래서 말인데, J야. 우울할 땐 거울을 보지 말고 네 주변을 보려고 노력해봐. 아니다. '아, 우울해' 싶은 순간에 거울을 먼저 들여다봐봐. 내가 이런 얼굴로 있었나, 내가 이렇게 못생겼나 싶을걸. 가까스로 양 입가를 끌어올려보지만 그게 쉽게 되지는 않지. 감정은 진흙을 뒹굴고 있는데 표정이 쉽게 바뀌겠니. 오히려 우스꽝스러워질 뿐. 굳이 그런 네 얼굴을 확인할 필요까진 없는 거야. 잔뜩 찌푸린 얼굴을 자꾸 맞닥뜨리면 거울 속 우울한 네 모습에 더 깊이 첨벙 빠지게 돼. 여기서 거울이란 실제의 거울일 수도 있고, 네 마음에 비친 네 모습일 수도 있지.

이런저런 이유로 네 우울함의 원인과 상태를 확인하고, 그것도 모자라 네가 얼마나 죽고 싶은 기분에 휩싸여 있는지에 대해 저주를 가득 담아 블로그에 남기고, 스크롤을 올렸다 내렸다 하며 네가 쏟아낸 우울한 언어들을 재확인하는 행위는 너무 바보 같은 짓이다, J야. 자꾸 고개를 주억거리며 네 감정에만 집중하다 보면 어느새 너는 우울의 도를 넘어 자학의 수준에 이르게 될걸.

저마다 기분을 업그레이드하는 여러 가지 방법이 있겠지만 적어도 극한의 상태로 스스로를 몰아가는 건 건강에 나빠. 그래야만 분이 풀린다고는 말하지 마라. 그게 언제까지 가능할 것 같니? 감정에 바퀴를 달아 자꾸만 우울의 핵을 향해 달리지 말고, 차라리 몸으로 극복해. 정신을 극복하는 건 육체라는 말, 틀린 말 아니더라. 잠을 자거나, 이가 시릴 정도로 달콤한 마카롱을 먹는 것도 나쁘지 않아. 청소나 빨래도 적극 추천한다만 접시 하나만 씻어도 주방을 물바다로 만드는 너로선 좀 어려울지도. 쉽게 해결되지 않을 감정의 폭풍에 대비해 비교적 건강한 취미 하나를 들여보는 건 어때? 일상이 무미건조하다는 건 감정을 다스리는 방법도 그만큼 적어진다는 뜻이거든.

우리 집에 놀러 와, 하이힐 대신 운동화 신고

앗, 그러고 보니 재미있는 광경 두 가지를 얘기 안 했구나. 강가 산책로를 벗어나 자전거 도로로 올라섰는데, 나를 앞서거니 뒤서거니 하며 찌롱찌롱 자전거 벨을 울리던 커플이 있었어. 초보인 듯한 여자와 능숙한 남자였는데 살다 살다 자전거 안장 위에서 교태 떠는 여자는 처음 봤다. 남자가 조심하라고 그렇게 일렀는데도 "어머, 내 다리가 너무 길어서 페달이 헛도네", "내 얼굴이 작긴 작은가 봐. 헬멧 좀 조여줘, 자기야" 따위의 대사를 날리며 중앙선을 넘어 방심하다가 결국 앞에 오는 아저씨의 자전거와 부딪히고 말았어. 누가 봐도 진로 방해였고, 깨방정 떨다 사단난 거지. J야, 그때 얼마나 고소했는지 모른다.

　마지막 하나는 집에 가려고 산책로를 벗어나 육교에 오를 때 만난 20대 여자 두 명이었어. 몸집이 큰 여자와 가느다란 여자로, 대화의 주제는 큰 여자의 다이어트. 큰 여자가 최근의 감량 성과에 대해 열을 올리고 있었어. 가느다란 여자는 듣는 둥 마는 둥 건성으로 대답하다가 결국 심드렁하게 대꾸하더라. "살 빠지니까 어려 보이긴 하네." 으이그. 좀 더 성의 있게 대답해주면 어디가 덧나나. 친구라는 것이 응원은 못 해줄망정. 이렇게 혀를 끌끌 차면서 오늘의 막판 오지랖을 떨었다. 다음에 하이힐 말고 운동화 신고 놀러 와. 한강변 한 번 시원하게 쏘다니자꾸나.

3장

사랑 받을래, 상처 받을래?
믿을래, 배신할래?

**인간관계에 있어서는 내가 우선,
타인은 그다음**

미우면 그 사람 만나지 마,
싫으면 그 일 하지 마

앞서가던 사람이(물론 생판 모르는 남인데) 뒤따라가는 나를 위해 문을 잡아줄 때, 신호등이 파란불에서 빨간불로 바뀌는 찰나 건널까 말까 망설이는데 운전자가 건너가라는 손짓을 하며 싱긋 웃어줄 때, 엘리베이터가 닫히는 순간 "잠깐만요!"라고 외치지도 않았는데 열림 버튼을 눌러주면서 짐까지 들어줄 때!

나는 있잖아, 손발이 막 오그라들어. "감사합니다"라고 입으로는 읊조리면서도 뭔가 개미 한 마리가 천천히 내 등을 기어가고 있는 것 같은 낯간지러움을 느껴. 사실 간단한 거잖아. 우리도 그런 상황에 놓이면 문을 잡아주고, 싱긋 웃고, 엘리베이터 문을 열어둘 거야. 그런데 막상 우리가 친절을 받는 입장이 되면 '나를 위해 이렇게 친절하구나'라는 고마움보다는 '내가 이 사람에게 폐를 끼치는 건 아닐까'라는 걱정이 먼저 들지 않든?

특히 소심함과 예의가 몸에 밴 너 같은 경우 왠지 다음 사람에게 착하게 문을 잡아줘야 할 것 같고, 다 건너고 나서 지나가는 운전자의 뒤꽁무니가 사라질 때까지 손을 흔들어줘야 할 것 같고, 내려야 할 층을 지나쳤는데도 엘리베이터를 잡아준 사람이 내릴 때까지 기다렸다가 네가 내릴 곳을 눌러야 할 것 같은 생각이 들 거다. 아니라고 하지 마라. 너희 집안 가훈이 '민폐 금지'라며.

착하다는 것과 행복하다는 것

아무튼 이래서 우리나라 교육이 문제라는 건데(버럭), 어려서 우린 '착하게 살자'라고만 배웠지, '어떻게 착한 것이 나나 상대가 두루두루 행복한 삶'인지는 못 배웠잖아. 그러니까 이 나이가 돼서도 모범 답안에서 벗어난 상황에 놓이면 본능적으로 막 불안해지는 거라고. 그러니까 나는 어색해서 불안해하고 그런 나를 바라보는 상대방은 '난 착하게 살려고 한 건데 왜 경직돼 있지? 내가 뭘 잘못했나?' 싶어서 나 때문에 불편해지는, 어처구니없는 어색함과 불안감의 연속 상황이 발생하는 거야. 예의와 배려의 차이인 거지. 예의는 한국적이고 배려는 서양적인 가치잖니. 우리는 우리로 인해 상대가 불편해지지 않는 데 최선을 두고, 그들은 상대가 편해질 수 있도록 최선을 다하니까.

그런데 우리들의 예의는 너무 무겁다고 생각하지 않니? 방종하자는 얘기가 아니라 우리는 조금 경쾌하게 살아야 할 필요가 있어. 무심한 듯 쿨한 것과는 다른 의미야. 칭찬 받으면 마음껏 기뻐하고, 배려 받으면 의심 없이 고맙다고 말하고, 위로 받을 땐 마음을 턱 맡길 줄 아는 경쾌한 마음과 투명한 감사. 왜 우린 그런 것들에 익숙하지 않은 걸까.

벌써 몇 년이 흘러버린 과거 어느 날, 오후 6시에 어떤 배우와 광화문 근처에서 인터뷰를 하고, 8시가 다 돼 헤어져선 시청광장 앞 버스정류장에서 버스를 타고 집으로 가던 길이었지. 한남동쯤에서 운 좋게 자리가 났어. 부끄러운 줄도 모르고 비호처럼 날아가 자리에 앉았다. 가끔 나는 내 순발력에 놀라곤 해. 하염없이 게으르다가도 이럴 땐 진짜 빨라. 흠흠.

인터뷰를 하면서 뭔가를 먹는다는 건 거의 불가능해. 기사가 될 만한 얘기들을 받아 적느라 맛도 냄새도 모르기 일쑤거든. 내가 소화시킨 쌀의 양은 아마 티스푼으로 한 숟갈 정도. 버스에 출렁이고 있던 내 위장은 당연히 텅 비어 있었지. 어쨌거나 앞으로 20분 정도는 앉아서 가게 됐으니 그나마 다행이라고 생각하며 정류소를 안내하는 스피커의 기계음을 들으며 눈을 감았다.

그런데 어느 순간 "다음 정거장은 고속터미널입니다"라는 기계 안내양의 음성을 듣자마자 내 몸은 용수철처럼 튕겨지더라. 내 몸 눕힐 물리적 공간 개념의 집이 아니라 진짜 내 집이 그리웠던 게지. 허겁지겁 내려 전주행 우등고속을 끊고서야 정신이 차려지더라. 지금 고향 집에 내려가면 거의 자정이고, 눈을 붙이는 둥 마는 둥 새벽에 집을 나서서 광화문으로 출근해야 한다는 현실적인 후회가 밀려왔어. '그냥 집으로 가자'와 '그럼에도 집에 가자'가 맹렬하게 부딪혔다. 결론은 '그럼에도 집에 가자'의 판정승. 우리 집에 가서 엄마가 차려주는 저녁밥을 먹고 오자.

경우에 어긋나지 않는다면, 하고 싶은 대로만 하고 살자

20분이면 도착할 '집'이 아니라 서울에서 세 시간을 달려야 닿을 수 있는 '집'으로 나는 갔다. 버스에서는 아마도 쿨쿨 잠을 자지 않았나 싶다. 잠을 자면서도 고단한 내 몸은 조금씩 풀어지고 있었을 거야. 비로소 오늘은 집에 간다, 라는 안도감 같은 게 있지 않았을까 싶어. 그즈음 내 상태란 아무런 이유 없이 억울하고 나만 뒤처진 것 같고 세상이 나를 몰라주는 것 같은 시간의 연속이었고, 내 마음은 어른들 말씀처럼 '미친년 속곳'처럼 갈래갈래 찢어져 있었다.

J야, 행동은 마음의 결과더라. 부지불식간에 내 마음은 원초적인 위로를 받고 싶었던 거야. "고속터미널입니다"라는 기계 음성이 그토록 명료하게 들리고, 벌떡 자리에서 일어나는 통에 호시탐탐 자리를 찾으며 내 옆에 서 있던 젊은 여자가 이때다 싶은 표정으로 내 자리에 가방을 던지게 만들었던, 간절하고 다급한 위로 말이다.

벨 소리에 잠에서 깬 듯한 엄마의 인터폰 목소리를 듣자니 죄송한 생각이 들었을 법하나, 이 철딱서니 딸은 전혀 죄송하지 않았단다!

"엄마, 나야!", "누구? 은영이냐?", "어, 문 열어줘."

문이 열리고 엄마는 '나, 아직 꿈꾸고 있냐'라는 표정으로 눈을 크게 뜨셨지.

그러고는 "이 시간에 웬일이냐, 무슨 일 있냐"라는 말 대신 이렇게 물으시더라. "터미널에서 전화하지 뭐하러 택시 타고 와. 막내 보내면 될걸." 밤길에 더듬더듬 서울에서 전주까지 올 수밖에 없었던 딸의 마음을 위해, 터미널에서 집까지 오는 고작 5분 남짓한 거리를 지켜주기 위해, 뭔가 복잡한 마음으로 내려왔을 터, 짧은 거리나마 따뜻하게 데려오고 싶은 엄마의 마음. 하마터면 울 뻔했지만 나는 신발을 벗고 가방을 내려놓은 채 "밥 좀 줘, 배고파"라고 생떼를 부렸다. 엄마는 "이 시간까지 뭐 한다고 밥도 안 챙겨 먹어"라면서 한 손으론 밥통을 열고 계셨고, 나는 냉장고에서 주섬주섬 반찬을 꺼냈지. 나의 유일한 반찬 투정은 돌아가신 아버지의 깐깐한 식성을 닮아 국물이 없으면 밥알을 못 넘기는 거야. "저녁에 먹고 남은 건데 맛은 그런대로 괜찮을 거다"라며 엄마가 가스레인지에서 보글보글 끓인 뚝배기를 식탁에 올려놨을 때, 밥보다 먼저 눈물을 삼켰다.

한 해도 건너뛰는 법 없이 손수 띄운 된장을 풀어 마른 새우와 다시마만 넣고 우려낸 뒤 볕에 바짝 말린 시래기를 대충 반으로 잘라 끓여낸, 이름 하야 된장지짐이. 시래기의 시원한 맛이 투박한 된장에 용해돼 새우와 다시마 속으로 녹아든 국물 맛은 왕년에 김현주가 자랑했던 "국물이 끝내줘요"의 5만 배의 감동으로 다가왔다. 아니, 그보다 된장 냄새가 훅 콧속으로 들어오자 나도 모르게 아, 하는 탄

성과 함께 '이거 먹고 싶어서 용수철처럼 튀어올라, 결국 엄마의 밥상에 앉아 있구나'라는 깨달음.

허겁지겁 밥 한 그릇을 비우고는 "더 주세요"라며 밥그릇을 내미는 내 앞에 앉아 반찬 그릇을 고쳐 놓아주시던 엄마가 하신 말씀은 이랬다. 마치 내 속을 훤히 꿰고 계신 듯이 말야.

"싫은 일은 하지 마라. 미운 사람은 만나지 마라. 가기 싫은 자리 가지 말고, 먹기 싫은 건 먹지 마라. 엄마가 살아보니 인생은 짧더라. 경우에 어긋나지 않는다면 너 자신한테 먼저 집중하고 살아라."

나는 고개를 들면 눈물을 들킬까 봐 수저질을 멈추지 않은 채 "그렇게 살아도 될까? 그래도 그게 잘 안 돼"라고 웅얼거렸어. "이 밤중에 오죽하면 네가 소식도 없이 내려왔겠냐. 그래도 된다, 우리 딸." 나직하고 따뜻한 엄마의 대꾸. 엄마 옆에서 까무룩 잠이 들었다가 깬 새벽. 엎어지면 코 닿을 거리인데 동생이 바래다주는 차를 탔고, 고속버스는 쌩쌩 달려 다시 서울. 한 그릇의 된장지짐이 덕분에 시금치 1톤을 해치운 뽀빠이처럼 나는 다시 예전처럼 펄펄 날 수 있었다.

참지 않는 게 오히려 배려가 되는 때도 있어

미친년 속곳처럼 마음이 찢어지던 그 밤 나도 모르게 행로를 이탈한 것은 내 의지를 벗어난 행동이었다. 낸들 내가 느닷없이 전주행 티켓을 끊게 될 줄 알았겠니. 늘 남의 시선을 신경 써가며 궤도 안에서 꼼지락거리느라 숨이 턱까지 차오를 때까지 참아왔던 거지.

만나기 싫은 사람 '어쩔 수 없이' 만났고, 하기 싫은 일 '어쩔 수 없이' 했고, 가기 싫은 자리 '어쩔 수 없이' 참석하면서 나는 내 능력의 한계를 시험했던 것 같다. 일단 목울대가 터질 때까지 참아보는 거야, 왜? 다들 그렇게 하는 것 같으니까!

웃기게도 J야, 남들 모두 참고 사는 것만은 아니었고, 설령 지구상의 모든 인종이 다 그렇게 '어쩔 수 없이' 참아 넘긴다고 해서 나도 그래야만 한다는 당위가 있는 건 아니더라고. 꾹꾹 눌러 참으며 당시의 나나 지금의 너처럼 예의 바르게 구는 일, 상대방이 모를 것 같지?

바보야, 상대 입장에선 얼마나 부담스러운 지 알아? 차라리 '안 참을래요'라고 어필해. 그게 차라리 건강하고 인간적이야. 아니다 싶으면 패스 해. 불안해하지 마. 다음 과정이 또 너를 기다리고 있어. 그 과정을 잘 넘기기 위해서라도 정말 싫은 건 그냥 넘겨버려. 그것 말고 다른 일을 더 잘하면 되는 거야.

너, 우리 엄마가 만든 된장 좋아하잖아. 아직도 나는 된장이며 김치를 사 먹는 게 이해가 안 되는데 너는 콩을 불려 쪄내선 된장 틀을 만들어 간장에 겨우내 삭히는 지난한 과정이 어떻게 가능하냐고 놀라워했지. "힘들지 않아? 그냥 사 먹는 것도 맛있어요"라고 나도 슬쩍 엄마한테 말씀드려봤는데 돌아오는 건 역정뿐이었어. "된장으로 쌈장, 밑반찬, 찌개 등을 만드는 게 엄마의 행복인데 너는 어떻게 나한테 그걸 그만두라고 하느냐"였지.

네가 그토록 좋아하는 우리 집 된장은 울 엄마의 힘든 노동의 결괴물이 아니라 이를테면 노력과 시간을 기꺼이 견뎌낸 뿌듯함 같은 거야. 그럴 자신 없으면 차라리 참지 말자, 우리. 어느 것에 더 큰 가치를 둘 것인가를 매사에 고민하면서 제칠 건 제쳐가며 살자. 나중에 노력과 시간마저도 아껴가며 참아낼 만한 벅찬 일이 우리를 기다려줄 거야.

지난주에 내려갔다가 햇된장을 넉넉히 얻어 왔다. 너 주라고 하시더라. 푹푹 떠서 찌개도 끓여 먹고 호박잎도 싸 먹으렴. 참, 너희 집 가훈인 '민폐 금지'는 진심으로 멋져. 내 생각엔 민폐가 아닌 범위 안에서 하고 싶은 일을 하고 살라는 가르침 아닐까 싶다만. 아버지께 꼭 말씀드려다오. 너의 선배가 아버님이 정하신 가훈에 크게 감동 먹었다고.

수다에도 함량이 있는 법

하루 세 번 양치질을 하고, 치간칫솔이며 치실을 쓰면 뭐하니. 오늘도 내 입에선 단내가 폴폴 났다. 나는 내 직업을 사랑하지만 이 직업과 관련한 모든 일을 다 사랑할 순 없다. 특히 습관적으로 수다를 떨고 있는 오후 3시가 되면 나도 모르게 격렬한 염증을 느낀다.

기자들은 직업상 사람 만나는 게 일인데, 기자치고 사람 만나는 것에 신명 내는 이는 거의 없다. 나도 마찬가지야. 얘기하느라 점심 먹은 것을 모두 소진하고 나면 퇴근할 땐 배가 푹 꺼져. 위장이 시장기를 느끼기 전에 뇌가 이미 공허함을 느끼고 우울한 신경물질을 온몸에 마구 전달하지. 어느 순간 이런 생각이 들 때도 있어. '내가 왜 허기를 느낄 정도로 성심껏 이 사람들을 웃겨주고 있지?' '나는 정녕 무수리 팔자란 말인가!'

도무지 참기 어려운 상대들

앵무새처럼 떠드는 말들은 수다도 아니고 대화는 더더욱 아니다. 그 가운데에서 대화가 통하는 몇몇을 만나는 건 일상의 보석 발견이라고나 할까. 하루하루의 일과에 정신없이 매달리며 떠들썩하게 일하고 나면 위로가 필요해지지. 하지만 일의 한가운데에서 위로의 에너지를 찾기란 어려운 일이잖니. 하루의 피로를 털어내기 위해 우리는 운동을 하고 마사지를 하고 음악을 듣고 데이트를 하는데 말이야. 퇴근 후 뭘 할 것인가를 고민하느라 또 피곤해지는 우리의 뇌를 일거에 청소시켜주는 작업이 잘 익은 석류 알처럼 새빨갛고 상큼하고 속이 꽉 찬 한 시간 반짜리 수다란다.

내 입장에선 인터뷰를 하고 취재를 하는 일을 두고 생산적인 수다라고 할 수 있겠지만 때로 인내심이 필요한 자리들도 많다. 여타 훌륭한 기자들은 어떨지 모르겠으나, 이미 경험으로 모든 취재와 만남이 인상적이지는 않으며 무려 절반 이상의 경우가 기억 저편으로 사라지고 만다는 것을 나는 알고 있다.

그러니 매번 온 마음으로 반기는 일은 어지간한 아량과 배려 아니고는 쉽지 않다. 물론 그렇게 억지춘향 격으로 마주했다가도 어떤 사람은 대화 도중 달착지근하게 마음이 풀리고 대화의 실마리가 열리지. 대화의 유연성을 아는 사람인 경우다. 그런 사람과 다시 만날 땐 조금 더 윤기 있고 부드럽게 만날 수 있게 되지. 하지만 도무지 참기 어려운 상대들이 있다. 이건 직업을 떠나 맞선과 소개팅과 면접은 물론, 심지어 상견례에 이르기까지 모든 경우를 통틀어 적용되는 법칙이기도 해.

첫째는 목적만을 위해 앵무새처럼 떠들고 있는 사람. 이런 사람은 상대방의 애기는커녕 얼굴도 기억하지 못해. 오로지 직함과 타이틀만을 기억하지. 얼마나 어리석은 일이냐. 대화란 상대와의 교감인데 제아무리 목적이 분명한 자리라 해도 상대의 기분과 분위기를 살피는 것은 자리의 성격, 지위고하를 막론하고 기본 매너 아니겠니.

언젠가 나도 모르게 "잠깐만요! 목 좀 축이세요!"라고 외친 적이 있다. 그렇게 눈 한 번 진득하게 맞추지 않은 채 속도전을 치르듯 기자를 만나고 나면 '아무개 기자를 만났다'는 것 말고 뭐가 남을까. 그녀의 일방적인 애티튜드는 내 기억에 그녀가 온 목적은 물론 그녀가 몸담은 조직까지 아무것도 남기지 않는 결과를 낳았다. 대신 깊숙이 각인된 것들도 있었지. 매우 빠르게 쫓기는 듯한 말투로 준비해온 말들을 숙제처럼 쏟아놓고 홀연히 사라진 여인이었다는 것과 정수리를 콕콕 쏘아대던 딱따구리 같은 목소리의 소유자라는 것, 그리고 그 목소리를 다시는 듣고 싶지 않다는 것.

어떤 자리건 수줍고 쑥스러워서 시선을 맞추기도 어렵고 말이 자꾸만 빨라진다면 탁구를 생각하렴. 내가 건네면 저쪽에서 받아치고 그 공을 내가 다시 받아내면 저쪽에서 반응하는 것 말야. 스포츠로 치면 대화는 리드미컬한 감응 동작의 연속이랄 수 있어. 대화가 풀리지 않을 땐 더더욱 이 룰을 기억해. 네가 던진 공이 상대방에게 머무는 동안은 기다려야지, 그렇지 않고 성급하게 서브해봐야 헛스윙일 뿐이야. 그게 '대화'라는 경기의 매너다. 공을 기다리는 동안 네가 해야 할 말을 즐겁게 정리해놓으면 돼.

둘째는 기선제압에 급급해서 초반부터 분위기를 망쳐버리는 경우. 상황에 맞지 않는 농담을 늘어놓는다거나, 지나친 제스처로 허풍을 떠는 사람은 그 자체로 '나는 털어봐야 지성미라곤 안 키우는 사람이랍니다'라고 바닥을 내보인 꼴이다. 즐거워 죽겠다는 듯 방방 떠서 오버하는 것도 좋지 않아. 나는 이런 사람은 좀 실없어 보이더라. 천지 구분 못하고 자기 기분에 취한 사람도 첫 만남의 매너로는 영 꽝이야.

그런가 하면 이런 사람도 있다. 도무지 생각이 읽히지 않는 사람. 시선이 내 뒤통수를 넘어 벽을 뚫고 저 멀리 광화문 네거리를 향해 있는 사람. 이런 사람과 얘기할 땐 내 오른손을 쫙 펴서 면전에 대고 좌우로 흔들고 싶은 욕구가 솟구치지. '내 얘기가 재미없나? 날 무시하나?' 싶은 생각이 들어서 불쾌해지고, 저렇게 텅 빈 눈동자로 자리나 지킬 거면서 힘들게 왜 왔을까 싶어서 딱하기까지 해. 나중에 알아보면 특별한 사정이 있어서 시선이 비어 있던 게 아니라 습관이더군. 상대방의 말에 간간이 맞장구를 치면서 자기 생각에만 빠져서 의미 없는 미소와 맞장구를 날리는 사람과는 사적으로건 비즈니스로건 두 번 다시 만나고 싶지 않아.

수다, 유쾌하게 탄력 있게!

첫 자리가 아니라 알고 지내는 지인 사이에 나누는 대화는 수다와 담소라고 하지. 그 수다에도 퀄리티가 있단다. 유가 하락에 따른 소비자경제지표나 역대 노벨상 수상자 알아맞히기 퀴즈를 하라는 건 아니다. 재미없는 얘기랄 순 없으나 쉬운 주제는 아니니까. 수다의 퀄리티는 모인 사람들의 지성이나 지갑 사정과는 전혀 무관해. 오히려 나는 그 반대라고 본다. 똑똑한 사람들이 언제나 똑똑한 대화를 나누는 것 아니고, 배움이 짧은 촌부들의 한담에도 귀한 얘기들이 가득해.

잘난 척하기 좋아하는 사람들의 대화는 너무 지루하지 않니? 듣다 보면 처음엔 순수한 부러움이 일다가 슬슬 배알이 꼬이면서 토가 쏠리기도 하지. 자신이 이뤄놓은 것이 얼마나 대단한가에 대해 그 자리에 모인 사람들에게 인정만 받으면 되니까 그들의 대화는 위트도 없고 반전도 없어.

하품을 참아가며 그들과 노느니 차라리 나는 야하고 노골적이고 질펀한 얘기들 속에서 배를 잡고 웃는 게 더 좋다. 유쾌하고 노골적인 대화는 각자의 지적 수준, 삶의 질, 스트레스의 강도완 아랑곳없이 일종의 일탈을 선물해주거든. 유리그릇이 쨍 하고 깨지듯 선뜩하면서도 묘하게 짜릿하지. 속 털어놓고 대화를 즐기는 자세, 수다 퀄리티를 높이는 제1항이다. 그렇다고 매번 '19금'의 얘기로 대화를 주도했다간 '뽀르노 J' 류의 유치한 별명을 얻게 될 테니 간간이 사회적 동물로서의 네 지성을 보호할 줄 알아야 한다. 또, 리드미컬하게 흐름을 타는 수다가 좋아. 주제가 뭐가 됐든 질질 끌지 말고. 쿠션감 좋은 공처럼 탄력 있게 진행되는 수다는 정말 찰지고 담백해.

더 얘기하고 싶다는 생각이 들게끔, 근사하지 않니?

흔한 말로 '사는 게 재미없다' 싶을 땐 고정적으로 만나는 멤버들이 내겐 있어. 누가 먼저랄 것도 없이 "한번 만나줘야 할 때 아냐?", "너무 안 봤다, 우리"라는 말을 하면 당일로 부킹이 이뤄지고 일상에 찌든 얼굴을 하고 약속 장소에 등장하는데, 이때 우리의 모습은 흡사 한 사발의 피를 얻기 위해 다리를 질질 끌고 벌판으로 향하는 뱀파이어 같아.

이 모임은 수다 한판을 통한 일종의 엔도르핀 처방인 셈인데 굉장히 효과가 좋다. 비용이나 시간도 별로 들지 않아. 무리 중 누군가의 개인 사무실이 됐건, 스타벅스나 커피빈이 됐건, 돼지껍데기집이 됐건 궁둥이 붙이고 앉을 자리만 있으면 되니까. 모여서 시간을 보내다 끝장을 보느냐 하면 그것도 아니다. 20대라면 모를까 10시만 되면 누군가가 졸기 시작하걸랑. 그래서 대부분은 해가 떠 있을 때 만나 석양을 등지고 선 불량한 총잡이들처럼 헤들헤들 웃으며 헤어지거나 저녁을 먹고 차로 입가심하고 헤어지는데, 이때 뇌까지 페퍼민트로 가글한 기분이야. 유머 감각이 없는 사람과는 갈수록 수다 떨기 싫어지는 건 아마도 이런 두어 개의 모임에 중독됐기 때문일 거야.

만나서 무슨 얘기를 나누느냐 하면 10여 년, 길게는 20년을 함께 해온 전우로서 과거의 웃겼던 얘기, 누군가의 에피소드, 최근의 계획 등을 우리만의 유행어로 얘기해. 그 유행어라는 것도 꽤나 유치한데, 다분히 로컬스럽지만 우리가 즐거우면 된 거 아니겠냐. 길다면 길고 짧다면 짧은 세월 동안 서로를 알아보고 '우리 편'이 돼서 오늘을 살고 내일을 꿈꿀 에너지를 얻는 거다. 우리는 골다공증보다 더 무섭다는 정신적 노화의 구멍을 서로를 통해 깔끔하게 메워간다.

J야, 나는 수다가 좋아. 아까 말했던 섹시한 얘기는 언제든 오케이고, 발전적인 주제도 좋고, 하릴없는 뒷담화도 적당한 범위에선 재밌어. 삶의 언저리에 외로움이 짙어져 구멍이 생기기 시작했다면 적극적으로 누군가와 얘기를 나눠라. 주절주절 네 얘기만 털어놓는 고해성사 말고 상대방과 탁구 치듯 얘기하는 재미를 느껴봐. 그런 사람을 늘 주변에 두는 게 좋아. 나중엔 네가 그런 사람이 돼 있을 거야. 아, 그리고 유머 감각은 『유머백과사전』같은 것을 보면서라도 익혀두는 게 좋아. '이 사람과 얘기를 더 하고 싶다, 헤어지기 싫다'라는 기분이 드는 사람이 돼보렴. 웬만한 트로피보다 더 기분 좋아질 거다.

사심 없이 응원하고
의심하지 않는 것, 그게 친구

누구나 가슴에 접어둔 노래 한 곡이나 영화의 한 장면 같은 게 있게 마련이지. 상황에 따라, 세월에 따라 빛이 바래고 새로운 목록이 추가되기도 하고 말이야. 그런 것들은 평소엔 잘 흥얼거려지거나 생각나지 않다가 어떤 특별한 순간에 파바밧 하고 떠올라. 그 순간을 놓치지 않고, '어이쿠, 너 아직 살아 있었구나' 하는 마음으로 천천히 곱씹는 맛이 참 근사하지 않니.

시간이 흘러도 가사 하나 잊히지 않는 그 노래

요즘 말로 하자면 나만의 '잇 송'이나 '잇 무비'를 이 편지에 늘어놓기엔 내 기억으로 다섯 살 언저리쯤 동네의 낡은 공장에서 흘러나오던 번안곡 〈방랑자〉부터 시작해야 할 판이니 그 수가 많아 수고로운 데다 너와의 공감대가 형성되지 않는 것들도 있으니 또한 무의미하다.

〈방랑자〉를 살짝 얘기하자면 '그림자 벗을 삼아 걷는 길은/서산에 해가 지면 멈추지만/마음의 님을 따라 가고 있는 나의 길은/꿈으로 이어진 영원한 길'이라는 가락은 너무 구슬펐고, 노래가 의미하는 슬픔이나 노스탤지어 따위를 알 턱이 없는 꼬맹이는 그 노래가 들릴 적마다 마당에 흐드러지게 핀 샐비어꽃이 괜히 서럽게 느껴져 엄마의 치맛자락을 꼬옥 쥐곤 했다.

거봐라. 너 이 노래 모르지? 당시는 초등학교 운동장 한가운데에 방공호라는 걸 지어놓고 혹시 전쟁이 나면 잽싸게 숨도록 하는 등 '북괴'에 대해 흐트러짐 없는 대비 태세를 갖추던 때였단 말이다. 〈방랑자〉의 가사는 내가 지금 처한 현실은 허상이고, 인내하면 진실로 빛나는 미래가 해사하게 펼쳐질 것이라는 내용이었는데 이게 한때는 또 금지곡이었단 말씀이야. 이유야 모르지. 현실 도피 성향이 짙다는 거 아니었을까. '이만큼 살게 해줬는데 이따위 노래를 부르다니!'라고 장군이 화가 나셨던 거라고 본다, 나는.

방랑자건 방공호건 간에 여하튼 나도 모르는 사이에 마음에 스며들어와 불현듯 떠오를 때마다 여운을 남기는 노래나 영화들은 나이가 들수록 수가 줄어든다고, 어른들이 그러시더라. 가장 오래된 것이거나 가장 강렬한 잔상을 남긴 것들이 계속 꿈처럼 마음에 남게 된다고 말이지. 아무런 방어 기제 없이 무작정 가슴에 들어온 가사나 대사들은 특별한 이유가 있는 것도 아닌데 오래도록 지워지지 않는다더라. 마치 친구가 그러하듯이.

친구와 친구가 아닌 사람은 너무나도 명확하게 달라

2009년에 사정없이 남발되던 '잇 ○○'의 열풍에 아무리 끼워 맞추려 해도 '잇 프렌드'라고 바꿔 부르기가 영 어색한 것은, 친구는 유행에 따라 바뀔 수 있는 성질의 존재가 아니기 때문이지. 제 맘대로 친구를 갈아치울 수도 없는 노릇이고. 내 생각엔 형편이나 욕구에 따라 친구를 갈아탈 수 있다는 건 손오공의 근두운을 빌린대도 어려운 일이야. 그럴 수 있다면 그건 이미 친구가 아닌 거야. 그냥 순간의 파트너라고 하는 게 맞겠다.

물론 친구 맺기의 시작은 취향이지. 좋아하는 가수가 같거나 어떤 점에서 생각의 일치를 보거나 하는 식으로 마음이 통하고, 친구가 돼서 자주 만나고 일치점을 공고히 하게 돼. 미니 홈피나 블로그의 일촌, 이웃 등은 빼자. 미안한 얘기지만 그렇게 엮인 인연을 친구라 하기엔 좀 그렇지. 좋아하는 연예인이건 작가건 열변을 토하느라 친구의 입에서 튀어나와 내 뺨에 박히는 침들과 치열한 일상을 보내느라 거뭇거뭇해지는 서로의 다크서클과 지난 저녁 짜릿한 술자리에서의 설렘과 그로 인한 숙취가 남긴 지독한 입 냄새와 어깨가 흔들리는 것을 막느라 이를 악물고 눈물을 참는 오열의 순간을 모두 눈앞에서 겪어야 친구라 할 수 있으니, 오프라인에서 삼는 '절친'과 비교하면 섭섭하지. 그러니 사소한 취향에서 시작해 '이 친구와 왜 친구가 됐는지 생각해봤는데 너무 아득해 생각도 안 남. 그냥 쭉 친구였음'으로 귀결되는 것이 바로 친구다.

친구가 열 명 있다고 치자. 열 명 모두에게 똑같은 애정을 쏟게 되든? 그렇지 않을 거야. 유독 간섭하게 되는 친구가 있고, 얼마 동안 소식을 모르면 궁금해져서 얼굴을 보고 싶어지는 친구가 있고, 한 달이건 1년이건 안부가 뜸한 뒤에 만나도 어제 만난 것처럼 한결같은 친구가 있지. 영화의 부제처럼 '오래 두고 사귄 벗'인가 아닌가의 지점은 바로 여기야. 안 보다가 만나서 어색해지면 속된 말로 '좀 아리까리한(?)' 관계인 거다. 반면 늘 하던 대로 "어이구, 이것아. 눈가에 잔주름 봐라. 그새 늙었다, 너?"라는 식으로 애정 어린 막말을 하게 되면 둘은 영락없는 오랜 친구 맞다.

하지만 J야. 네가 갖고 있는 열 명의 친구는 하나둘 성급한 낙엽처럼 떨어져나가고 11월의 찬 서리, 정월의 폭설에도 떨어지지 않는 감나무의 까치밥처럼 굳건히 자리를 지키고 있는 서너 명만이 남게 된단다. 서글퍼하지 마라. 미리 떨어진 친구들이 네 친구가 아니었다고 말할 수는 없지 않겠니. 처음엔 순정한 마음으로 만났으되, 상황과 세월에 따라 각자의 형편에 따라 가느다랗게 이어지다 툭, 끊어지고 마는 친구도 있는 거다.

그러나 이건 그들이 모두 이미 친구였다, 라는 명제에서 시작되는 것이고 사회에 나와 네가 하루에도 수 명씩 만나는 파트너와 친구를 구별하는 방법은 두 가지다. 네 행복과 성공에 진심으로 박수를 보내느냐, 네가 궁지에 몰렸을 때 티끌만큼도 너를 의심하지 않느냐, 로 가름하는 것.

한 뱃속에서 나온 형제자매가 잘돼도 샘이 난다더라. 하물며 피 한 방울 안 섞인 친구지간에야 오죽하겠니. 하지만 바로 그 부분이 친구라는 존재를 위대하게 만드는 거다. 형제자매야 이성이 비집고 들어갈 틈 없는 눈물겨운 혈연인 반면 친구는 태생적으로 이성적인 거리가 허용된 관계다. 가족이 네 행복과 성공을 기뻐하는 건 그것이 가족이기에 당연하고, 본능 아닌 이성적인 애정의 측면에서 친구라는 존재는 너를 위해 진심으로 축배를 들어줄 수 있어야 한다.

한 사람의 성공을 두고 친구는 두 종류로 나뉜다. 축하하는 친구와 질투하는 친구. 저 친구가 거둔 성공이 잘만 하면 자신의 몫일 수도 있었다고 분통을 터뜨리는 사람, 나보다 못하던 사람이 무슨 조화로 저리 되었나 탐색하는 사람, 흠결을 찾아 호시탐탐 감시의 눈길을 보내는 사람 등 얼마나 다양한 본성들이 출현하는지 모른다. 아마도 그들은 당사자가 겪어온 지난 시간 동안 서푼어치 격려도 하지 않았을 테지.

나는 네가 그토록 좋아하는 친구들, 그 친구들이 너를 한마음으로 아껴주길 바란다. 너 또한 그들에게 깨끗하고 순결한 애정을 아낌없이 퍼붓는 멋진 사람이길 바란다. 그러기 위해선 서로의 진심을 알아주는 깨끗한 마음들이어야 한다는 게 내 생각이란다. 네가 모함을 당해 괴로워할 때 '내 그럴 줄 알았다' 식의 싸늘한 말을 해버리는 기회주의자를 친구라는 이름으로 곁에 두지 않기를 바란다.

누군가에게 의심을 받아 그것의 진위를 밝히기 위해 식은땀을 흘리는 네 곁에서 이유 따위 묻지 않고, 심지어 별로 하는 일도 없으면서 그저 네 곁을 지켜가며 따뜻한 커피 한 잔 건네는 사람이라면 부끄럼 없이 모든 것을 얘기해도 좋다고 말하고 싶다. 설혹 네가 의심받을 짓을 했다손 쳐도 그런 사람이라면 너에 대해 섣부른 실망을 하기보다 왜 그래야 했는지를 물을 것이다. 그리고 함께 방법을 모색해줄 것이다. 그는 네가 털어낸 부끄러운 고백에 대해선 이후로도 영원히 함구할 줄 아는 사람일 것이다.

친구가 있어야 별것 아닌 기억이 추억이 되는 거야

친구와 얽힌 '잇 송'과 '잇 무비'가 내게도 있다. 한 달 전 아비를 잃은 통한의 마음에도 속절없이 야근을 해야 했던 여름밤. 월 플라워스(The Wallflowers)의 〈원 헤드라이트(*One Headlight*)〉를 귀에 꽂고 턱을 괸 척하며 손으로 입을 틀어막고 눈물을 뚝뚝 떨어트렸지. 월 플라워스는 록의 대부이자 저항하는 음유시인이던 밥 딜런의 아들 제이콥 딜런이 이끄는 밴드였는데, 실제로 제이콥은 지인의 상갓집에 갔다가 밤이 깊어 집으로 돌아가는 길에 맞은편에서 달려오는 차 한 대를 보게 돼. 계곡을 따라 굽이굽이 이어진 절벽 길이었는데, 그 차는 한쪽 헤드라이트가 망가진 채로 위태롭게 앞을 향해 나가고 있더란다. '원 헤드라이트'로 밤길을 헤치던 차는 오래도록 제이콥의 잔상에 남았고, 이 노래가 탄생한 거지. 딱 그때의 내 심정이었다. 죽은 자와 산 자에 대한 철학적 슬픔보다 안간힘 쓰다 힘없이 점멸한 한쪽 헤드라이트처럼 돌아가신 아비에 대한 그리움이 사무쳤던 거지.

혼자 있는 줄 알았고, 울컥한 심정에 실컷 울고 나서는 퇴근하려는데 저쪽에서 "끝났으면 집에 가자"라고 일어서는 친구를 봤다. "여태 안 갔니?" "일이 좀 남아서……라기보다 너를 집에 데려다 줘야 발 뻗고 잘 것 같아서."

다음 날 친구는 느닷없이 "회사랑 집이 너무 멀어서 네 집에서 신세 좀 질게"라며 내가 뭐라 말할 새도 없이 커다란 가방 하나를 현관에 부렸다. 그녀는 한 달 동안 내 집에 머물면서 내 얘기를 들어주고, 눈물을 받아주고, 함께 밥을 먹어주었다. 그렇게 하지 않으면 무슨 일을 저지를 것처럼 위태로워 보였다, 라는 게 훗날 친구의 말이었지.

영화 〈클로저〉를 기억하니? 줄리아 로버츠, 나탈리 포트먼, 주드 로, 클라이브 오웬이 출연한 사랑 영화 있잖아. 복잡다단한 연애사 때문에 늘 심장은 뛰고, 눈가는 짓무르고, 입에선 탄식과 흥분에 찬 경탄이 번갈아 쏟아지던 친구였다. 저녁을 먹은 뒤 평소와 달리 남자친구 얘기를 하지 않아 의아했는데, 그녀가 영화를 보자며 끌고 간 곳이 〈클로저〉 개봉관이었다. 이윽고 나란히 앉아 친구는 물론 주위를 잊을 정도로 영화에 몰입하고 있던 중 문득, 친구가 옆자리에 없다는 생각이 들었지. 화장실 갔거나 남자친구와 화해를 하느라 통화 중이겠거니 생각하고 스크린에 시선을 박았다. 영화가 끝날 때까지도 친구는 돌아오지 않았고, 그제야 이상한 기분이 들어 허겁지겁 나가봤지만 친구를 찾을 순 없었다.

영화 속 줄리아 로버츠와 똑같은(헤어진 연인과의 우연한 만남 그리고……) 상황에 처한 친구는 사랑 없으면 안 되는 아이였다. 갖은 방법으로 남자친구의 식은 마음을 돌이키고 싶었던 친구는 정말 영화처럼 남자친구의 과거를 알게 됐고, 그의 과거가 자신과 무관하지 않다는 것도 알게 됐지.

언제나 현실은 영화보다 더 드라마틱하다. 괴로운 심정에 극장을 뛰쳐나가다 경미한 교통사고를 당했는데 그때 내 심정은 영화에 정신 팔린 내 눈을 짓이기고 싶을 정도로 무참했단다. 뒤따라 나가기만 했어도……. 미안해하는 나에게 친구는 이렇게 말했다. "네가 따라 나왔다면 네 손에 이끌려 영화를 끝까지 봐야 했을 거야. 나한텐 그게 더 큰 고통이야." 때문에 〈클로저〉를 볼 때마다 희미하게 웃으며 "이젠 남자고 뭐고 혼자 살련다"라고 말하던 친구가 생각나. 물론 그 친구는 이미 애 엄마다만.

친구 없이 살아가는 세상은 무의미해. 좋은 친구는 가꿀수록 빛나고, 불편한 친구는 부딪힐수록 마찰만 생긴단다. 너도 이쯤은 알고 있겠지?

가장 힘든 건
자신을 다스리는 일이야

몇 해 동안 꾸준히 새순을 내밀며 화분이 미어져라 세를 넓혀 가던 금전수가 한 달 전쯤부터 시름시름 앓기 시작했다. 금전수는 워낙 강골이라 큰 주의를 필요로 하지 않는 식물이다. 그런데 녀석의 이파리가 마르다가 어떤 것은 아예 마르기도 전에 수분은 간직한 채로 적갈색을 띠며 고개를 차례로 떨궜다. 이파리가 서서히 마르는 것보다 싱싱하던 것이 갑자기 갈변하면 더 위험 신호다.

밑동이 쑥 뽑혀 나온 금전수

하여튼 튼튼하던 녀석이 태도를 돌변해 앓는 체를 하니 녀석 때문에 신경이 여간 쓰이는 게 아니었다. 기세 좋게 뻗어 나가던 다른 이파리들도 힘없이 처진 동료 이파리 때문인지 전처럼 윤기가 나지 않는 것 같았다. 영양제를 사다 꽂아주고 쌀뜨물을 부지런히 부어봤으나 허사였다. 결국 줄기 하나가 통째로 상해버렸다. 그게 딱해서 내 속도 같이 상했다.

그런데 우연히 원인이 될 수도 있는 단서를 발견했다. 며칠 전 청소를 하다 다른 식물들은 다 멀쩡한데 유독 이파리 빛이 탁해지는 금전수 앞에 시선이 머물렀다. 여기저기 탐색하느라 쪼그리고 앉아 녀석을 살펴보던 중, 줄기를 스르륵 훑는데 몇 가닥의 밑동이 가볍게 흔들린다. 슬쩍 건드려보니 단단히 뿌리박고 있어야 할 밑동이 쑥 뽑혀 나왔다. 여전히 푸르고 잘생긴 이파리들을 주렁주렁 달고 있는 줄기였다.

놀란 나는 햇빛 가득한 거실을 먼지들이 너울너울 돌아다니는 것도 잊은 채 한 손엔 뽑혀진 줄기, 한 손엔 청소기 손잡이를 쥔 채 화분 옆에 철퍼덕 주저앉았다. 이파리가 망가질 순 있어도 뿌리가 흙을 과감히 이탈한 적은 내 식물 가꾸기 인생 처음 있는 일이었다. 뭐가 중요한지 잊어버린 채, 그것을 잊을 만큼 삶의 낙과 원동력도 상실했다는 신호처럼 보였다.

식물은 주인의 기운을 받아 자란다던데 내가 요새 이러구 살았나 싶기도 하고, 하여간 오만 가지 생각이 떠오르면서 흙을 만져봤더니 단단히 뿌리를 붙들고 있어야 할 흙이 며느리가 지은 설익은 밥처럼 찰기라곤 없이 부르르 떨어진다.

아뿔싸. 나는 이파리만 살필 줄 알았지, 흙의 상태는 단 한 번도 고려해주지 않았다. 물을 주고, 방향 바꿔가며 햇빛을 쏘여주면 다른 아이들처럼 알아서 클 줄 알았다. 게다가 이 아이는 관심을 덜 줘도 쑥쑥 자라는 낙천적인 아이라고 들었는데 이런 왕 소심쟁이 같으니! 놀라움은 애틋함과 미안함으로, 이어 스스로에 대한 짜증으로 바뀌었다. 나는 되레 신경질을 북북 내면서 뽑혀 나온 줄기를 조심스럽게 다시 심은 뒤 흙을 꾹꾹 눌러주었다.

죽어가는 식물도 살린다는 '원예계의 허준'이라며 동네방네 떠들고 다녔지만(심지어 나의 뻥을 믿는 사람도 있더라) 얼마 전 소나무 분재에 실패하고 나서 잔뜩 풀이 죽어 있던 차였다. 게다가 웬만한 음식점 입구마다 아이 팔뚝만 한 줄기들을 울울창창 뽐내는 흔한 식물이 눈앞에서 이 지경이 되니 이건 뭐, 허준이 모기 물려 밤새 등짝 긁는 소리라고나 할까.

그때부터 내 관심은 치자나무와 난초에서 건강하기 그지없던 생명력을 불시에 잃어버리고 만 금전수에 쏠렸다. 다행히 그날 이후 더 이상의 갈변하는 이파리나 쏙 뽑히는 뿌리는 없지만 한번 상한 줄기가 다시 상하지 않는단 법 없으니 노심초사다. 두어 숟갈 애매하게 남은 찌개는 버릴 수 있어도 애매하게 죽어가는 식물을 버릴 순 없다. 물이 모자라거나 흙이 부실했거나 아니면 바람이 고파서일 것이다. 자주 물을 주고 흙을 바꿔주고 창가에 내놓으면 그것들은 금세 해들해들 웃어준다. 애쓰면 바뀐다고, 방법은 언제나 있다고, 나는 믿는다.

가족 같았던 애완 동식물, 그 끝에 남은 서글픔

나는 식물과 맞는다. 어릴 적 큰고모 댁에서 말이다, 집에서 기르던 개가 역시 집에서 기르던 토끼의 생후 여섯 시간 된 새끼를 잡아먹는 것을 보고 놀라 밤새 울었던 적이 있다. 늦은 밤 잠에서 깨어 괜히 대청마루에 나갔다가 마당 한구석에서 벌어지고 있는 참극을 목격한 순간부터 나는 집에서 동물을 기르는 일을 꺼리게 됐다. 얼마 전까지 고향집 화단 옆에도 아버지가 지어준 고색창연한 이름의 백구, 복구, 황구 등이 대를 이어 살았으나, 부모님이 기르던 개였을 뿐 내 것은 아니었다. 사랑을 갈구하는 데 능동적이고, 주인의 마음까지 헤아릴 줄 아는 영민한 것들이지만 어쩐지 걱정스럽고 무서웠다.

서울에 올라와 혼자 살면서도 동물을 좋아하긴 했다. 늘 기르고는 싶었으나 잘 기를 수 있을까 걱정이 앞서던 무렵, 지인에게 토이 푸들을 선물 받았다. 이름처럼 장난감이라고 해도 믿을 만큼 작은 아이였다. 검진 차 찾은 동물병원에서 수의사는 태어날 때부터 병약해 지금까지 살아온 게 기적이며 곧 죽을 것이라고 은테 안경을 추켜올리며 근엄하게 예언했고, 얄미운 예언을 한 치의 어긋남 없이 받아들여 녀석은 내 곁에 온 지 반년 만에 한 줌뿐인 작은 몸을 힘없이 늘어뜨렸다.

아픈 건 알았지만 사랑했으니까 그래도 내 옆에 머물러 있을 줄 알았다. 내가 옆에 있으니 나를 믿고 살아줄 줄 알았다. 마지막 날까지도 내 이기심만 챙겨지더라. 내게 머문 시간은 짧았는데 야속함은 너무 컸다.

그 뒤로 10년이 지났다. 내 집에 동물이라곤 30대 후반의 천방지축 노처녀 한 사람뿐이다. 앞으로도 두 발로 다니는 것 외엔 절대 동물을 들이지 않을 생각이다. 두 발로 걷는 곰이나 이구아나 혹은 구관조는 어떠냐고? 천만의 말씀 만만의 콩떡이다.

엄마가 재미 삼아 길러보라고 올려 보낸 알로에를 누렇게 태워 죽이곤 하던 나는 언제부턴가 식물을 기르게 됐다. 이젠 양재동 꽃시장에 취미로 들를 정도는 되었다. 단순히 예쁘기만 한 것이 아니라 물 빠짐이 좋고 햇빛과 공기를 충분히 받아들일 만한 용적률을 살펴 화분을 고르고, 어지간한 식물은 때깔만으로도 건강을 짐작할 수 있다. 화분 가게, 꽃 가게에서 1,000원을 깎자고 흥정하다가 에누리 대신 화분 받침과 손바닥만 한 플라스틱 꽃 화분을 얻어 오면 기분이 째진다.

이 아이들은 내가 기르던 강아지처럼 움직임이 활발하고 능동적이지는 않다. 작은 심장에서 전해 오는 온기를 느끼며 익살스럽게 꽉 품을 수도 없다. 물을 갈아주는 동안 욕실 바닥에서 동당거리는 발을 간질일 때 느끼던 즐거움도 없다. 하지만 식물은 수의사라든가 하는 타인의 조언이 아닌 전적으로 주인의 노력 여하에 따라 숨이 붙고 떨어진다. 나 자신에 대한 믿음을 부추길 수 있다. 온기가 없는 대신 매끄럽고 순하다. 식물이 동물을, 동물이 식물을 대신할 수 없고 매력과 단점이 각각이지만 나는 동물의 생동감과 온기 대신 식물의 순함과 초록의 미학을 따르기로 했다.

딱 이 정도가 좋다. 너무 사랑하면 아픈 일이 생기고, 무심하면 자책하게 된다.

상처 입은 사람을 기꺼이 안아줄 수 있는 사람이 되렴

"너는 괜찮지?"라고 믿어 의심하지 않았던 사람이 어느 순간 삐딱하게 나오면 당황스럽다. 사랑을 달라는 신호인데 그것을 눈치 채지 못하고 "도대체 왜 그러느냐, 너마저 그러면 나더러 어쩌란 말이냐"고 신경질을 부리면 토라진 상대의 마음은 더욱 싸늘하게 굳어 가게 마련이다. 그는 단지 자신을 알아달라는 뜻이었는데 이쪽에서 지레 미안함을 들킬까 봐 버럭 버럭 성을 내는 탓이다. 그러게 '있을 때 잘하라'는 얘기가 괜한 말이 아니다.

J야, 내가 언젠가 이런 말 한 적 있지. 괜찮지 않을 때는 꼭 옆에 있는 누군가에게 "나 안 괜찮아"라고 말하라고. 상대방을 성가시게 할까 봐 미안해서, 마음을 들키는 게 자존심 상해서, 약한 사람처럼 보일까 봐 부끄러워서, 같은 이유는 너무 하찮다. 네 절박한 마음에 비하면 그런 감상 따위 아무것도 아니다. 오히려 몹시 이기적인 발상이다.

왜냐하면 너를 사랑하는 사람의 가슴에 네가 가장 힘든 순간에 외면한 사람이라는 주홍글씨를 새기는 꼴이니까. 이 세상에 네 의지로 안 되는 일이 한두 가지겠니. 그렇게 많은 일 가운데 가장 힘든 일이

네 자신을 다스리는 일이다. 그렇게 어려운 일을 두고 혼자 끙끙 앓는 것처럼 미련한 짓은 없다.

말하렴. 어떤 일 때문에 가슴이 아프다고, 편해지고 싶은데 그게 잘 안 돼서 힘들다고, 지금을 어떻게 견뎌야 할지 모르겠다고, 그 순간 네 곁에 가장 가까이 있는 사람에게 말하렴.

네가 사랑하는 사람이라면 네 말의 무게감을 짐작할 것이고, 이런저런 핑계를 대며 네 하소연을 무시할 순 없을 것이다. 만약 아프다고 드러내는 너의 상처에 대고 "나중에 들어줄게"라고 변명하며 미적미적한다면 아쉬움 없이 돌아서는 게 좋다. 천하에 그 누구도 네 진심을 무시할 수 있는 사람은 없다.

또 누군가 너에게 "나 요즘 안 괜찮아요. 어쩌죠?"라고 말을 건네온다면 기꺼이 안아줄 수 있는 사람이 되렴. 그 사람은 언젠가 너를 더 굳세게 안아주고 네 울음을 다독여줄 것이다.

너는 누군가에게 좋은 사람이니?

이번 캐나다 출장에서 나는 세 명의 '코쟁이'를 만났다. 우리를 인솔했던 현지 프로모터 릭과 휘슬러의 호숫가에서 카누를 가르쳐줬던 대니, 그리고 귀국길 비행기에서 만난 안젤라다. 영어와 친하지도, 친해지고 싶지도 않은데 자꾸 영어를 하게 만들었던 사람들이기도 해. 내가 먼저 말을 걸었을 거란 생각은 접어두는 게 좋아. 대화를 하기 위해 문장과 단어를 구색 맞추려 머리 굴리는 게 얼마나 피곤한 일이냐. 이들과의 대화는 전적으로 마음이 움직여서 진행된, 나로선 불가사의한 에피소드라고나 할까.

물론 그들이 내 진의를 남김 없이 알아들었을 거라 기대하지 않는다. 그들 역시 자신들의 호의와 진심을 내가 다 받아들였을 거란 기대는 하지 않았을 거다. 그런데 알겠더라. 결국 우리는 나비나 구름이나 치타가 아니라 다 같은 사람이니까. 사람이니까 당연히 서로의 '마음'은 알게 되지. 그 단순한 진리를 이번에 다시 한 번 깨달았다.

너를 미치도록 보고 싶어 하는 사람은 누구야?

브리티시컬럼비아 주를 돌아 휘슬러에 도착할 즈음 릭의 얼굴은 잔뜩 상기돼 있었다. 원래 출장이란 게 낯이 선 사람들과 하나의 목적을 위해 떠나는 일정이라 처음엔 대개 서먹하게 돼 있지. 릭과도 그랬다. 그런데 하루 종일 한 덩어리로 뭉쳐다니며 우리는 취재하고, 그는 안내하는 날이 이틀을 넘어가니 알량하나마 동지애 같은 게 생기더군.

릭은 크루아상에 환장하는 나를 딱하게 바라보며 버터 범벅인 크루아상 대신 '브라운' 컬러의 딱딱한 유기농 토스트를 먹으라고 권하고, 내 엉덩이 두 배만 한 접시에 가득 담겨 온 티본 스테이크를 보며 내 눈알이 빙글빙글 돌자 당황하기까지 했던, 뼛속까지 웰빙맨이었다. 산악자전거와 마라톤, 스키와 보드, 요가와 세일링이 일생의 기쁨인 사람이야. 잇새로 배어나오는 육즙의 향미도 모르고 DVD 보면서 새벽에 끓여 먹는 라면 맛도 모르고 말이지. 인생, 정말 어렵게 살더라.

휘슬러는 동계올림픽을 유치하기에 충분한, 천혜의 자연환경을 갖고 있더군. 부러웠다. 좋은 땅에 태어나서 별 노력 없이도 그 넓고 푸른 자연의 선물을 원 없이 누리고 있다는 게 질투날 지경이었으니까. 릭에 따르면 한국은 작은 나라라 경쟁이 치열하고 그 덕분에 한국인들은 굉장히 스마트하고 개인의 경쟁력이 뛰어나다는데, 작은 나라에 산다고 무조건 치열한 건 아니지 않나 싶었다. 작으니까 더욱 소소하고 정겨운 '대~한민국!'만의 감동이 있다는 걸 릭은 아직 모르는 것 같더라. 역시 사람은 외국 가면 다 애국자가 된다.

곤돌라는 해발 3,000미터까지 슝슝 올라가선 블랙콤 마운틴 정상에 우리를 뚝 떨어트려놓고는 왔던 길로 한들한들 내려갔다. 보이는 것은 하얀 눈과 독수리만 한 까마귀가 전부인 우람한 산길 13킬로미터를 두 시간여 걸었어. 산도 좋아하고 걷는 것도 좋아하지만, 제대로 된 하이킹은 처음이라 조금 긴장했더랬지. 점점 허벅지에 힘이 붙더니 뒤꿈치부터 등골을 지나 경추까지 찌릿하게 전율이 오더라.

하이킹에 나선 캐나다인들과 서로 응원해가며 내려오는 동안, 한 사람이 시작해 하나둘씩 동참한 결과 거대한 석총 구락을 형성한 검은 돌탑들, 누가 봐주거나 말거나 바위틈에서 해들해들 웃는 모습이 코끝 찡하게 아름답던 에델바이스를 만났다. 산꼭대기 풀뿌리와 만년설이 용해돼 흐르는 천연 미네랄워터도 돌산 틈새에 손 담그고 떠 마셨다. 일행은 손 시려 죽을 지경이라면서도 아이처럼 까르르 키득키득 웃으며 행복해했다. 산중턱 베이스캠프에 도착, 마을로 향하는 리프트에 릭과 나란히 앉게 됐다. 이 리프트는 우리가 일반 스키장에서 타는 리프트와는 차원이 달라. 떨어지면 눈과 얼음, 바위 사이에 콕 박혀 그대로 인간 아이스바(Ice Bar)가 되는 형국이고, 여름인데도 체감 온도는 영상 5도를 밑돌았지. 두 시간의 운동으로 덥혀진 몸이건만 리프트에 앉으니 나도 모르게 덜덜 떨려오기 시작했는데 릭이 물었어.

"지금 이 순간 한국에서 너를 미치도록 보고 싶어 하는 사람은 누구야?" 번지점프 직전에 하는 "애인 있습니까?"라는 시답잖은 질문과는 달랐지. 순간 대답이 떠오르지 않았다. 그런 사람이 있느냐, 정말 자신할 수 있느냐에 관한 거였으니까.

나를 만나야 할, 그리고 내가 만나야 할 사람들은 있겠지만 그것은 일과 관련된 공적인 테이블일 테고, 남자친구라고 해도 미칠 정도로 내 부재를 못 견딘다면 출장 자체를 막아섰을 터, 릭의 질문은 언제나 나를 생각의 우선순위에 두고 내 존재만으로도 충만하고 든든하야 문득 서울에 안은영이 없다는 사실에 가슴이 조그맣게 일렁이며 낮은 파도를 일으키는 정도의 관계를 묻는 거란 생각이 들었다. 빨리 만나고 싶다, 보고 싶다, 얘기하고 싶다는 정도의 감상을 부르는 관계. 누구보다 가깝지만 너무 가까워서 상대의 단면만을 보게 되는 관계가 아닌, 세상에서 가장 믿음직한 타인.

리프트가 마을에 가까이 오는 동안 나는 실없는 농담으로 받아쳐가며 "넌 있어? 애인 말고 그런 좋은 사람 있어? 너는 누군가에게 좋은 사람이야?"라고 릭에게 묻는 동시에 속으론 내게 물었지. '너는 누군가에게 진정 좋은 사람인가'라고.

"너도 하면 되잖아"

　"서울에서도 물을 가까이 두고 사는데 여기까지 와서⋯⋯"라
고 투덜거린 한 시간 전의 상황을 비웃기라도 하듯 눈앞에 펼쳐진
호수는 그 자체로 그림이었어. 나와 일행 한 사람을 맡아 카누 강습
을 한 대니는 스물세 살 토론토 출신의 주근깨 청년이었다. 어쩌다
보니 내가 맨 앞에 앉아 방향키를 잡게 됐는데 도대체 마음처럼 움
직이지 않는 노를 황망하게 젓느라 식은땀을 흘리다가 대니의 참을
성 있는 격려 덕분에 요령이 조금씩 붙기 시작, 호수 한가운데로 카
누를 몰아갔어.

　주위로 펼쳐진 산 그리고 또 다른 산, 청정 지역에서만 사는 수초
와 천년 묵은 나무, 부드럽게 갈라지는 물결. "부럽다. 넌 여기서 매
일 이런 것들을 누리고 사는구나." 내 탄식에 대니의 한마디는 "너
도 하면 되잖아"였어. 뭐 딱히 할 말이 없더라. "⋯⋯." "은영, 원하
는 건 행동으로 비로소 얻어지는 거야." 띠동갑을 넘어 조카뻘의 코
쟁이 녀석에게 한 방 먹었다.

　나로선 강과 산, 깨끗한 공기를 얻기 위해 포기해야 할 것들이 너
무 많았다. 그곳이 국내이건 국외이건 내가 원하는 가치들을 위해
떠나와야 할 인간관계, 그리하여 결국 끊어지고 말 인연들이 아까웠
다. 숨 막히는 일상에서 가끔씩 벗어나 실낱같은 여유를 얻어 이렇
게 콧바람 쏘이는 것으로 만족하면 됐지, 싶었다.

　사실은 내가 버려야 할 것들보다 내가 잊혀질까봐 두려웠다. 내
속마음의 두려움, 이게 팩트(fact)다. 떠나는 사람은 생생한 추억을

안고 떠나오지만, 떠나보낸 사람은 보내는 동시에 추억도 함께 흘려
보내는 것이라고 생각했으니까. 그리고 내 '좋은 사람들'은 내가 훌
쩍 떠나는 것을 한사코 반대할 거라는, 강력하다 믿고 싶으나 사실
은 허약한 추정이 뇌리를 맴돌았다.

대니의 한마디에 나는 다시 사람들 속의 내 존재에 대해 생각해보
게 됐어. 그들은, 혹은 그(녀)는 정말 나를 믿고 애착하고 있을까. 나
는 혹시 '만인의 연인' 병이라는 과도한 자만에 빠져 있는 건 아닐
까. 이러한 착각들이 내 삶을 잠식하고, 스스로 자유를 얽매고 있는
건 아닐까.

아플 땐 자기 몸부터 챙기는 게 예의야

리프트에서 시작된 오한은 이후 며칠간 오르락내리락하며 견
딜 만하더니 귀국 비행기 안에서 절정에 다다랐다. 호텔 체크아웃하
며 삼킨 진통제 두 알은 전혀 효력을 발휘하지 못했고, 인천공항행
비행기가 이륙하는 동시에 기침과 발열을 동반했지. 한마디로 몸살
감기에 걸린 거다.

긴 비행 시간 동안 내 기침 소리가 사람들의 수면을 방해할까 봐
손수건으로 입을 막으며 기침을 삼키는데, 아까부터 무심하게 책을
보고 잠을 청하는 듯 위장한 채 나를 예의 주시하던 옆자리의 그녀
가 말을 걸어왔다. "헤이. 난 시드니 사는 안젤라라고 해. 너 감기 걸
린 것 같아. 힘들어 보여." "아, 미안. 내가 기침하는 바람에 널 깨웠

나 봐." "괜찮아. 이거 먹어볼래? 이상한 약 아니고 나도 집만 벗어나면 늘 컨디션이 나빠서 갖고 다녀. 감기약인데 호주에선 베스트셀링 캡슐이야."

그걸 내게 주려고 아까부터 손에 쥐고 있었던 모양이야. '이걸 꼭 건네야 하는데, 이 여자의 기침은 왜 그치지 않는 걸까'라고 생각하면서 내게 건네줄 시점을 살폈던 거지. 이상한 약이라고 의심하기는커녕 천만에! 나는 그게 최음제였대도 반색했을 거야. 하늘을 날아가고 있는 판에 구름을 뚫을 듯 치솟고 있는 열감기 증세를 다독여야 했으니까. 나는 고맙다고 인사하고 물과 함께 그것을 꿀떡 삼켰어.

시드니에서 법대를 다니고 있고 한국의 전통에 관심이 많아서 교환학생으로 와 있는 남자친구를 만나러 오는 길이라는 안젤라의 얘기는 어느새 꿈결처럼 아득해졌고, 나는 이내 깊은 잠에 빠져들었어. 기내식 가운데 내가 젤 좋아하는 고추장비빔밥도 거를 만큼 말이야.

인천공항에 도착했다는 기장의 멘트와 함께 잠에서 깨어나니, 비행기는 어느새 인천공항의 활주로를 선회하고 있더라. 안젤라는 아직 자고 있고, 내 몸 위로는 담요 한 장이 덮여 있었어. 안젤라의 짓이었지. 이쁜 아이더라. 약을 먹고 이런저런 얘기를 이어가는 동안 그녀가 이런 말을 했어. "아플 땐 남을 신경 쓰기보다 우선 자기 몸을 아껴주는 게 주변 사람을 위한 진짜 배려라고 생각해. 미안해하지 마. 감기 바이러스에 걸린 게 네 탓은 아니잖아?"

생면부지의 앳된 코쟁이 아가씨를 만나 감기를 잠재울 온기를 얻는 순간이었다. 안젤라가 준 약은 먹으면 잠에 빠져들어 몸의 열기를 식혀주는 꽤 효과적인 감기약이었어. 한국엔 아직 시판되지 않은 약이고 말이야.

친구에게 물었다. "나는 너한테 좋은 사람이니?" 이렇게 대답하더라. "신랑 말고 같이 살고 싶은 유일한 인간이지만 그러긴 싫다. 누가 그랬다잖니. 사람은 생선과 같아서 사흘 동안 한 공간에 있으면 반드시 부패하게 된다고. 너는 나한테 신랑을 제외하고 유일하게 같이 살고 싶은 딱 한 사람이야. 이 정도면 대답이 됐나?" 내가 대답했지. "되고말고!"

J야. 이 정도면 됐다. 나는 공기 좋은 곳으로 떠나지 않아도 된다. 나는 내 좋은 사람 옆에서 내 나름의 의무와 명분, 행복감에 도취돼 그들 곁을 지킬 수 있게 됐다. 별스럽다고 생각할지 모르겠지만 어쩌다 이런 생각을 해보는 것도 나쁘지 않더라. 사람은 그 어떤 것도 확신할 수 없지. 특히 서로에게 깃들어 살아야 하는 '공생'을 천형으로 안고 태어난 존재들인 까닭에 가끔은 이런 식으로 관계 속에서 '내 위치가 어드메 와 있나'라고 중간 점검하는 과정이 필요해. 이것은 앞으로 네가 나가야 할 미래의 인간관계에 지대한 영향을 미친단다.

좋은 사람이 많아야 할 필요는 없다. 한 사람이어도 충분하다. 중요한 것은 그로 인해 얻는 네 확신이다. 너를 지탱하는 힘은 너를 바라보는 네 '좋은 사람'의 온기, 격려, 애정이라는 걸 잊지 마. 네가 누군가에게 좋은 사람인지 어떤지 확신이 서지 않는다면 앞으로 조금 더 책임 있게 인간관계를 엮어나가도록 해. 시간은 충분해. 네가 좋아하는, 너를 좋아해주길 바라는 그들은 네가 따뜻하고 든든한 인 간으로 성장하도록 너를 기다려줄 의향이 충분히 있단다. 누군가에 게 좋은 사람이 된다는 것, 앞으로 네가 10년을 두고 고심해야 할 주 제야. 잊지 마.

외로울 땐 눈물 말고
소리 내 울어

새벽 3시. 모두가 증발해버린 세상에 홀로 남겨진 것 같았어. 낮 동안 지열을 달구던 기차 바퀴도 일제히 달리기를 멈췄는지 철길을 가르는 어떤 소리도 들리지 않았지.

분명 어젯밤 친구와 소주를 나눠 마시고 집에 들어와 잠이 들었던 것 같은데 정신을 차려보니 내가 소파에 앉아 있더라. 분명 아주 멍청한 눈빛이었을 거야. 더듬더듬 눈으로 사물을 훑으면서 간밤의 행적을 정리해봤지. 욕조에 웅크리고 앉아 굳세게 양치를 하고, 샤워 물줄기 아래서 끄덕끄덕 졸다가 대충 샤워를 마치고는 TV 앞에 앉아 얼굴에 마스크 팩을 붙인 것까지가 내가 기억하는 지난밤이야.

TV는 잠결에 꺼버렸나 봐. 눈에 비치는 어색한 어둠, 검디검은 거실 귀퉁이들. 다시 잠들기는 글렀고, 끝내야 할 일이 있는 것도 아니어서 왜 하필 이 시간에 깨버린 걸까, 더 잘 수 있었는데, 이대로 동이 틀 때까지 기다려야 하나, 등등 억울한 심정이 들더라. 나는 사람이 되고 싶은 뱀파이어처럼 편하고 익숙한 어둠에 몸을 맡기면서도 머릿속으로는 빨리 아침이 되기를 기도하면서, 모두가 자거나 사랑하거나 분을 삭이거나 떠나거나 남겨지면서 저마다의 몫을 해내고 있는 이 시간에 아무런 할 일도 없이 '오롯이 깨어 있게 돼버렸다'는 사실이 괴로웠지.

어느 새벽의 물 끓이기

낮은 한숨. 누군가 정수리를 잡아 올리는 것처럼 스르르 일어나 주방 쪽으로 걸었어. 그 모습을 누가 봤다면 깊고 음습한 지하방으로 내려가는 뱀파이어 같았다고 할 거다. 잠에서 깨어나 눈부터 입술까지 축 내려앉은 얼굴, 푹 꺼진 몸판에 등허리가 구부정한 여자가 어둑한 실내를 느릿느릿 걸어가 무표정하게 가스 불을 켜는 뒷모습은 누가 봐도 "뒤돌아보지 말고 쭉 직진하세요, 제발요"라고 말하고 싶을 만큼 기괴하지 않았을까. 내 목에는 뱀파이어의 이빨 자국 대신 잠꼬대를 하느라 밀려 내려간 마스크 팩이 끈적하게 달라붙어 있었다만.

불을 켤까 하다가 TV를 켜고는 소리를 묵음으로 줄였어. 거실에 일순 빛이 들자 소파가, 쿠션이, 짐볼과 에어컨과 식물들이 핏핏핏

몸을 떨더라. 성가시지 않을 정도의 밝음, 견딜 만한 어둠. 가급적 화려하지 않은 채널을 골라 틀어놓으면 브라운관이 쏟아내는 빛은 아주 적당해. 그 시간에 내가 할 수 있는 일이란 덩그마니 앉아서 물이 끓기를 기다리는 것뿐이었지. 식탁 의자를 당겨 가스레인지 앞에 앉아 무릎을 모으고, 물이 덥혀지는 소리를 들었어. 찻물은 조용히, 그리고 천천히 끓었단다.

가스 불에서 물이 끓는 소리를 새벽에 들어본 적 있니?

무선 주전자가 끓여내는 물소리는 여운이 없어. '스뎅(너 이 단어 아니?)'도 안 돼. 너무 요란하게 끓고 뜬금없이 식으니까. 무선이나 스뎅은 '부글부글', '달그락', '푸르르'이지만 가스레인지 불 위에 놓여 쇳덩이 주전자에서 달궈진 물은 흐느끼면서 끓어올라. 멀리서 찾아오는 손님같이, 성실하고 규칙적으로 조금씩 커지는 칙치익 소리.

아주 오래 기다린 것 같았는데 물이 끓어오를 때까지 걸린 시간은 고작 3분. 이렇게 느린 시간, 이토록 고요한 공간에서 찻잎이 우러나는 것마저 기다려야 한다는 건 너무 힘들지 않았겠니.

나는 찬장에서 티백을 꺼내 물을 부었어. 속살이 다홍색으로 물드는 컵을 두 손으로 쥐고 소파로 와서 TV에 눈을 박았는데, 마침 강호동이 벌칙으로 계곡에 뛰어들고 있는 거야. 웃어야 하는 대목인데, 참 난감하더라. 새벽 3시에 울고 싶을 만큼 외로워서 홍차를 끓여 마시다가 푸하하하, 웃을 수 있는 사람이 몇이나 되겠니. 그런 사람에게 외로움을 이겨낼 처방약 따위란 있을 수 없는 거야. 강호동이 뱀파이어 분장을 하고 "울면서 홍차 마시면 똥꼬에 털 나요. 다 같이 1박 2일!"이라고 한다면 또 모를까. 세상 모든 사람이 나만 놔두고 외계로 증발해버린 새벽, 강호동의 익살에 환호할 수는 없었다.

설상가상 홍차는 너무 뜨겁고 썼어.

그 무엇도 나와 딱 들어맞지 않을 것 같은 무기력감. 초대한 적 없는 적막감이 내 몸을 친친 감았던 어느 새벽. 홍차는 곧추선 신경세포를 다독이며 천천히 식어갔단다.

네가 내 앞에서 울던 날

네가 우는 모습을 본 건 딱 두 번이었어. 처음 본 것은 역삼동 산채비빔밥 집에서 저녁을 먹다가였는데, 너는 다 비벼놓은 밥을 두어 숟가락 입에 넣더니 수저를 든 채로 아, 하고 울음인지 한숨인지 모를 단어를 뱉어냈잖아. 그때 네 얼굴은 젖을 대로 젖어서 건드리면 얼굴 전체에서 물이 뚝뚝 떨어질 것 같았는데, 너는 끝내 눈물을 떨어트리지 않고 동공에 담고만 있더라. 지독하게 슬퍼 보였지. 몇 번 더 아, 하고 숨을 참다가 "고추장을 너무 많이 넣었나 봐요"라며 눈물을 닦아내는 걸 보면서 너를 차버린 그 남자를 얼마나 미워했는지 모른다.

너는 내가 남긴 밥을 마저 넣어 석석 비비고는 세상에서 가장 중요한 의식을 치르는 사람처럼 집중적으로 먹기 시작했어. 마지막 밥

한 톨까지 싹 비워낸 네 표정에선 전혀 포만감을 찾아볼 수 없었는데도 너는 연신 배부르다고 했지. 물론 네가 먹어치운 밥의 양은 놀라운 것이었지만 정작 네 얼굴은 굉장히 공허해 보였어.

두 번째는 송년모임의 끝자락으로 우리 집에 모여 와인을 따던 날이었는데 너 그날 진짜 웃겼던 거 아니? 웃다가 울다가 결국엔 지쳐서 잠들어버렸잖아. 그날 네가 했던 말들 중 가장 인상적인 건 "세상에는 두 종류의 상사가 있어요. 후배의 뒤통수를 치는 상사, 후배의 등을 두드려주는 상사"였어.

"탐욕스럽고 잔혹한 성품에 머리가 나쁘고 게으르기까지 한 상사를 둔 세상에서 가장 불행한 직딩"이라고 술 취한 김에 목청을 높인 것까진 좋았는데 부모님의 이혼을 들먹이며 네 어머니를 모욕했다고, 밤마다 그 상사를 죽이는 꿈을 꾼다고, 회사를 그만둘 수도 참고 다닐 수도 없다고, 눈을 붉혔잖아. 그때도 너는 물기를 얼굴 전체에 담고는 입을 꾹 닫고 술을 마셨어. 가뜩이나 큰 눈은 더 커 보였고 눈물을 참느라 볼은 순식간에 빵빵해졌지.

너희 엄마와 너, 두 사람이 얼마나 애잔한 세월을 보내왔는지를 안다면 죽어도 그런 말은 못할 거야. 그래. 네 상사는 내가 듣기에도 잔인했어.

울음을 참는 네 얼굴은…… 보기 안쓰러웠다. 얼마나 힘주어 참고 있으면 저렇게 순식간에 얼굴이 부어오르고, 얼굴 가득 물기가 차오를까 싶었지. 지금처럼 도도한 커리어우먼이 되기 전 얘기지. 너는 스물다섯에 비로소 밋밋한 연애가 아닌 불꽃 열애에 빠졌고,

스물여덟엔 사회생활의 고단함에 무릎이 푹푹 꺾여가기 시작한 거로구나.

참을 수 없을 땐 참지 않는 게 최선이야

찻물이 끓기를 기다리는 동안 내가 들은 건 주전자에 담긴 물의 울음소리였어.

은근히 덥혀지고, 가능한 한 참다가, 참을 수 없게 되자 처음엔 흐느끼더니 점차 목소리가 올라가더라. 나지막하게 부릉부릉 수면이 일렁이다가 칙치익……거리는 소리를 듣고 있자니까 이상하게 그 소리에 따라 내 마음도 동요하기 시작하는 거야.

홀로 깨어난 새벽, 사실은 그저 물이 끓기만을 기다린 건 아니었어. 식탁 의자에 올라앉아 무릎에 고개를 처박고 흐느껴 울다가 꺼이꺼이 울게 돼버리고 말았으니까.

물 끓는 소리를 듣다가 와락 설움이 북받치는 건 무슨 경우냐고, 새벽에 무슨 청승이냐고 따지지는 말아주라. 급기야 주전자 뚜껑이 제 몸을 움직이며 여봐란 듯 씩씩하게 울어대는 동안 나도 기운을 얻어 더 힘차게 울 수 있었어. 울고 싶은 나를 찻주전자가 고맙게도 자극해준 격인데, 함께 끓어올라준 찻주전자 덕분에 덜 외로웠는지도 모르겠다.

실컷 울고 주전자를 진정시키고 나서야 내 설움도 진정됐어. 그렇게 독이 바짝 오르도록 뜨거워진 물에 우려낸 홍차였으니 너무 뜨겁고, 너무 썼던 건 당연해. 그런데 그전에 마셨던 어떤 홍차보다도 달콤하고 향이 높았고, 결과적으로는 아주 맛있게 마셨다. 물기가 빠져나간 내 마음에 알싸한 수분이 새롭게 채워지는 기분이랄까.

눈물을 참는 방법에는 여러 가지가 있대. 유쾌하거나 행복한 한때를 떠올리거나, 지금 당장 해야 할 일을 궁리하거나, 몸을 움직이거나. 참을 수 없을 만큼 울고 싶을 때는 우는 수밖에 없어. 참을 수 없을 땐 참지 않는 것이 최선이야. 어쩔 수 없어서 터져버린 울음, 그마저 참아가며 운다면 밖으로 표출되지 못한 슬픔의 덩어리는 고스란히 가슴에 쌓일 거야. 슬픔은 더 견고해져서 언젠가 또 눈물로 터져 나올 타이밍을 노릴 거고. 그러니 외로울 땐 눈물로만 흘려보내지 말고 입으로, 소리 내서, 울어.

너를 서럽게 하는 상대가 가장 움찔하는 순간은 네 심장이 더 단단해지고, 네 눈빛이 더 아름다워지는 때일 거다. 마음을 다스리고 외양을 가꾸는 것도 중요하겠지만 감정까지 제어할 수는 없겠지. 소리를 내면서 제대로, 흠씬 울고 나면 세상이 조금 더 만만하게 보일 거다. 그 새벽, 물과 함께 내 슬픔이 안에서 끙끙 앓다가 마침내 터져 나온 순간 아, 속수무책일 땐 솔직해지는 편이 낫다는 걸 알게 됐으니까.

그리고 말야. 너, 울고 나서 괜히 부끄러워하는 경향이 있는데 말이지. 적어도 내가 네 편이라고 생각했다면 고추장 때문이라고, 술기운 때문이라고 변명하지 말아야 해. 그런 변명이 필요한 상대라면 절대 눈물 따윈 보이지 말아야 하는 거라고. 나한테 너는 울고 싶으니 우는 동안 옆에 있어달라고 말해도 되는 사람이야. 내가 출장 중이거나 연락이 안 될 땐 슬픈 영화를 봐도 좋겠지. 단, 지하철이나 극장에서만큼은 엉엉 울지 마라. 던지는 사람의 감정에 따라 팝콘이나 버터구이 오징어도 무서운 흉기가 된단다.

4장

분명한 건,
지금까지도 잘 살아왔다는 것

과거의 시간을 부정하지 말고
앞으로의 시간에 조급해하지 말 것

네 인생을 가꿀 자유,
네 인생을 소모할 자유

그때 나는 내가 누군지 몰랐다. 그 지경으로 살았다. 눈떠서 현관을 나서기까지 20분이면 족했고, 정오까지 귀에는 전화기를 붙인 채 기사를 써댔고, 헐레벌떡 내려가 손님 혹은 지인들과 빠른 말투로 얘기하고 빠르게 웃으며 빠르게 점심을 먹었다. 위장은 언제나 놀라 있었지만 무시했고, 점심을 먹은 뒤엔 몇 통의 전화로 오후를 준비한 뒤 가방을 챙겨 취재를 나갔다.

휴식이 절실했던 그때

나는 주체할 수 없이 바빴고, 그런 내가 짜증났고, 나를 귀찮게 하는 사람들이 성가셨고, 점점 상대방의 말은 필요한 것만 골라

들었고, 상처 받는 게 싫었고, 그러나 번번이 상처 받았고, 그러다 보니 필요 이상 마음 쓰지 않으려 노력했지만 그 역시 뜻대로 되지 않았고, 의롭다, 강직하다, 기본에 충실하다 같은 가치에 속마음을 숨겼고, 사실은 매우 요령을 피우고 싶었고, 보는 눈이 많고 지켜야 할 것이 많아 그러질 못할 때마다 울화가 치밀었다.

대체로 나는 떠밀린다고 슬퍼했지만 사실은 내 멋대로 살았다. 사람들은 나를 재미있고 고집쟁이고 한결같고 하나밖에 모르는 돌쇠고 새삼 여자이고 알고 보면 여리다고 말했다. 대체로 나는 그들에게 형편없는 인간은 아니었을지 몰라도 정작 나 자신은 형편없이 살았다.

그러다 보니 심각한 장애가 따랐다. 잘('자주'의 의미가 아니라 '능숙하게'의 의미) 웃기가 어려웠다. 눈가와 입매가 경직돼버렸다. 늘 피곤했고, 유쾌하고 개그스럽던 성격은 성마르게 변해갔다. 종일 부릅뜬 채인 눈은 저녁이면 숟가락을 놓기가 무섭게 감겼고, 시종일관 누군가와 떠벌렸던 입은 현관에 들어서기 무섭게 꽉 다물어졌다. 나는 참 빠르게 걷고 빠르게 말하고 빠르게 일처리를 하던 사람이었는데, 언제부턴가 그런 나와 반대로 내 장기들은 서서히 운동을 멈추기 시작했다. 몸 곳곳에서 탈이 났다. 용량을 벗어난 속도전에 대한 쓰디쓴 중간 점검이 절실했다. 10년 넘게 제대로 쉬어본 적이 없다는 것을 그제야 알았다.

나는 누구에게도 방해 받지 않는 고요한 세상, 휴대전화가 울리지 않는 세상, 창밖에서 눈 오는 소리나 개 짖는 소리조차 들리지 않는

곳으로 숨어들고 싶었다. 무덤같이, 자궁같이, 꿈속같이 조용한 그곳에서 죽은 듯 쉬고 싶었다. 긴 공백을 책임질 자신이 없어 퇴사를 결심했다. 뜻밖에 7개월의 휴가가 주어졌다. 그때는 휴가이건 휴직이건 정직이건 중요하지 않았다. 아무것도 하지 않는 것이 중요했다.

사흘 동안 네 번을 깨어나 화장실에 다녀온 것 빼고는 침대에서 내려오지 않고 잠을 잤다. 내 인생 최고의 기이한 잠이었다. 잠에서 깨 가장 먼저 한 일은 물 1.5리터를 마신 거였다. 몸에 수분이 돌자 사고력이 서서히 가동됐다. 난생처음 느끼는 무력감에 빠져, 불안하고 허탈하고 화가 나고 서운해져 나는 오래 울었다.

뉴욕 체류담

한 달 넘는 일정으로 미국행을 결정한 것은 지인들이 있고, 적당하게 외로울 것이며, 내 멋대로 돌아다녀도 질리지 않을 곳이라는 점에서였다. 가방에는 지인들로부터 부탁 받은 것을 제외하면 내 것은 달랑 스킨로션과 속옷, 의사의 처방약, 운동화 한 켤레뿐이었다. 옷은 필요한 대로 사 입거나 지인의 것을 입으면 됐고, 책은 가급적 읽지 않을 생각이었다.

떠나자는 생각뿐 하나도 설레지 않았다. 계절은 봄이 막 시작되던 시점이었다. 날씨는 내내 지랄맞았다. 다행이었다. 환절기를 견디지 못하는 성정이니. 다녀오면 라일락이 피어 있을 테지. 나는 다시 밝고 건강해져서 돌아올 것이다. 니체가 말하길, 젊음은 시기가 아니라 태도랬다. 입 내밀고 등 굽히며 불량했던 내 태도는 온당하게 변해가겠지, 여기를 떠나면. 전처럼 예쁘게 웃을 수도 있을지 몰라, 돌아오면.

그렇게 나는 내 인생 최초의 휴면기를 맞았다.

그곳에서 나는 무념의 상태로 머리를 비우는 일에 총력을 기울였다. 하루하루가 뭔가 비어 있는 건 분명한데 그게 뭔지조차 모르게 후다닥 지나갔다. 낯선 곳에서 낯선 이들과 소통하면서도 아무 생각을 하지 않았다. 그러다 보니 점점 머리가 가벼워졌다.

현지의 지인들은 나를 종용했다. "여기까지 왔으니 현대미술관(MoMA)은 가봐야지. 이스트사이드에 있는 존 레논의 아파트엔 가봤어? 쇼핑은 안 할 거야? 국립박물관 정도는 필수 코스야, 미국에선 이걸 해봐야 남는 장사야" 등등 그들이 생각하는 'to do list'를 다투어 내놨다. 신기한 것은 이런 말을 들으면 나도 모르게 반사적으로 지도를 펴놓고 노선을 짜곤 했다는 것이다. 다리가 붓고 두통이 머리를 짓눌러도 서울에 가면 말끔해질 거라고 위로하면서 텅 비어가는 머리로 가까스로 가야 할 곳과 봐야 할 것들을 정해갔다.

나는 여행객이고, 놀러 왔고, 조금은 느리게 지내도 된다고 여기면서도 어느 순간 서울에서의 속도전의 습성이 똬리를 틀었다. 시간이 지나면서 이 속도전도 시들해져서, 정말이지 한량처럼 뉴욕을 유영하게 됐다.

수중에 돈이 넉넉하지 않았으므로 나는 많이 걸을 수밖에 없었는데, 그 덕분에 까딱하면 놓쳤을 많을 것들을 눈에 담아올 수 있었다. 휴대전화도 방전되고 지갑엔 5달러밖에 없는 상태에서 버스를 잘못 타서 종점에서 날이 저물도록 앉아 있다가 임시 버스를 타고 돌아온 적도 있고, 카메라 도둑을 쫓아 34번가 한인타운을 빛의 속도로 뛰기도 했고, 국립박물관을 구경하다가 서울에서도 보기 힘든 선배를 우연히 만나기도 했다. 지금이 아니면 언제 해보냐며 기침을 콜록콜록 해대며 물 담배를 피우다 급기야 한 바닥 오바이트를 하기도 했다.

그곳에서 나는 완벽한 이방인이었다. 누구도 내게 강요하지도 간섭하지도 않았다. 약간이라도 외로운 심정이 들 줄 알았는데 얄밉게도 나는 정말 행복하고 충만한 시간을 보냈다. 걷고 물 마시고, 걷고 앉았다가, 다시 걷고 먹으면서 쉬었다. 분명히 내 인생을 소모하고 있었는데 발가락 사이사이부터 두피까지 야릇한 에너지로 가득 채워지는 느낌이었다. 여행의 중반을 넘어서면서 나는 이러한 무위의 시간은 소모가 아니라 충전이라고 부르는 게 마땅하다는 것을 알았다.

서울로 돌아오기 사흘 전, 벼르고 벼르던 지인과 나의 프로젝트 '뮤지컬부터 클럽까지-잠들지 않는 뉴욕 나들이'를 성공적으로 마치고 새벽에 돌아오는 길. 그녀의 집으로 가는 첫차 시간까지는 한 시간 남짓 남아 있었다. 24시간 빵집에 들어가 커피를 주문하고 앉았으려니 밖엔 장대비가 쏟아졌다. 피곤했고 즐거웠고 괜히 서글펐던 우리는 말없이 앉아 있다가 버스에 올랐다. *끄덕끄덕* 졸고 있는 지인의 머리 위로 가로등이 비추었고, 이내 허드슨 강을 달리는 버스 위로 햇살이 퍼져갔다. 세상은 초록연했고 햇살은 눈물겹게 따뜻했다. 그제야 내 가슴으로부터 긴 한숨이 흘러나왔다. 내게 이토록 달디단 휴식이 허락됐다는 사실이, 서울에서의 아귀다툼을 물리치고 훌훌 날아왔다는 사실이 꿈만 같았다.

때로는 아무것도 하지 않는 시간도 필요해

J야. 한 달 반의 여행이 내게 남긴 것은 거창한 다짐이 아니라 뜻밖에도 '바른 생활 습관'이었다. 어디에서건 무식하게 적응하는 스타일이고 출장도 잦았기에 시차 적응 같은 낯간지러운 과정 따위 없던 내게 이상하게도 시차보다도 규칙적인 일상이 더 적응이 안 됐다. 밤 11시가 되면 괴로울 만치 졸립다가(고딩 때 이후 처음) 마감 뉴스를 다 못 보고 침대건 소파건 꾸륵꾸륵 졸아댄 것이다. 이어 눈도 못 뜰 지경으로 휘청대다 일곱 시간을 자면 어김없이 눈이 반짝 뜨였다. 그 아침에 나는 무슨 일을 할지 몰라 서성대다가 밥을 지어 먹고 슈퍼에 내려갔다가 근처 커피숍에 앉아 음악을 듣곤 했다.

고향집에 다니러 갔을 적엔 이런 내 모습을 목도한 어머니의 입을 쩍 벌려놓았다. 쉬는 날이면 12시까지 자던 애가 아침 6~7시면 일어나 베란다에 이불 널고 마당 꽃나무에 물을 줘대니 노인네, 걱정이 태산이셨다. 이건 뭐, 당시엔 나조차도 당황스러웠으니까. 바르게 사는 건 왠지 재미없는데, '바르게'가 아니라 '빠르게' 살아온 나로선 당최 어색하기만 했지만 점점 내가 제자리를 찾아가고 있다는 걸 알게 됐다. 나는 일상의 속도전을 반성하기 위해 감행한 한 달 반짜리 소모전을 통해 값진 충전을 했다. 우선 해가 뜨면 일어나고 해가 지면 잠이 드는 것부터 다시 배웠으니까.

평소 조용하고 평화롭던 부모님의 언성이 높아지는 유일한 순간은 '버리라'는 아빠와 '아깝다'는 엄마의 충돌로 인한 불협화음이 커질 때였다. 아빠는 낡은 것은 버려야 새것이 채워진다고 했고, 엄마는 귀한 것은 시간이 지나도 변하지 않는다고 했다. 두 분 말씀이 모두 옳았는데 어느 분의 말씀이 먼저인지는 아직도 모르겠다. 귀한 것을 더욱 소중하게 아끼기 위해서 때로 과감한 '방기'의 결단이 필요한 것은 아닐까. 인생을 아무렇게나 사는 것이 아니라 인생을 더욱 소중하게 가꾸기 위해 우리는 습관적으로 떠밀려온 삶의 조각을 과감하게 떼어내야 하는 건 아닐까.

때로 인생에선 아무것도 하지 않는 순간이 필요하다. 쫓기듯 사는 생활 중에서 정작 너를 쫓는 것은 상사와 프로젝트와 동료와의 경쟁이 아니라 바로 너 자신임을 명심해라. 네 인생을 가꿀 자유도 있지만 네 인생을 소모할 자유도 분명 너한테 있다는 걸 알아둬. 뭔가 결단을 해야 하는 순간이 오면 우선, 아무것도 강박하지 말고 뇌를 비워봐. 다음 순서가 천천히 떠오를 거야. 재촉하지 말고 기다려. 그리고 머리를, 가슴을 비워봐. 새로운 에너지가 가득 차오를 거다.

한 달이고, 두 달이고, 혹은 필요하다면 1년도 좋아. 그렇게 흘러가는 시간을 아까워하지 마라. 네 인생에서 허투루 살아도 괜찮은 시간은 없고, 그 어떤 시간도 네겐 필요한 과정이라고 생각하고 조바심 내지 말 것. 오케이?

그 남자 때문에 흘린 눈물이 아깝다고?

요 근래 위장이 '비뚤어지겠다'고 선언한 뒤로 뭘 먹는 게 자신 없어졌다. 살살 달래가며 끼니를 채우다가, 허약한 소화 기능을 잊은 채 욕심껏 먹은 날에는 경고를 무시한 대가로 어김없이 배배 꼬인 위와 장을 종일 끌어안아야 한다. 최후의 처방은 의사가 준 약을 입에 털어 넣고, 생수 한 병을 배낭에 챙긴 뒤 산에 오르는 것이다.

욕망과 인내의 적정한 타협점

특히 금요일 오후의 북한산은 여러모로 멋지다. 계절과 상관없이 그곳에는 소슬한 바람이 분다. 추우면 추운 대로 몸을 덥혀주고, 더우면 더운 대로 땀을 식혀준다. 정릉에서 출발해 대성문을 찍

고 내려오는 길은 내 걸음으로 다섯 시간 남짓. 걸음이 빠르다고 자
부하지만 탈선한 위장을 바른 길로 인도하기 위한 '선도의 산행'을
감행했을 땐 걸음이 조금 더뎌지지. 오르는 도중엔 허리를 곧게 펴
서 위장 운동을 시켜야 하고, 내려올 땐 팔과 허리를 동시에 비틀어
가며 내부 장기를 들썩여줘야 한다.

남들이 보면 유난하다, 볼썽사납다 하겠지만 뭐 어때. 두 번 볼 얼
굴들도 아니고, 건강하기 위해 산에 오르지, 멋진 포즈를 뽐내기 위
해 산행하는 건 아니니까. 어쨌거나 그렇게 평지에 이르면 비로소
비뚤어진 위장이 제자리를 찾고, 호흡은 안정되고 깊어지지.

오늘은 정릉에 도착하기도 전에 입구의 돼지할머니집 순댓국의
유혹이 무척 강렬했다. 입에 대본 적 없던 순댓국이었건만 사귀던
남자에겐 별미였던 까닭에 서교동 순댓국 골목에 자주 드나들면서
길들여진 입맛이었다. 신통찮은 소화 기능에 기름기 둥둥 뜬 순댓국
이 웬 말이냐 싶었지만 터벅터벅 산에 오르며 결심했다. 일단 올라
가자. 내려오면서도 못 참겠으면 몸이 원하는 거다, 마다하지 말고
꼭 먹자.

'꼭 먹자'니! 5,000원짜리 순댓국 한 그릇을 그토록 결연하게 다짐
하는 내 꼴이 우스웠지만 당시의 나로선 순댓국을 욕망하는 게 더
낯설었기에 이례적인 유혹을 냅다 뿌리친 대견함을 느끼며 터벅터
벅 산에 올랐다. 평소보다 느릿한 걸음으로 훨씬 더 많은 시간을 들
여 올랐고, 이윽고 내려오면서 보살핀 위장은 정상으로 돌아와 있었
다. 그리고 머릿속은? 여전히 '순댓국 원츄'였지.

손님 없는 금요일 오후 5시의 순댓국집에는 느리게 흐르는 시간과 구석구석을 비추는 낙조의 햇살과 모둠 순대 한 접시가 놓인 테이블에 둘러앉은 종업원 아주머니들의 한담만이 가득했지. 인심 좋은 아주머니가 국물 반 순대 반으로 채워주신 순댓국 한 그릇을 나는 국물까지 싹싹 비웠다. 뚝배기 바닥에는 두 조각의 허연 곱창이 머쓱하게 배를 깔고 있었지.

가까스로 가라앉힌 위장의 성화가 한 그릇의 기름진 순댓국으로 발진할까 저어됐는데, 기특하게도 과거 '무쇠 위장' 시절처럼 충만한 포만감이 일렁이더구나. 내친김에 커피 전문점에 들러 에스프레소 한 잔을 마셔줄까 했는데 이건 좀 오버다 싶더라. 적당한 욕망과 적당한 인내가 기분 좋게 맞물린 하루였다.

속절없이 휘몰아치던 나의 연애시대, 후회하느냐고?

나는 욕심이 많은 사람이다. 자연히 욕망도 크지. 원하는 게 있으면 꼭 가져야 직성이 풀렸다. 특이한 것은 물질에 대한 욕심은 없는데 무형의 것, 이를테면 마음이나 감정 따위에 대한 욕심은 언제나 탱천했다. 어릴 적 형제들의 이불을 직접 풀 먹여 다려주셨던 어머니는 내 이불을 만들 땐 각별히 신경을 쓰셨다. 사소한 시침질 하나, 목화솜의 두께, 이불의 화사한 정도 등이 다른 형제보다 못하면 발을 동당거리며 울어젖혔거든. "나도 언니처럼 예쁜 그림으로 해줘, 동생 것은 내 것보다 더 폭신하잖아!" 나중에 내 딸이 이런 짓을 한다면 버릇 들인답시고 목화 이불 대신 담요를 던져줄 텐데, 울어머니는 "저게 저리도 정 욕심이 많아 어쩌누"라고 혀를 끌끌 차며 시침바느질을 다시 푸셨다.

초등학교 땐 학교에서 방학 숙제로 내준 '나의 여름방학' 그림 숙제 갖고도 발을 동동 굴렀다. 솜씨 좋은 언니가 서투른 동생을 위해 누가 봐도 멋진 그림을 그려주면서 내겐 "넌 다 컸으니까 네가 직접 그려도 되잖아"라고 했기 때문이다. "언니 나빠, 동생 것만 해주고 내 건 안 해줬어!" 아빠가 '발작(정말 발작)'하는 나를 안아 다독이며 크레파스 밑그림을 그려주셨지만 언니 손길이 아니면 싫었다.

아유, 정말이지 어릴 적 나는 손이 많이 가는 애였다. 나보다 언니가 더 예쁘게 생겼고, 오빠가 더 공부를 잘했고, 동생이 더 애교쟁이였다. 나는 늘 어중간했다. 어른들에게 예쁘게 배꼽 인사를 하면 "음전한 것이 제 언니를 닮았다"고 했고, 1등을 하면 "오빠 닮아 공부를 잘하네"라고 했고, 온 가족이 보는 앞에서 국자를 마이크 삼아 노래를 부르면 "동생 샘내느라 귀여운 짓 한다"고 했다. 모두 그 나름의 칭찬이었지만 만족스럽지 않았다. 나만을 향한 애정이 고팠고 점점 더 욕심내게 됐다.

J야. 나는 누구처럼, 누구만큼이 아니라 그냥 나 자체로 특별하길 원했다.

나의 애정 결핍은 열아홉 살 첫사랑 이후부터 여태 이어지는 연애사의 굴곡마다 입체적으로 발현됐다. 연애를 할 때마다 나는 열정적이었고, 심장에서 피가 뚝뚝 떨어지는 선뜩한 고통을 기꺼이 받아들였다. '더 사랑해줘, 더 굳세게 안아줘, 더 온전히 이해해줘'라며 온 마음으로 매달렸다. 상대는 내 주문을 자양분 삼아 나를 더욱 사랑해줬고, 그런 상대의 노력과 애정을 먹고 뽀얗게 살이 올랐다. 언제나 치열했다는 뜻이다. 나는 특별하길 원했으니까. 욕망을 숨기지 않았으니까. 다른 사람처럼 무난하게 사랑하는 건 내 뜻과 맞지 않았으니까.

나는 사랑으로 인해 온 세상이 떠나가도록 웃었고, 사랑 때문에 지축이 꺼질 만큼 무겁고 굵은 눈물을 흘렸다. 부모님으로부터 헤어질 것을 종용당한 뒤 뼈만 앙상하게 남을 만큼 살이 빠져선 엄마가 끓여준 죽 소반 위로 말없이 눈물을 뚝뚝 떨어트렸고, 애인의 가슴에 깊은 상처가 될 만한 매운 말을 가차 없이 쏟아내고는 "미안해, 사랑해"라며 그의 목덜미를 끌어안으며 통곡했다.

일상에선 늘 유쾌했고, 실없을 만큼 친밀하거나 소박한 사람인 나는 사랑 앞에서만큼은 아흔아홉 개의 뱀 대가리를 가진 메두사처럼 만족할 줄 몰랐다. 그러니 나는 늘 아팠다. 내가 가질 수 있는 용량 이상으로 품어버린 욕망 때문이었다. 나는 샘내고 질투하고 원할 줄만 알았지, 꾹꾹 눌러 참는 법을 배우지 못했던 거다.

상대가 나를 사랑하는 만큼 나는 오만해졌고, 내가 상대를 밀어내는 만큼 잔인해졌다. 반대로 상대의 애정이 식으면 분노를 삭이지 못했고, 내 눈물이 그의 가슴에 철철 흘러넘쳐 마침내 그가 내게 무릎을 꿇고 속죄하길 기도했다. 하지만 J야. 그게 어떤 것이든 내가 만족했을 것 같으냐. 내 가슴은 더욱더 허전해져갔고, 개나리보다

흐드러졌던 내 웃음과 수국 다발보다 굵었던 눈물은 기억의 저편으로 흘러가버렸다. 한때 미친 듯 사랑했던 사람들은 내게 이름과 어렴풋한 실루엣으로만 남았다. 그들을 향한 내 욕망은 당시의 치열함을 조롱하며 어이없게도 세월에 희석돼버렸다.

천만에, 지난 사랑은 다음 사랑을 위한 이정표야

너는 후회하느냐고 묻겠지. 아니, 후회하지 않아. 오히려 지나간 내 사랑에 고맙다. 그 순간들이 아니었다면 나는 시뻘건 불 솥 앞에서 개구리 뒷다리와 쥐의 오줌을 아무런 소용 없이 100년 동안 끓여대는 마녀처럼 과거에 영속된 채 화석처럼 굳어버렸을 거야. 그들과의 맹렬한 사랑이 아니었다면 사랑의 시작은 찰나이고, 그 화학작용의 연속선상에서 사랑은 공고해지지만 그것을 유지시키는 것은 맹렬한 욕망이 아니라 한숨 죽인 인내라는 것을 몰랐을 거야.

토라진 위장에 맞서며 하루 석 잔의 진한 커피를 마셔대고, 늦은 밤 영화를 보며 습관처럼 와인을 홀짝였다면 나와 위장의 화해는 이뤄질 수 없었을 거다. 마음이 원하고 몸이 원하는 대로 한껏 티 내며 살아온 내가 이제야 철이 든다.

지나간 사랑에 대고 왈가왈부할 수 있는 온당한 순간이란 없다. 절대 과거의 사랑을 모욕해선 안 된다. 네가 과거의 연인에 대해 가볍게 말하는 만큼 너 역시 가벼운 연인이 돼버린다는 것을 잊지 마라. 언어의 문법을 배우고 수학의 행렬을 배우고, 과학의 이치를 배우는 것보다 더 절실하고 애틋한 진리는 과거의 사랑을 통해 배우는 감정의 진화다. 그리고 침묵하고 인내하면서 다져지는 인격의 형성이다.

그땐 몰랐지만 이제 와 나는 알겠다. 그들을 욕망하며 흘린 내 눈물과 행복의 정점을 야무지게 붙잡으며 만면에 지었던 웃음은 진실했다. 연인 때문에 눈은 TV에 박고 있지만 마음은 상념으로 가득한 너, 이내 울컥하게 흘러내리는 그 눈물도 진실하다. 그로 인해 충만함에 달떴던 너의 몸과 마음도 진실하다. 그 순간들을 아까워하지 마라, J야.

혹여 네가 그와 헤어져 죽을 때까지 볼 수 없게 된대도 그를 욕되게 하지 마라. 그러기엔 네가 그 앞에서 보인 진정성이 너무 헛되이 스러져버리지 않겠니. 지나간 사랑이 있으니 지금 사랑이 있고, 결실을 맺지 못한다 한들 또 다른 이정표가 너를 기다리고 있다. 그 앞에서 흘린 눈물은 네 심장을 박동하는 힘찬 수분이 된다. 물기를 머금은 심장은 지치지 않고 돌아 새로운 인연 앞에 너를 데려다 줄 것이다.

지나보니 사랑인 줄 알겠더라

스무 살. 여자는 남자의 모든 것이었다. 가늘고 무심한 몸짓, 한 번 웃을 때마다 세상이 열리고 닫히던 입매, 옆으로 길고 아래로 처진 눈초리, 너를 떠나는 일은 없을 거라고 말하던 야하고 자신만만한 태도, 그의 큰 손을 잡아 자신의 부드러운 두 뺨을 감싸던 거침없고 따뜻한 마음.

나의 사랑 이야기

남자는 여자를 보면 입이 마르고 조바심이 났다. 여자의 사랑과 헌신을 믿었으나 영원은 믿지 않았다. 그녀가 곧 자신의 우주요 세계였으므로 여자가 옆에 없을 때마다 불안해졌고, 이윽고 여자가 환하게 웃으면 그녀를 의심했던 죄책감 때문에 스스로에게 환멸을 느꼈다.

여자는 자신과 남자, 두 사람이 열렬한 사랑에 빠져 있다고 믿었다. 이런 게 사랑이 아니겠느냐고 친구들에게 자랑 삼아 떠들어댔다. "내가 없으면 남자는 미쳐버릴 거야. 그 남자 옆엔 내가 있어줘야만 해." 친구들은 순정을 빌미로 청춘을 내놓아버린 여자를 비웃었다. "그는 너를 사랑하고 있고, 열정적이고, 성실하지만, 몽상가인 데다 참을성이 없어. 그 남자를 계속 사랑하다간 넌 껍데기만 남게 될 거야. 사랑이라는 잔인한 최면 때문에 점점 피폐해져가는 너 자신을 봐. 무엇보다 너희는 아직 스무 살이야. 너무 어려."

여자는 어리다는 것은 사랑과 아무런 상관이 없다고 믿었다. 스무 살은 사랑하기에도 죽기에도 좋은 나이라고 생각했다. 더욱이 사랑하다 죽으면 더없이 좋을 나이라고 탱탱한 볼이 얼얼해지도록 웃었다. 무섭도록 반복되던 남자의 집착으로 인해 사랑이 끝날 때도 여자는 볼이 얼얼해지도록 울다 웃었다. 첫사랑의 흔적은 깊게 파였다.

스물다섯 살. 햇살 강하지 않은 날 어디선가 들리는 나지막한 휘파람 소리처럼 우연히, 이상한 예감과 함께 또 다른 사랑이 시작됐다. 여자는 여전히 자신만만했고, 거침없었고, 따뜻했다. 사랑에 빠지기에 좋은 성정이었다, 그때까지는. 남자는 맹목적인 헌신을 쏟아붓던 첫사랑과는 많이 달랐고, 여자는 그의 속을 알 수 없는 낯섦에 이끌렸다.

남자는 여자를 사랑하는 만큼 스스로에 대한 연민도 키워갔다. 여자를 사랑할수록 못해준 것에 대한 자괴감이 커져갔다. 주머니보다 영혼이 더 가난한 남자였다. 남자의 사랑이 커질수록 두 사람의 마찰은 커져갔고, 여자는 감기 주사를 맞은 것처럼 피로한 사랑에 취해가, 나중에는 이것이 사랑인지 연민인지 모호해졌다. 친구들은 처음엔 그들을 두고 '문화적 코드가 일치하고, 건강하게 미래를 꿈꾸는 커플'이라고 칭찬했다가 그들이 이별과 재결합을 반복하는 동안 벌써 몇 번째냐며 체머리를 흔들다 급기야 "으이구, 지겨운 것들"이라고 욕을 퍼부어댔다.

어느 날은 남자가 여자에게 무릎을 꿇었고, 어느 날은 여자가 남자의 팔을 붙잡았다. 가슴에서 뭔가가 쑥 빠져나가 더 이상 기대할 것이 없다는 것을 여자는 알아차렸지만 아직은 사랑하니까 어쩔 수 없다고, 핼쑥해진 자신의 볼을 만지며 생각했다. 두 사람의 영원한 이별을 목전에 둔 어느 봄날이었다.

사랑이라는 말 대신 그냥 연애라고 했다

서른 살. 여자는 쉽게 사랑을 말하지 않게 됐다. 가슴이 터질 것처럼 부풀어 오르는 벅찬 순간이 와도 차마 입 밖으로 "사랑해"라는 말이 떨어지지 않았다. 남자가 "사랑해"라고 말하면 고작 "나도"라고 말할 뿐이었다. 사랑하지 않았던 계절이 없었을 만큼 숨김 없이 감정에 충실했던 20대가 저물자, 연애는 시들해졌고 사랑은 헛되게

만 보였다. 한편으론 쉽게 사랑에 빠져들었고, 쉽게 빠져나왔다.

한때 제자리돌기 100번을 한 것처럼 정신이 아득하고 두 다리의 힘을 쫙 빼놓던 것, 사랑. 하지만 '연애 유효기간'으로 치자면 많이 산 것도 아니고 조금 산 것도 아닌 어정쩡한 서른 살 나이의 여자에게 사랑은 하찮았고, 흔했고, 성가셨다. 말하자면, 하찮았으니 누군가의 고백이 만만했고, 흔했으니 감정 없는 눈으로 세상을 보게 됐고, 성가셨으니 쉽게 사랑에 빠질 수도 없었다. 교만하게 턱을 치키며 이렇게 읊어대자 친구들은 걱정했다. "그러지 말고 마음을 녹록하게 가져봐. 남들 다 연애하느라 정신을 빼놓는데 넌 뭐가 잘났다고 독야청청이냐. 메뚜기도 한철이니 아직 봐줄 만할 때 서둘러라." 그들은 "어릴 적엔 한번 물면 놔줄 생각 없이 연애 삼매경이더니 이제 와 남자 입맛이 짧아진 건 무슨 이유냐"며 노골적으로 따져 물었다.

한마디도 허튼소리 없는 절절한 충고였지만 속으로 여자는 두려웠다. 또다시 우주가 흔들리는 듯한 혼돈에 빠지는 것이, 진이 빠지도록 누군가의 속을 헤집으며 '사랑가'를 불러젖히는 것이, 언젠가 이별하게 될 일이.

이후 여자는 마치 짜놓은 것처럼 사랑보다 스스로에게 집중하기 시작했다. 그러는 동안 계절이 무시로 흘러갔다. 여자는 사랑이라는 말 대신 연애라고 표현했다. 서른 살 이후로는 늘 누군가와 연애는 하면서도 한순간도 연애하지 않는 것 같은 아리송한 시간이 지나갔다. 대신 마음을 반쯤 내려놓으니 연애가 즐겁고 쉬웠다. 사랑은 아

니었다. 스스로의 감정에 한 점 부끄러움이 없었던 스무 살 시절과
는 달랐으니까. 그때는 사랑이 찬란했는데 이제 와 사랑이라고 말하
려니 재고 따지고 가리는 것이 많아진 까닭이다.

좋아하고 애착하고 그립고 서러운 것이 모두 사랑이다. 반면 역설
적으로 말하면 사랑은 아무것도 아니다. 사랑은 그저 누군가와 함께
있고 싶은 것 그 이상도 이하도 아니다. 시간이 지나면 알게 된다.
어릴 적 최고의 가치라 믿어 의심하지 않았던 그 사랑은 매우 복잡
한 얼굴을 하고 있다는 것을. 잠깐 스치듯 만났던 누군가를 20대의
치기를 몽땅 대입해도 좋을 만큼 열렬히 사랑할 수도 있게 되고, 전
혀 뜻밖의 남자를 어처구니없는 이유로 받아들이게 되기도 한다.

여자는 여전히 누군가를 사랑하고 있지만 더 이상 사랑의 최면에
빠지지 않는다. 연민에 도취돼 껍데기뿐인 감정을 그러쥐고 있지도
않는다. 더 이상 감정을 허비하지 않는 것, 그것이 요즘 이 여자가
사랑하는 방식이다.

모든 여자는 사랑 받아 마땅하다

J야, 너는 모를 테지. 잔혹한 이별의 기억 때문에 맹렬하게 부
정했던 지난날이지만 사실은 그 시간 동안 여자가 얼마나 행복했는
지, 그 시절 여자가 얼마나 사랑스러웠는지, 여자의 눈웃음과 목소
리와 손짓이 얼마나 사랑 받아 마땅했던가를.

그러나 여자는 그 시절로 돌아가고 싶지는 않은 것 같다. 첫 번째

는 그때처럼 뜨겁게 사랑할 자신이 없는 까닭이겠고, 두 번째는 그
때보다 훨씬 어른스럽게 감정을 다스리고 놀 줄 알게 됐기 때문일
거야. 그리고 또 한 가지, 그것이 사랑이었는지는 아주 오랜 시간이
흐른 뒤에야 알 수 있다는 것을 지난 연애사를 통해 비로소 배웠기
때문이지. 순간에 충실한 사랑은 뜨거운 만큼 공기 중에 휘발되기
쉬워서 "우리 그만 헤어져"라고 말하는 순간 끝나버리지만 정말 귀
하고 뜨거운 사랑은 물리적인 연애 기간이 끝난 뒤에도 충만감이 사
라지지 않는다는 것을 너도 나중에 알게 될 거다.

그러니 J야, 지금까지 네가 겪었고 앞으로 겪어갈 사랑의 통증을
기꺼이 받아들여라. 네가 지금 빠져 있는 사랑을 의심하지 마라. 가
장 깊숙한 곳까지 풍덩, 그 사랑에 가급적 온몸을 던져라. 그리고 명
치가 아릴 정도로 감정을 쏟아라. 때로 연애, 때로 존경, 때로 짝사
랑, 때로 외사랑의 얼굴로 너에게 출현할 그 감정을 이러쿵저러쿵
재단하지 마라.

평생 사랑하며 살아도 모자란 시간이고, 평생 만나도 다 못 만나
고 죽을 만큼 매력적인 남자들이 득실거리는 세상이다. 하지만 바꿔
생각하면 그렇게 아까운 시간이라 한들 너는 늙어갈 것이고, 그렇게
남 주기 싫을 만큼 멋진 남자들은 애석하게도 모두 네 것이 될 수 없
다. 그러니 남은 답은 뭐겠니. 네 감정과 육신이 허락하는 동안 어울
리지 않는 신세한탄과 저울질의 바보짓을 거두고 가장 사랑하기 좋
은 상태로 네 자신을 두는 일이겠지.

모든 여자는 사랑 받아 마땅하다. 그리고 모든 남자는 여자를 사

랑해줘야 할 의무가 있다. 정말 멋진 세상, 멋진 명제 아니냐. 여기서 우리 여자들이 빠지기 쉬운 오류가 있다. 우리는 모두 사랑 받아 마땅한 존재이지만 모든 남자가 자신의 의무를 이행하지는 않는다는 것. 남자들은 '모든 여자'가 아니라 '모든 매력적인 여자'만을 사랑하는 '입맛 짧은' 존재라는 것. 답은 나왔잖니. 네 매력을 알아주는 남자를 골라 가열차게 사랑할 것, 그 사랑에 토를 달지 않는 쿨한 제스처, 그게 네가 지금 당장 매진해야 할 숙명의 과제잖아.

혼자 떠나는 여행이
내게 가르쳐준 것들

흔히 패기와 자유의 시기라 부르는 20대를 거쳐 30대 초반까지 내 기억엔 혼자서 여행이라 부를 만한 것을 시도해본 적이 없었던 것 같다. 여행은 여럿이서 왁자지껄 웃으며 떠났다가 살뜰한 공통의 추억을 안고 돌아오는 거라고만 생각했어. 그러면서 가끔씩 어깨 맞대고 앉아 새록새록 회상하는 것. 그 시기에 산으로 들로, 국내로 해외로 떠났던 친목 도모 여행은 얼마나 즐겁고 유쾌했던지.

외로움은 내 몫으로 남겨진 파이 한 조각 같은 것

그런데 시간이 지날수록 함께 다녔던 일행에겐 미안한 얘기지만, 나 아닌 타인이 성가셔지기 시작했다. 그들 잘못이 아니라 당

연히 내 잘못이었지. 내게 시간을 주지 못했어. 주는 방법을 몰랐던 것일 수도 있고. 나는 혼자 있을 시간이 절실한데 항상 사람들과 섞여서 술을 마시고 춤을 추고 있더라. 무려 잠이 드는 순간까지도 난 바로 옆 침대에서 수분 팩을 뒤집어쓴 탓에 발음이 오물오물거리는 선배 혹은 친구 혹은 후배의 천일야화를 들어야 했어. 싫었던 건 아니다. 오히려 그들 모두는 포근했고, 정다웠다. 단 한순간도 나를 무장 해제할 수가 없는, 늘 누군가와 함께인 여행에 심신이 지치기 시작한 것일 뿐.

그러다 몇 해 전부터 시도하기 시작했어. 별이 뜨면 꼬리를 말아 올리는 도둑고양이처럼 시간의 여유가 생길 때마다 슬금슬금 혼자만의 여행을 즐기게 됐다. 길게는 한 달 동안 집을 비우기도 하고, 짧게는 1박 2일간 민박도 했고, 오후 나절을 비워서 파주출판단지나 통일전망대에 다녀오기도 했다. 첫 여행에서 나는 얼마나 얼치기였냐면, 늘 누군가 부킹을 해주던 것에 익숙해서 비행기 티켓을 예약해놓고도 숱한 출장길에서 으레 해왔던 발권부터 출국 심사와 보딩 등 몇 가지 절차들이 낯설고 어색할 지경이었다.

지정된 좌석에 앉아 공항 서점에서 산 잡지(이건 장거리 출국 때면 늘 하는 버릇인데, 잡지 한 권 읽다 보면 두통이 사라지고 잠도 잘 온단다)를 펴들고 나서야 비로소 혼자 하는 여행을 실감할 수 있었지. 일이 아니라 휴가를 위해, 일행 없이 나 혼자서 열 시간 동안 비행기를 타고 떠나고 있다는 사실에 얼마나 흥분되던지! 현지에 토착한 지인들을 만나는 일도 유쾌했다.

그 시간 동안 나를 감싸고 있는 정서가 뭔지 아니? 외로움이었어. 근데 그 외로움은 언제나 내 몫으로 남겨진 파이 한 조각 같은 거란다. 한입에 털어 넣고 나면 그만일 삼각뿔 모양의 파이. 먹고 나면 더 갈급하게 될 것을 알기에 선뜻 먹어치우지는 못하고, 고소한 캐러멜향과 희고 부드러운 휘핑크림의 자태가 너무 매혹적이어서 차마 외면하지도 못하는 상황, 난감한 달콤함. 말하자면 그런 거지.

여행이란 게 그렇잖니. 모든 게 낯설잖아. 광고판과 프랜차이즈 음식점을 빼면 처음 보는 것들이 대부분이니까 외롭지 않을 수 없지. 우울하다는 뜻의 형용사 'blue'에도 여러 가지 컬러가 변주되잖니. 깊고 음울한 블루, 서늘한 기운이 감도는 블루, 경쾌한 블루 등등. 외로움도 마찬가지야. 상황에 따라 분명한 차이들이 있단다. 길 위에 혼자 있을 때의 외로움은 사람들 속에 섞여 있을 때 느끼는 사회적 외로움과는 다르지. 자발적이기에 다분히 목적성이 있고, 기꺼이 받아 안고 있기에 원 없이 즐기게 되지. 그래서 나는 혼자 떠나는 여행은 짜릿한 고독이라고 생각해.

지금 나는 길 위에 있다

서울을 떠난 지 사흘째. 나는 신라 천년고도의 숨결과 『삼국유사』의 흔적을 따라 경주 남산에 오르겠다는 포부를 심었으나 사정이 여의치 않아 일단은 보문단지에 들어와 있다. 춥지도 덥지도 않은 계절에 사람들이 생각하는 일생의 프로젝트는 결혼. 하필이면 나의 느닷없고 짧은 여행은 신혼여행 시즌에 기획됐고, 급기야 나는 신혼여행객이 10미터당 한 쌍씩 어깨를 스치는, 제주도와 함께 대한민국 대표 관광단지인 경주보문단지 한가운데 박혀 있다. 그것도 다 큰 여자 혼자서! 이 상황이 너무 웃기고 황당해서 신혼부부들의 달콤한 밀어가 탱천할 밤 시간에 앞서 석양이 지기도 전에 밥을 먹기 위해 차에 시동을 걸었지.

체크인할 때 이 지역 맛집에 관한 탐문은 끝냈으니 맷돌순두부를 먹을 건지, 쌈밥을 먹을 건지, 한우 뷔페를 갈지를 결정하면 됐다. 긴 운전으로 뇌가 진공 상태가 돼버렸으니 담백한 밥상을 좇아 맷돌순두부로 메뉴를 결정, 호텔 지배인이 알려준 맛집에 들어섰다.

다행히 점심이라기엔 턱없이 늦고, 저녁이라기엔 애매한 오후 5시의 식당은 마침 한산하더라. 순두부 1인분의 주문이 주방에 들어가자 안에서 의아해하며 묻더군. "순두부 1인분이라꼬? 달랑 하나가 맞나?" 서빙을 맡은 종업원이 명랑하게 대답하더라. "맞다. 혼자 오셨데이." 신문을 뒤적이며 그들의 대화를 엿듣자니 피식 웃음이 났다. 이곳에 혼자 와서 순두부를 주문하는 사람은 드물겠지. 가지무침과 굴비구이, 무채, 어묵볶음을 순두부와 함께 싹싹 비우고 나니 신라 진흥왕이 부럽지 않더라.

내친김에 인근을 돌아볼 생각으로 천천히 차를 몰았다. 전체적으로 낮고 완만하며 널찍널찍 웅장한 산세다. 길은 깨끗하고, 사람들의 표정은 한가롭다 못해 무심할 지경으로, 가을걷이를 준비하는 농부들의 손놀림은 정직했다. 여름 한철 태풍과 장마로 부침이 많았던 하늘의 조화를 따르고 또 견디며 열매와 곡식을 수확하는 그들에게 술수나 꼼수라는 건 애초에 존재하지 않을 것이다. 하늘의 뜻에 모든 것을 맡기고 살아가는 사람들, 나는 농부의 얼굴에서 세상의 섭리를 본다. 한없이 겸허한 눈빛과 함께 깊게 팬 주름에는 땅을 믿고 살아가는 사람 특유의 천진한 고집이 숨김 없이 드러나 있다. 나는 처음 와보는 낯선 곳에 쭈그리고 앉아 열매가 익어가는 땅을 바라봤다.

"아가씨가 뭐 한다고 여까지 혼자 왔능교?" 사과나무를 손질하고 있던 초로의 여인이 껄껄 웃더니 사과 한 알을 툭 따서 내게 내민다. "맛이 괜찮을 낍니다. 잡사보이소." "감사합니다아!" 아이처럼 고개를 꾸벅 숙이고는 입을 쩍 벌려 사과를 베어 물었다. 사과는 기절할 만큼 맛있었는데, 내게 벌꿀 같은 키스를 퍼부어줄 왕자님이 찾아올 리 만무하므로 까무룩 넘어가는 정신을 애써 수습할밖에. 일단 내가 백설공주처럼 초절정 미모의 소유자가 아닌 게 아쉽지만 말이다.

떠나보지 않으면 알 수 없는 것이 너무 많아

발코니 밖으로 내려다보이는 것은 강과 오리배들 그리고 수평선을 따라 펼쳐진 따사로운 불빛들. 들리는 것은 두 가지다. 이 시간까지 (방에서도 할 일이 많을 텐데) 밖에 나와 첫출발을 자축하는 신혼부부들의 속삭임과 야트막한 산과 강을 휘돌아 부는 가을바람 소리.

여기 머물다 나는 남해로 간다. 여기보다 더 탁 트이고 활기찬

198

곳. 곤지암에서부터 충주호를 지나 진주 남강을 흘러온 물줄기가 비로소 하나로 만나는 곳. 나는 그곳에서 바다를 바라보며 해가 중천에 뜰 때까지 늦잠을 자고, 해변을 최대한 천천히 걷고, 발코니에 누워 허리가 아플 때까지 책을 읽다가 이어폰을 꽂은 채 산책을 할 것이다.

이런 일들은 집 밖이 아니어도 할 수 있는 일이지. 책 읽고 운동하고 늦잠 자는 일이 뭐 그리 특별한 이벤트라고 며칠 밤을 허비해가며 남진(南進)해왔느냐고? 그 말도 맞다. 하지만 J야, 살아가는 모든 일이 특별하진 않아. 우리는 아침에 일어나 일하거나 놀거나 아무것도 하지 않거나 등등 각자의 방식대로 낮을 보내고 밤을 맞아. 밤을 보내는 것도 각자의 방식이 있지. 여행은 그 자체로 특별하진 않지. 하지만 길 위에서 만나는 표정과 손짓, 길 위에서 문득 떠올려보는 단상, 길 위에서 갑자기 울컥 쏟아지는 회한 같은 것들은 특별해. 이런 것들은 집과 일상에서는 울림이 적은 법이거든. 떠나보지 않으면 모르는 것이 너무 많기 때문이야.

여행은 일상에서 소진한 마음과 몸을 추슬러주고, 살아갈 힘을 줘. 우리 모두는 어딘가로 여행을 떠날 때 설렘을 느끼지만 사실은 떠날 때의 마음보다 돌아갈 때의 기분이 몇 배는 더 설레게 되잖아. 돌아갈 곳이 있다는 것만으로도 삶이 얼마나 위대한지, 내가 살아가는 하루들이 절대 허투루 보내면 안 되는 시간인지 알게 하니까.

무작정 떠나는 게 아니라 돌아오기 위해 떠난다는 말을 나는 맹신해. 가급적 많은 곳을, 많은 시간을 할애해서 떠나보라고 너한테 누누이 얘기하는 것도 이 때문이야. 한번 떠났다 올 때마다 네 인생의 결은 너도 모르는 사이에 훨씬 단단해질 거야. 그리고 사람 속에서 느끼는 고독이 아니라 네 안을 굽어보며 느끼는 고독의 정체를 알게 될 거야.

그것이 너무 애틋해서 너를 더욱 힘차게 끌어안지 않고는 못 배기게 될 거다. 말하자면, 너를 더 사랑하게 될 거란 뜻이야.

흘려보낸 시간보다
네 안의 떨림에 집중해

고등학교 1학년 때 국어 선생은 귀여운 주근깨에 동그란 안경을 낀 '문학 소녀'의 외피를 그대로 간직한 분이셨는데, 깍쟁이 같은 외모 때문에 처음엔 별로 좋아하지 않았다. 헤르만 헤세의 『수레바퀴 밑에서』는 재미없으니까 대신 최인훈의 『광장』은 필히 읽고, 스탕달같이 어려운 책 끼고 다닌다고 해서 멋져 보이는 건 아니니까 보들레르의 시를 열 번 이상 읽어보라고, 그렇게 말하셨지. 지금 생각해보면 운동권이셨던 게 분명한데, 그 당시는 지금보다 더 엄격했고 내가 다닌 학교는 100년 전통의 기독교 학교였기에 크게 강조하는 법 없이 흐르는 듯 무심한 말투에는 어린 마음에도 어떤 갈증 같은 것이 느껴지곤 했다.

「한 잎의 여자」그리고 그 아이

반골 기질 다분한 내가 서서히 그 선생님을 따르기 시작하던 어느 날, 선생님은 시집 한 권을 들고 와 낭랑한 목소리로 읊기 시작하셨어.

"나는 한 여자를 사랑했네. 물푸레나무 한 잎같이 쬐끄만 여자, 그 한 잎의 여자를 사랑했네. 물푸레나무 그 한 잎의 솜털, 그 한 잎의 맑음, 그 한 잎의 영혼, 그 한 잎의 눈, 그리고 바람이 불면 보일 듯 보일 듯한 그 한 잎의 순결과 자유를 사랑했네……."

시인 오규원의 「한 잎의 여자」라는 시였다. 6월의 햇살이 부서지듯 들어오는 교실 창 쪽을 향해 서서 한 손으론 시집을 펴들고, 한 손은 허리에 얹은 채 천천히 낭독하던 선생님의 모습은 지금도 선연하다. 그날 열일곱의 나는 이 아름다운 시에 완전히 매혹됐다. 처연하다, 슬프도록 아름답다라는 말의 속뜻을 어렴풋이 이해한 날이기도 했다. '얼마나 바보 같으면, 얼마나 완전하면 그럴 수 있어!'라는 2차원적인 감상을 말했던 기억. 그래, 그 순간 내게 시인이 사랑한 '한 잎의 여자'는 완전한 여자였다.

마침 같은 반엔 내가 좋아하는 모범생 친구가 있었는데, 나는 틈만 나면 눈으로 좇았고, 일부러 짝이 됐고, 그 아이가 사각사각 내는 연필 소리에 도취됐고, 40킬로그램을 넘지 않는 허약한 몸에 밴 한약 냄새를 맡는 게 좋았다. 늘 어울리는 외향적인 성격의 '까불이'들과는 다른 그 아이만의 고요한 영역에 나는 완전히 사로잡혔다.

아침 자율학습 시간에 그 아이가 공부를 할 때면 나는 그 아이의 팔을 짓궂게 낚아채선 잠이 든 척하곤 했다(불량 학생은 아니었다. 공부보다 노는 걸 더 좋아하긴 했지만서두). 불편이 이만저만 아니었을 텐데도 미소를 띤 채 책장을 넘기던 그 아이의 모습은 정말 귀여웠더랬다. 지금 생각하면 나는 삐쩍 마르고 파리한 그 아이에게 일종의 모성을 느꼈던 것 같다. 그 친구는 거의 혼자 지냈고, 나는 늘 왁자지껄했기에 우정이라고 하기엔 교집합의 진득한 에피소드가 없고, 그렇다고 친구에 대고 동성애스러운 감정을 품은 것도 아니어서 나는 그것을 늦된 자아의 마지막 유년기 혹은 '떨림'이라고밖에 달리 부를 말을 찾지 못하겠다.

짓궂은 말괄량이 소녀로서 품었던, 내 인생의 첫 떨림이었어. 아직까지도 열일곱 살 어린 날의 기억이 선명한 것은 그 떨림의 음파 때문이 아니었나 생각된다. 연두색 여린 잎새를 한들거리는 물푸레나무 같다던 「한 잎의 여자」에 대한 단상, 고개를 약간 숙인 채 걷는 걸 좋아하던 동급생 아이를 둘러싼 한약 냄새가 묘하게 오버랩되면서 시와 그 아이는 특별한 존재감으로 뇌리에 자리 잡게 됐다.

누구나 기억하고 싶은 것만 기억한다

과거는 언제나 박제된 채 기억된다. 지나간 추억은 추억하는 개인의 시점에 따라 조금씩 궤를 달리해서 나중엔 틀 자체가 변하기도 한다. 개인의 실제적 진실이란 증명하기 어려운 것이어서, 언제 무엇을 어떻게 했다는 막연한 진술은 증명하기 까다롭다는 이유로

(좀 무시무시한 얘기다만) 법정에서조차 인정되지 않아. 그래서 추억은 늘 자기 본위이기 마련이다.

내가 첫 떨림이라고 기억하는 그 당시의 일도 100퍼센트 정확하다고 할 수 없어. 그저 그런 모습으로 존재해주길 바라는 내 애틋함의 결과겠지. 언젠가 옛 남자친구가 내게 이러더라. "너는 언제나 듣고 싶은 말만 기억한다"고. 내가 대답했지. "당연한 거 아냐? 너도 하고 싶은 말만 하잖아!" 팽팽히 맞서던 우리는 매번 한 치도 양보할 수 없다는 듯 으르렁대다 결국 헤어졌지. 혹시 너, "선배, 유치하셨군요"라며 피식 웃고 있는 건 아니겠지? 연애란 게 다 그런 거지 뭐.

나뿐 아니라 사람은 누구나 기억하고 싶은 것만 기억해. 뇌의 용량이 정해져 있네 어쩌네 하는 말은 그저 합리화일 뿐, 인간은 자기 편한 대로 살아가는 이기적인 동물이기 때문이지. 그런데 그 기억이란 게 본인이 겪고 느낀 것인데도 "정작 이것이 한 치의 오차도 없습니까?"라는 질문에는 선뜻 대답하지 못하지. 정말 맞을까. 나는 지나치게 과거를 윤색하며 살아가는 건 아닐까. 혹은 나는 내 과거에 대해 지나치게 부담감을 갖고 있는 건 아닐까.

내 경우도 아무리 곱씹어본들 실마리를 모르겠더니 요샌 조금은 알겠더라. 부지불식간에 내가 저지른 실수들, 내가 입힌 상처들, 조금 더 잘 할걸 싶은 순간들에 대해 아쉬움이 남아서인 거지.

과거에 집착하는 내 버릇은 한동안 계속됐다. 젊은이는 미래를 보고, 노인은 과거를 추억한다던데 이건 무슨 조화일까. 나는 아직 젊은데도 지난 시간을 곱씹으며 혼자 얼굴을 붉히고, 탄식하고, 숙연

SALE

해져. 마치 과거에 빚을 진 사람처럼 자꾸만 미안하고, 애석하고, 아쉬워. 그러다 보니 애늙은이가 돼 있는 거라. 현재의 욕망이나 마음의 움직임 같은 것을 '지나면 다 잊혀질 거야' 식으로 스스로를 합리화하게 되더라고.

지금 와서 말하지만 나의 이런 습성, 진짜 치사했어. 무슨 잘못을 저질러놓고도 쉽게 생각해버리고, 미안하거나 부끄러운 생각이 들면 빨리 망각의 늪으로 사라지길 빌고 있더라. '어차피 지나고 나면 과거가 될 일이다, 과거 속으로 흘려보내면 내 마음은 편해질 것이다'라고 생각했지.

그것은 명백한 착각이었다. 애쓴다고 해서 현재가 일순간에 과거로 사라지는 것은 아니고, 과거의 망령은 현재까지 남아 내 이성을 계속 지배할 테니.

과거의 너와 지금의 네가 같을 수는 없어

지난 일은 지난 일이더라. 내가 「한 잎의 여자」에 도취되고, 한약 냄새 나는 같은 반 친구의 처연함에 매료됐다고 한들 현재의 내가 그때의 기억을 지지대 삼아 살아갈 순 없어. 내 지지 기반은 과거의 나인 것은 분명하지만 지금 나를 떨게 하고 욕망하게 만드는 일들에 집중해야 하는 거야. 내가 과거에 집착했던 순간들은 대개 '어떤 일로 인해 짜증나거나 울컥한' 시기였던 것을 인정한다.

현실에서 도망치고 싶을수록 과거에 매이는 것은 신화에도 자주

등장하고, 사회심리학의 단골 연굿감이기도 하지. 내 얘기는 여기서 더 나아가 이기적일수록 인생이 편하다는 말을 하고 싶은 거다. 지나간 시간들이 그리울 땐 현실을 바꿔버려. 과거는 바뀔 수 없지만 현실의 너는 얼마든지 상황을 유리한 대로 바꿀 수 있거든. 기억이 네 소망대로 아름답게 윤색되려면 시간이 필요하지만, 현실에서의 너는 시간이 흐르길 기다릴 필요가 없는 거야.

네가 욕망하는 것, 네가 필요로 하는 것, 네 떨림의 순간을 기억해. 그것에 충실해. 그래야만 이 순간을 과거로 기억하는 미래의 네가 떳떳할 수 있어.

지난해 네가 망쳐버린 프로젝트 때문에 비슷한 제조업의 클라이언트를 맡는 게 두렵니? 헤어진 남자친구와 똑같은 취미를 가진 남자가 너한테 관심을 보이는 것이 신경 쓰이니? 회식 때 술에 취해선 망언을 서슴지 않았던 상사가 너에게 불이익을 줄까 봐 조마조마하니?

J야, 다 지난 일이야. 과거의 망령에 매여서 현실에 발목 잡히지 마. 새로운 클라이언트는 지난해 네가 맡았던 클라이언트처럼 '지랄' 맞지 않을 거고, 네게 다가오는 뉴 페이스는 헤어진 남자친구와 똑같은 취미를 가졌을지는 몰라도 성격은 전혀 다를지도 모르잖아. 1년 전 회식 때 모두들 취한 상태에서 네가 한 얘기를 아직 마음에 품고 있는 상사라면 신경 쓰지 않아도 돼. 그런 소인배에 공과 사를 구분 못하는 사람이라면 네 능력을 두고 왈가왈부할 정도의 영향력도 없을 테니까.

「한 잎의 여자」는 나의 몇 안 되는 암송시 중 하나가 됐고, 한약 냄새 나는 친구 덕분에 나는 코를 막지 않고도 철마다 한약을 꿀떡꿀떡 삼키게 됐다. 이만하면 됐다. 과거가 주는 교훈은 딱 이 정도가 좋다. 더군다나 너처럼 정열적인 성격에 할 일이 많은 여자에게 과거의 망령은 가당치 않아. 개나 줘버렷!

너는 모르지,
네가 얼마나 멋진 여자인지

기네스 펠트로는 〈세븐〉이나 〈위대한 유산〉보다 먼저 1995년 작 〈문라이트 앤드 발렌티노〉에서 과감한 노출을 감행해. 전라의 뒷모습을 홀라당 보여주거든. 워낙 좋아하는 배우이기도 하거니와 글래머의 섹시함과는 거리가 먼 그녀가 다소 코믹한 상황에서 헐렁한 셔츠와 바지를 벗는 모습은 그 나름 충격이었다. 정확하지는 않지만 아마 영화에서 그녀는 여성성보다는 독특한 세계관을 가진 톰보이 캐릭터였던 것으로 기억하는데, "나 정말 볼품없이 말랐지? 나 어때?"라고 묻는 듯 1초의 망설임도 없이, 귀가 후 목걸이와 시계를 풀듯 스르르 옷을 벗었어. 아, 참으로 어설프게 연기했던 본 조비의 출연작이기도 했다.

기네스 팰트로의 벗은 등짝

아무튼 그때 그녀의 등짝에 나는 반해버렸다. 어릴 적부터 요가나 승마 따위를 했을 뿐 과격한 근육 운동과는 담을 쌓았을 것 같은, 반찬 투정을 심하게 했을 것 같은, 벗기기보다 입히고 싶고 만지기보다 감상하고 싶은 그런 등짝. 실오라기 하나 걸치지 않은 모습으로 밖을 나다닌다 한들 그런 그녀를 본 누구라도 '뜨아' 하고 숨을 참기보다 걸음을 멈추고 싱긋 웃으며 "안녕하세요, 팰트로 양" 하고 아무 일 없는 것처럼 말을 걸 것 같은, 선정적인 룩을 넘어서서 범하기 어려운 애잔함이 가득한 등짝 말이다. 살집이라곤 없이 어깨부터 치골까지 둥글게 휘어 있는 그 등은 이후 내게 있어 고급스러운 나태함의 상징이 돼버렸다. 그런 등짝 만들려고 내가 일부러 게으른 것은 아냐. 나는 그냥 타고나길 게으른 거야. 아흑.

기네스 팰트로의 등짝을 보면서 나는 뜻밖의 횡재를 만난 것처럼 동공이 열렸는데, 같은 여자로서 야릇한 동경 같은 것을 갖게 됐다. 그렇다고 그녀처럼 마르고 잔뜩 휘어진 등짝을 갖겠다는 열망이 아니라 일종의 제스처에 대한 동경이었지. '보여줄 건 없지만 나는 이 정도로도 충분히 당당해요' 같은 것.

여배우에 대한 나의 동경 퍼레이드는 또 있어. 프랑스 영화 〈줄앤짐〉에 나오는 잔느 모로. 거장 프랑수아 트뤼포가 메가폰을 잡은, 누가 프랑스 영화 아니랄까 봐 해독하기 어려울 만큼 난해한 누벨바그의 영화 작법이 전편에 가득 흐르는 흑백영화였어. 한마디로 줄과 짐 사이에 긴 한 여자에 관한 영화였는데, 잔느 모로는 여주인공 카트린 역이었다.

흑백영화를 볼 때마다 나는 '희거나 검거나 회색이거나'로 일관되는 특유의 색채를 내 나름대로 컬러풀하게 채색해보는 버릇이 있는데, 이 영화 속 잔느 모로는 그 과정이 무색할 만큼 영화에 완벽하게 자신을 투영시켜버렸더라. 줄과 결혼했다가 짐을 사랑하게 되고, 줄이 묵인하는 가운데 짐과 보란 듯 사랑에 빠지고, 짐이 떠나간 뒤 다시 줄과 살림을 이어가다가 우연히 셋이 만나는 과정은 '뭐냐, 이 여자'스럽지만, 그럼에도 그녀의 마력은 영화를 쥐락펴락해.

나는 여태껏 잔느 모로보다 완벽한 지성미를 갖춘 여자를 보지 못했다. 세월이 흐르고 잔느 모로는 영화 〈니키타〉에서 니키타를 1급 살인 요원으로 키우기 위해 급파된 초로의 비밀 요원으로 잠깐 등장하지. 니키타의 얼굴을 매만지며 그녀를 세뇌시키던 낮고 나른한 음성은 아직도 생생하다. 얼굴에 수십 개의 주름을 달고서도 잔느 모로는 여전히 완벽한 지성미를 뿜냈다.

헤어스타일이나 옷차림에 따라 못 알아볼 정도로 분위기가 달라지는 사람이 있어. 좋게 생각하면 변화무쌍한 이미지를 가진 것이고, 나쁘게 생각하면 종잡을 수 없는 스타일의 소유자인 거지. 그런데 나는 오히려 이런 사람, 괜찮더라. 나는 그들이 스타일의 지배를 받는 게 아니라 오히려 스타일을 주도할 수 있는 다양성을 가진 사람이란 뜻이라고 봐. 그리고 그 나름 복 받은 사람인 거지. 같은 커트 머리여도 누구는 시크하고 누구는 고시생 같고, 공단 원피스를 입어도 누구는 촌스럽고 누구는 섹시하니까.

그건 헤어스타일과 패션 감각을 압도하는 어떤 것, 우리가 '아우라' 혹은 '오라'라고 부르는 고유한 분위기 때문이야. 이건 예쁘장한 생김새와 쭉 뻗은 각선미만으로는 해결이 안 되는 거야. 쭉쭉빵빵 몸매를 가졌으나 뭘 입어도 촌스러운 여자가 있고, 김태희를 능가하는 이목구비를 가졌어도 어딘지 천박해 보이는 인상의 소유자가 있듯 말이다. 이게 바로 천성이고 그 사람만의 분위기가 되지. 그래서 나는 어떤 스타일도 소화하면서, 그때그때 적절한 표현이 가능한 변화무쌍한 스타일의 소유자가 좋더라.

최고의 아름다움, 최상의 선을 향하여

대부분의 여자는 아침마다 어제와는 달라지길 바라잖아. 어제와 다른 옷을 입고, 어제보다 더 매력적인 헤어스타일이 연출되길 고대하면서 화장대 앞에 앉지 않니? 그리고 뭔가 새로운, 멋진 날이 펼쳐지길 기대해보는 거지. 물론 오늘은 어제와 다르지 않다는 것을 머리로는 알고 있지만 화장대에 앉아 있는 동안만큼은 자신도 모르게 공들여 눈썹을 다듬고, 마스카라를 하고, 핑크빛 블러셔를 바르잖니.

그렇게 어제와 다른 오늘, 오늘과 다른 내일을 꿈꾸는 와중에 말이다, 화장대와 옷장 앞에서 재주를 100번 넘어도 도달하기 어려운 지점이 있지. 고급스러움과 지성미란다. 'ㅇㅇㅇ' 스타일을 흉내 낼 순 있어도 진실로 'ㅇㅇㅇ'이 될 수는 없는 것과 같아. 실크 소재의 블라

우스와 명품 백을 들면 고급스러워 보일 수도 있겠지만 고급스러운 사람이 되는 건 아니고, 검정 뿔테에 화이트 셔츠와 블랙 팬츠를 입고 영어 원서를 들면 지적으로 보일 순 있으나 그것이 곧 본인의 지성으로 연결되는 건 아니라는 거야. 그저 우리는 고급스럽고 지적인 여자를 흉내 내고 있을 뿐이거든.

하나만 챙기기도 힘겨운 고급스러움과 지성미, 이 두 가지가 합쳐지면 하나의 고결한 가치가 완성된다. 바로 우아함이지. 여자가 우아하기란 너무 어려워. 내가 지금껏 만나본 우아한 여자는 조리 있게 말하면서 우아한 제스처를 가진 박사도 아니었고, 눈부신 미모로 대중을 휘어잡던 톱배우도 아니었다.

냉혈한도 눈물을 흘리게 만드는 (얼마 전 타계한) 무용가 피나 바우쉬의 무대, 오드리 헵번의 주름살, 한 마리 새처럼 무심하게 앉아 "인생은 덧없고 여배우는 위대하다"고 얘기하는 배우 윤여정의 존재감, 더 이상 춤을 출 수 없게 돼 뒷전에서 샤미센을 뜯는 퇴기 게이샤의 손끝에서 나는 우아함을 본다. 웬만한 직장인의 월급과 맞먹는 투피스를 입었거나, 곱게 화장하곤 온화하게 웃거나, 단정한 차림새로 지적인 분위기를 풍긴다고 해서 우아하다고 말할 수 있나? 결코 아니지.

우아함은 세포 하나하나에서부터 온몸으로 발현되는 것이기에 오랜 시간 동안 스스로를 단련하고, 나아가 태생적으로 우아함의 인자를 몸에 갖고 태어나기 전엔 결코 쉽지 않아. 왕성하게 활동 중인 국내 톱클래스의 여배우들을 보자. 아름답지만 우아하진 않지. 배우라

는 직업을 넘어서야 하는데 여전히 분칠의 힘을 빌려 우아함의 막을
치기 때문이지. 대학 강단에 서는 교수나 연단에 서는 정치인도 그
자체로는 우아할 수 없어. 그저 지성미와 논리를 갖췄을 뿐. 고로 나
는 우아함은 섹시함과 친밀함, 여성스러움과 당당함을 아우르는, 여
자가 도달할 수 있는 최고의 아름다움이며 최상의 선(善)이라고 생
각해.

넌 분명 우아한 여자가 될 거야

젊은 여자에게서 미래에 분명 우아한 존재감을 발휘할 가능
성을 발견하는 일은 즐거워. 그녀들이 가진 우아함의 인자는 고급스
러운 척, 지적인 척 살아가는 어정쩡한 언니들을 각성시킨다. 얼마
전 주말 아침 지하철, 모자를 폭 눌러쓴 채 다리를 가지런히 모으고
책을 읽는 20대의 여자. 출근 시간에 늦어 고양이 세수만 겨우 했을
텐데도 모자 아래로 드러난 피부는 깨끗했고 입매는 경쾌하게 올라
가 있었다. 덜컹이는 지하철에서 그녀와 마주 앉아 있는 동안 내 마
음까지 환해지는 것 같더라.

석 달의 수습 기간을 무사 통과한 기념으로 사흘간의 짧은 휴가
동안 혼자서 전국 일주를 하고 있다는 후배의 문자메시지도 내 가슴
을 뛰게 했지. 흐린 화질의 휴대전화로 찍어 보낸 서해의 낙조. 혼자
맥주 한 캔 마시는 중인데 서울 가면 꼭 맛있는 맥주 한 잔으로 수습
통과를 축하해달라더라. 앞으로 수차례의 시행착오가 후배 앞에 펼

214

처지겠지만, 그로 인해 지금의 순수와 열정이 조금 찌그러들지라도 다시 원상 복귀할 수 있는 힘, 건강하고 책임 있는 패기, 이것이 나중엔 우아함의 아주 중요한 구성 요소가 된다.

그런 면에서 J, 너는 분명 우아한 여자가 될 거야. 쿨하고 핫하고 섹시한 여자를 단숨에 제압하는 정말 멋진 여자가 될 거야. 그걸 어떻게 아느냐고? 너는 사람 속에 섞인 너 자신에 만족하는 애가 아니라, 네가 원하는 네 모습을 위해 노력하는 애잖아. 너는 네 진심을 믿기에 누구에게도 당당하고 따뜻하잖아. 너는 잘 울지만 눈물의 흔적을 남기는 법이 없잖아. 앞으로만 나가는 애가 아니라 가끔 제자리에 서서 하늘도 올려다볼 줄 아는 애잖아. 이렇듯 싹수가 파란 너는 늘그막에 네 덕 좀 보려고 이렇게 아부하는 선배의 마음을 헤아릴 줄 아는 애잖아. 그래서 내가 너를 사랑하는 거야. 으핫.

5장

너에게 진심을 담아
파이팅을 보낸다

갖고 싶은 것, 하고 싶은 일을 바라보면
길이 생긴다

인생이 겁나는 건
너뿐만이 아니야

이상도 하지. 세탁기에서 빨래를 꺼내 널 때만 해도 햇살이 좋았는데 어제저녁부터 비가 내리는 거라. 빨래만 하면 비가 오는 몹쓸 머피의 법칙일까, 아니면 평소 무덤덤하기 짝이 없다가 저 멀리 서쪽에서 날아드는 비 냄새만은 귀신같이 알아채는 내 감성의 반작용일까. 햇볕에 빨래가 말라가는 냄새를 기대하긴 애당초 글렀고, 눅눅한 습기만 집 안에 가득하다.

작렬하는 비바람

부리나케 빨래를 빨아 널고, 휴일의 달콤한 낮잠을 포기한 채 스팀 청소까지 해가며 몸을 움직인 건, 그래, 어젯밤 네가 보낸 문자메시지 때문이야.

　사실 늦은 건 아니었지. 네가 문자를 날린 시간에 나는 버석버석한 얼굴에 마스크 팩을 얹고 드라마에 심취하느라 바빴고, 하품을 하며 침대에 올라 재미없는 불면 퇴치용 이론서 따위를 뒤적이다가 무심코 휴대전화를 열어봤는데 거기 네 문자메시지가 떡하니 박혀 있었던 거야.

　'젠장. 휴일 야근하고 집에 가는 길. 하루하루 너무 위태로워서 도무지 갈피를 못 잡겠어요. 반포대교엔 비바람 작렬.'

　불타버렸으면 좋겠다던 그 클라이언트 회사의 프로젝트, 아직도 매달려 있나 보구나. 아직 그 회사에 불은 안 난 모양이고. 하긴 내 보기엔 그 회사, 불이 난대도 금세 꺼질 거야. 그 정도 대기업이면 소방 시스템이 얼마나 빵빵하겠니. 불타는 거 말고 다른 걸 찾아봐라. 쥐나 벼룩, 뱀을 섞어 1톤 트럭 가득 부어준다든가 뭐 그런 거.

　내 경우 해 저물녘 한강 다리를 건널 때 언제나 드는 생각은 '나는 지금 어디에 와 있나'더라. '오늘 하루 뭐 했나, 뭐 하느라 이토록 피곤한 몸으로 내 의지와 상관없이 버스와 함께 흔들리고 있나' 같은 생각. 해는 져버려서 가뜩이나 을씨년스러운데, 창문 틈새로 찬바람이 숙숙 얼굴을 훑고, 오른쪽 어깨에 멘 백은 왜 그렇게 무겁고, 때문에 허리는 더 꺾이고, 그 자세로 서 있다 보니 당연히 똥배는 도드라지고! 야근하고 돌아가는 길, 정말 싫지 않니? 특히 데이트 2차를 위해 버스를 타고 이동하는 파릇한 남녀를 보노라면 더욱 그렇지.

　불안정한 자세와 멍청한 시선으로 창밖을 바라보는 일이 업무로

소진해버린 체력보다 더 우울한 건 이런 날들이 앞으로도 계속될 거라는 체념 혹은 두려움일 거야. '언제까지 이렇게 살아야 할까, 언제쯤 내 인생의 터닝 포인트가 올까, 그게 과연 오기는 할까' 같은 일종의 현실 도피. 웃기는 건 뭔지 아니? 오늘을 부정한다고 해서 새로운 내일이 올 리 만무하다는 거지. 그걸 너는 이미 알고 있잖아.

네가 두려운 건……

네가 두려운 건 위태로운 오늘, 이 시간 때문이 아니라 내일이라고 해도 뾰족한 해법이 없어서가 아니니? 하루하루 위태로워서 도무지 갈피를 잡을 수 없다는 네 말처럼 인생이란 그런 거야. 인생은 갈피를 잡을 수 없는 채로, 우리가 알 수 없는 방향으로 360도 회전하며 여봐란 듯 흘러가고 있어. 그건 네 인생도, 내 인생도, 그 누구의 인생도 마찬가지야.

네 퇴근길을 더 우울하게 만든 건 반포대교의 비바람 같은 거 아니겠니. 원래는 그냥 비였는데 강바람과 함께 세력이 강해진 비가 반포대교 위로 내리쳤고, 너는 하루 종일 짜증나는 클라이언트의 주문을 성질 죽여가며 다 받아냈고, 그들의 거지발싸개 같은 주문을 받아내는 일은 너로선 대단한 인내였으나 남이 보기엔 '기획자로서의 당연한 업무'일 뿐인 하루를 보내고, 하필 그 시간에 비바람 작렬하는 반포대교를 뚫고 초주검이 돼 집에 가는 길이었던 거야.

너의 바람 찬 날이 앞으로 얼마나 더 남았을까. 얼마를 더 가야 네가 내게 이런 문자메시지를 보내지 않게 될까. 사실은 이런 문자메시지를 받을 때마다 걱정보다 안심이 돼. 이 대목에서 발끈하지 마라. 너, 시도 때도 없이 징징대는 애 아닌 거 나도 아니까. 어쨌든 내가 안심이 되는 이유는 치열하게 살아가고 있는 너를 발견하기 때문이야. 그 치열함에서 우리가 함께 이 시대를 건너고 있다는 안도 같은 걸 느껴.

있잖아. 하필 그 시간 나는 외로웠는데 네 문자메시지를 보면서 덜 외로울 수 있었단다. 일종의 동지 의식이랄까. 겪어봐서 안다, 풍으로 잘난 척하는 게 아니라 네가 위태로운 하루를 보내는 바로 그 시각, 나도 위태로운 계절을 보내고 있었기 때문이야.

요새 내가 느끼는 불만은 하루하루가 불온하게 흘러간다는 거야. 나를 믿지 못하겠어. 사람을 만나면 내 진심을 전하는 일이 갈수록 어렵고, 노력해서 전달해야 한다면 그건 진심이 아닌 것 같고, 마음은 미친 여자의 속곳처럼 갈래갈래 흩어지는 나날이야. '나는 이렇다'라고 내가 누군가에게 마음을 열어 보이는 재주가 있었다면 조금 덜 외로웠을까. 다른 사람 마음은 헤아리는 척하면서 정작 내 마음에 마주 서면 어려운 수학 문제처럼 땀이 삐질삐질 나. 내 문제에 막상 닥치면 우왕좌왕하다가 어떤 식으로든 정리가 되면 그제야 마음 풀어헤치고 울거나 웃는 거, 그래서 내 오랜 친구들은 나를 '뒷북의 여왕'이라 불렀지.

통증은 건강한 거야

　　세 살짜리 어린애가 느끼는 인생의 무게와 네가 지금 느끼는 인생의 무게, 황혼에 들어선 우리네 어머니가 목도하는 인생의 무게가 다를까? 각자 가슴에 품은 소우주의 크기가 다를 뿐 삶의 절박함은 같다고 생각한다. 사탕 하나가 목숨처럼 소중하고, 번듯한 커리어를 갖기 위해 난생처음의 곤욕도 참아내고, 철이 덜 든 자식 걱정으로 땅이 꺼지듯 회한에 차는 게 우리 모두의 인생이야. 그러니 어린애가, 너나 내가, 그리고 칠순 노모가 신에게 투정 부리고 주변 사람 들들 볶아가며 사는 건 정말 너무나 정상 아니겠냐.

　　잠잠한 것 같아도 인생은 깊이 들여다보면 언제나 크고 작게 휘몰아치고 있더라. 그러니까 오늘이 힘들다고 울거나 하지는 마. 내일도 오늘처럼 만신창이로 살아가란 법은 없어. 어제 네가 방만했던 것에 대한 빚을 갚는 것일 수도 있고, 찬란한 내일을 위해 저축하는 시간일 수도 있어. 그렇다고 해서 '내일은 분명히 잘될 거야'라고 단순하게 말하는 바보가 되지는 말아. 내일 오늘보다 더 죽고 싶은 퇴근길을 맞닥트리게 될지도 몰라. 하지만 남도 너와 다르지 않다는 것, 그것 때문에 외롭지 않게 버틸 수 있다는 것, 그것만 기억해.

　　그리고 말이야. 지금 느끼는 위태로움은 너무 건강한 거야. 우리가 무슨 능력이 있기에 코앞을 예측할 수 있겠니. 뭔가 자극이나 공격이 나를 찾아왔을 때 자각할 수 있는 것도 신이 우리에게 주신 재능일 거야. 정말로 위태로울 땐 혼이 쏙 빠져서 위험 수위를 못 느끼고 선을 넘어서게 되지. 통증을 느낄 수 있는 일상의 통점을 갖고 있는 것, 네가 건강하게 사회생활을 하고 있다는 증거야.

참! 어제처럼 상념이 쓰나미처럼 밀려올 땐 나한테 문자를 보내는 게 아니라 평소 너를 마음에 품어둔 남자라거나, '스치듯 안녕' 해서 아쉬움이 남은 남자에게 보내야 할 것이야! 누누이 말하잖니. 기회는 찰나처럼 다가오는 거라고. 만약 나한테도 보내고 남정네에게도 보냈다면 용서하마. 그래서 알콩달콩한 해프닝이라도 건졌다면 박수칠 일이다마는. 그러니까 얘야, 생각해봐. 우울해 죽겠을 때 무심코 보낸 문자메시지 한 통으로 네 인생의 햇살이 시작될지 누가 알겠니. 극과 극은 통한다고, 뒤집어보면 얼마든지 반전은 가능해. 그래서 인생이 재밌는 거고!

근데 왜 꼭 한강다리를 건널 땐 배가 고파지는지 모르겠어. 욕구 불만과 자기 혐오가 뒤섞여서 필요 이상으로(어쩌면 불필요하게) 뇌를 움직이다 보니 자연 허기가 지나 봐. 배가 고파지니까 더 짜증이 솟구치면서 필요 이상의 생각들은 쓸데없는 망상으로 치닫고 말이지.

비가 그칠 기미는 안 보이지만 다행히 일기예보에선 내일 아침 해가 뜰 거란다. 비는 오늘까지만 올 건가 보다. 내일이면 내 빨래는 보송보송 마를 거고, 퇴근길의 반포대교는 달라져 있을 거야. 그러니 기운 내, 이 친구야!

나는 겸손한 예스맨보다

오만한 실력파가 좋더라

있잖아. 나는 결혼을 하게 되면 가급적 여자 주례를 모시고 싶어. 그리고 인생을 더 많이 살아, 연륜과 혜안이 생기게 되면서 어느새 지금의 내 검은 머리가 파뿌리가 될 즈음엔 나 역시 누군가의 주례로 서고 싶어. 페미니스트냐고? 주장과 의식 면에선 페미니스트는 아니다. 나는 여자와 남자는 다르고, 각자의 할 일이 있다고 생각하는, 어찌 보면 그 옛날 어른들의 사고방식을 지지하는 봉건성을 갖고 있으니까. 다만 여자와 남자가 다른 영역은 확실하게 구분돼 있지만 그 면적은 적고, 인류학적 측면에서 여자가 남자보다 우월하다고 믿지. 봉건 속의 진보라고 할까. 그러니 내가 으레 남자여야 했던 (그 이유를 알 수 없는) 주례를 여자 선배로 모시고 싶다 한들 이상할 건 없지.

내 결혼식에는 여자 주례를 모시고 싶어

　　새 출발의 첫발을 내딛는 의식에서 인생의 스승으로부터 격언과 지침을 듣고 싶은 건 당연하다. 그런데 왜 꼭 그 자리에는 남자 스승만 서게 될까가 의문이었어. 어릴 적엔 친지, 커가면서 선배와 친구, 후배의 결혼식장을 수십 차례 드나들면서 나는 단 한 번도 주례사가 지루하지 않았던 적이 없어. 늘 등장하는 미사여구와 뻔한 수사들도 달달달 외울 지경이야.

　　그분들이 준비한 메모지에 빼곡히 적힌 지루하기 짝이 없는 연설문을 나는 진정 이해한다. 새 출발 하는 커플에게 무난하면서도 점잖은 축사를 해야 한다는 강박 때문이겠지. 하지만 그분들은 언제나 책임과 인내를 강조하지. 하지만 이 행복한 날을 마음껏 즐기기 바라고, 나는 젊고 파릇한 너희들이 부러운 동시에 이제 막 인생의 노도를 헤쳐가는 두 영혼에게 심심한 격려와 위로를 보낸다는 애틋하고 살뜰한 얘기를 단 한 번도 들어본 적이 없어, 애석하게도 말이지. 분명 이런 주례사를 감동적으로 설파한 분이 계실 텐데, 대부분이 지루하고, 매우 드문 경우만이 인상적이지.

　　만약 저 자리에 여자 스승이 서게 된다면 어떨까. 언제부턴가 그런 생각을 하게 됐지. 나이 지긋한 여자 분이 인생을 살아보니 이렇더라, 라고 풀어가는 주례사는 색다른 감동을 줄 거야. 훨씬 소박하고 친밀하면서 생활 친화적인 얘기들이 나오지 않을까, 라는 기대가 품어지더라. 그래서 생각했어. 결혼을 하게 되면 여자 주례를 모시고 싶다고. 지금까지 봐온 대학의 은사님, 회사의 사장님, 협회의 이

사장님들은 점잖고 신사적이지만 어딘지 식상해. 학벌과 사회적 지위가 높은 사람에게만 새 출발의 축사를 할 자격이 주어지는 건 아니잖아.

인생의 현실적인 지혜를 바탕으로 위트 가득하면서 유연하고, 짧고 명쾌하기까지 한 그런 주례사를 내 결혼을 축하하러 온 사람들과 함께 나누면서 모두가 한마음으로 입이 찢어져라 웃으며 듣고 싶어. 사심 없이 감동하고, 축하하며 행복하면 좋겠어. 격식은 최소한으로 갖추되, 진솔하고 간단하게 인생의 2장을 시작하고 싶은 마음을 알겠니?

물론 여기엔 중대한 가정이 빠져 있지. 만약 내가 결혼을 하게 되면, 이라는 것. 아직(세상에! 여태 '아직?') 결혼에 자신이 없는 나로서는 말 그대로 꿈같은 계산을 해보고 있는 거지. 뭐, 꿈이라도 좀 구체적이고 환상적으로 꾸겠다는데 누가 뭐래?

여자 주례를 모시고 싶다는 말은 오해의 소지가 있는데, 여자가 월등하다는 주장이 아니라 결혼은 사랑하고 분노하는 능동적 감정보다 인내하고 이해하는 수동적 감정에 의해 평화가 길게 유지되므로, 좀 더 유연하고 내밀한 여성적 조언을 듣고 싶다는 뜻이야.

남자와 여자가 서로의 열등한 순간과 우등한 순간을 나눴을 때 가장 확연하게 차이 나는 게 뭔지 아니?

차이를 인정하느냐 아니냐에 따라 달라져. 인정하면 이유를 분석하고, 방법을 모색하게 되지. 방법을 찾으면 대부분 실천 노하우까지 계산된다. 인정하지 않을 경우 쟁점은 계속 제자리를 맴돌아서 앞으로 나아가기는커녕 계속 뒤로 후퇴하다 제 꾀에 넘어가고 말아.

남자를 잘 다루는 여자

　　나는 여자가 남자보다 우월한 인종이라고는 믿지만 남자는 언제나 존중 받아야 한다고 생각한다. 남자는 여자보다 약하고 섬세한 존재라는 믿음도 함께다. 이해의 차원을 넓히면 나 자신의 발전이 따르지.

　　조직 내에서 성공하는 여자를 살펴보면 그녀들은 대부분 남자를 잘 다뤄왔어. 시쳇말로 '들었다 놨다'를 잘하는 거야. 남자는 단순해서 칭찬해주면 우쭐하고, 비난하면 울컥해. 그런데 또 복잡한 구석도 있어서 그게 잦다 보면 금세 눈치채고 자존심이 상해서 타도 방법을 찾아 눈을 번득이거든. 사냥과 수렵이 몸에 밴 수컷이다 보니 상대의 제스처를 본능적으로 알아차리는 거야. 이런 남자들의 생태를 잘 이해하고 존중해야 어울려 윈윈(Win Win)하고 나아가 앞설 수 있는 거지.

　　반면 여자를 잘 다루는 남자가 성공할까? 그렇지 않아. 왜냐, 여자는 남자를 존중할 줄 알지만 남자는 여자를 무시할 줄만 알기 때문이지. 남자들에게 여자를 잘 다룬다는 뜻은 적어도 대한민국 안에서는 여전히 '얼마나 많은 여자를 거느리고 있느냐'야. 거느린다니, 자기들이 무슨 의자왕이냐. 아무튼, 그렇게 1차원적인 마초들만 모여 있는 조직은 멀게 봤을 때 절대 발전할 수 없어. 그러니 여자의 존재감을 가벼이 여기고 무시하다 큰코다치는 경우가 주변에 왕왕 있는 거야. 남자와 적대적 관계를 갖고 있지도 않고, 심지어 위아래가 깍듯한데도 도무지 제자리걸음이라고? 매사에 수직적으로만 생각하니까 그런 거지.

조직은 수직과 수평관계로 이루어졌잖니. 그런데 그 수직과 수평관계가 무엇을 중심으로 시작되니? 바로 너야. 너를 중심으로 상사가 있고 후배가 있고, 동기가 있어. 매사에 네 중심으로 생각하란 뜻이다.

J야. 나는 겸손한 예스맨보다 오만한 실력파가 좋아. 그런데 사회생활에서 이렇게 행동하고도 살아남기란 정말 어려워. 상사의 얘기에 일단 예스하고 보는 게 맞는 거라고 늘상 얘기하더니, 이건 또 무슨 소리냐고 하겠지. 조직 내 상하관계에선 예스 앤 와이(Yes and Why)가 맞아. "알겠습니다. 그런데 왜 그래야 하죠?"라는 거지. 토를 달더라도 일단은 여유 있게 인정하고 나서 다는 게 모든 커뮤니케이션의 순서야.

내가 말하는 건 일을 대하는 네 태도지. 내 앞에 주어졌으니 '예스' 하고 처리한다는 식으로 일을 대하지 말고, 그 일을 처리하는 동인(動引)을 스스로에게 물으라는 뜻이야. 맡은 바 일을 하는 것은 너 자신을 위해서고, 결국 다른 누가 아닌 네가 하는 일이니 책임을 다해야 한다는 거지. 일을 하게끔 하는 동력을 스스로에게 찾아야 해. 그러다 보면 자신감이 생기고, 네 실력에 대해 '내가 잘할 수 있을까'라는 의구심과 함께 한편에선 '까짓 거 한번 해보자'라는 믿음이 스멀스멀 생겨나게 된다. 같은 일을 해도 소극적으로 떠안는 사람과 적극적으로 헤쳐가는 사람 사이에는 커다란 간극이 벌어진다. 그렇게 5년이 지나면 대리와 과장, 10년이 지나면 과장과 이사로 틈새는 확 벌어지지.

눈빛은 차갑게 유지하되, 입꼬리는 부드럽게 올릴 것

기자 조직은 보통 입사 연차로 나뉜다. 남자는 군대를 다녀오기 때문에 3년 정도는 경력이 밑돌아 후배가 되지. 같은 00학번이라도 여자는 2004년에 입사하고 남자는 군대를 마치고 2007년께 입사하게 되니, 학교 때는 친구였지만 직장에선 빼도 박도 못하고 선후배가 되는 거야. 그들이 서로의 이름을 부르며 예전처럼 막역하게 지낼 수 있는 시간은 오로지 둘만 있을 때다. 하지만 그조차도 직장에서 몸에 밴 조직 체계 때문에 점차 어색해지게 돼. 그래서 호칭은 '○○ 선배'라고 붙이고 뒤에 이어지는 말은 대학 때처럼 짧게 가는 편이 차라리 속 편한 거야. 친구가 후배가 되고, 어느 순간 하늘 같은 선배가 되는 순간이지.

굳이 기자들뿐이랴. '졸업 후 사회 전선' 식으로 이해와 목적이 똑같던 대학 시절엔 상상할 수 없던 위치 바꿈이 조직에선 빈번하게 일어난다. 그런데 누구도 불복할 수 없다. 나보다 못하던 친구가 내 어깨를 밟고 올라가고, 흉내 내기조차 어려웠던 선배의 카리스마가 사실은 별것 아니었음을 깨닫기도 하지. 왜일까. 사회생활에서는 여러 가지 목적과 이해가 맹렬하게 부딪히기 때문이야. 그것은 누군가에겐 생계 수단이고, 또 누군가에겐 자기 확인의 절차가 된다. 돈을 벌어 밥을 먹는 사람, 연봉이 곧 자신감인 사람, 월급봉투 하나로 뿌듯한 사람 등등 천차만별의 인종이 파리한 형광등 불빛 아래서 하루를 보내. 그러다 보면 체제 안에 물들게 되고, 그 안에서 생존법을 찾아가는 거지.

그렇게 치열하고 비정한 게 사회생활이다.

그 안에서 여자가 마지막 골인 지점에 도달할 확률? 후하게 쳐도 30퍼센트야. 아직까지의 세계는 남성 위주로 돌아갔기 때문이다. 하지만 앞으로는 달라질 거다. 세상은 모계 중심으로 흘러가고 있고, 남성의 1차원적인 추진력보다 여성의 다면적인 고찰이 더 합리적이라고 인정받고 있다. 여성을 잘 이해하는 남자는 살아남을 것이고, 남자를 다스리는 여자가 승자가 될 것이다.

고로 J야, 너는 절대 남자와 싸우려 하지 마라. 그들이 우리보다 열등해서도 아니고 그들이 우리보다 강해서도 아니다. 함께 가되, 너 자신의 우월성만은 잊지 마라. 고개를 치켜들어라. 그 가운데서도 잊지 말아야 할 것 하나. 눈빛은 차갑게 하되 입꼬리는 항상 올려 미소를 지어라. 입꼬리를 내리는 만큼 너는 비굴해지고 있다는 것을 명심해라. 오만한 듯 부드럽게 입꼬리가 올라가는 만큼 네 자존심도 올라가는 거란다.

내가 사랑한 작가들,
그들이라면 이렇게 말했을 거야

사랑 하나로 친구들로부터 멀리 떠나갔다가 동공을 흔들거리며 혼자 돌아온 친구가 있었다. 꽃구름 속을 걷는 듯 잇속을 드러내며 웃어젖히던 과거의 그녀는 이제 피로해 보였다. "그냥", "됐어", "뭐 그렇지" 따위의 매가리 없는 말이나 늘어놓으며 겨우 입을 열 뿐 말도 아끼고 웃음도 아꼈다. 작게 쉬고 작게 뱉었다. 어쩌다 긴 숨을 내쉴 때 그녀의 눈가에는 반짝 이슬이 비치기도 했다.

혼자가 되어 돌아온 친구

친구들은 위로하며 다독였지만 사랑의 상처는 쉬이 아물지 않았다. 제 집이 가시방석 같다는 이유로 내 집에 찾아온 그녀는 금방이라도 쓰러질 듯 위태로워 보였다. 바보 같았다. 그렇게 말릴 때는 야멸치게 뿌리치더니 이제 와서…… 바보같이.

나는 그녀를 위해 시장에서 북어를 사다가 참기름 둘러 볶아 미역국을 끓였다. 힘차게 두들겨 납작해진 북어는 아직도 냉장고에 그득하다. 남해에서 올라온 짙푸른 미역을 물에 빨고 있는 내 등에 그녀가 고개를 묻었다. 흡사 만화 『캔디』에서 테리우스가 떠나려는 캔디를 뒤에서 끌어안고 소리 없이 흐느끼던 것처럼(아니, 이 와중에 만화 얘기라니!) 그녀는 밭은 숨을 쉬며 울었다. 목욕하고 새로 꺼내 입은 면 티셔츠의 등 언저리가 젖어왔다. 나는 목이 메는 것을 가까스로 눌러 참으며 "괜찮아, 이것아. 지나면 괜찮아져"라고 했다. 그녀가 더 크게 울었다. 으이그, 나도 막 눈물이 나오려고 하길래 소리를 질렀다.

"그나저나, 있잖니. 나, 방금 목욕하고 나오는 거 봤지? 등에 짠물 묻으면 가렵단 말이야!"

그녀가 풍, 하고 웃었다. 성공했다. 비록 내 등짝은 풍, 소리와 함께 터져 나온 그녀의 콧물로 얼룩졌지만.

대학교 2학년 때 읽은 박상륭의 『죽음의 한 연구』는 아직까지 내게 있어 '단 한 권의 책'이다. 워낙 잘난 척하던, 실제로 잘나기도 했던 남자(이면서) 친구로부터 추천 받은 책이었는데, 나로선 이해하기 어려웠지만 손에서 뗄 수 없었다. 결국은 사랑 얘기였으니까.

J야. 세상의 모든 위대한 책은 죄다 사랑을 주제로 한다. 투명하고 도저한 한편 통속적일수록 위대하다. 사랑은 언제나 버리고 버림 받

으며, 웃으면서 운다. 아직도 마음이 울컥할 때마다 꺼내 읽는 구절
은 주인공이 사랑을 잃고 헤매는 부분.

나는 어찌하여, 햇볕만 먹고도 토실거리는 과육이 못 되고, 이슬만
먹고도 노래만 잘 뽑는 귀뚜라미는 못 되고, (중략) 나는 어찌하여 그
렇게는 못 되고, 나는 어찌하여 이렇게 되었는가? 어찌하여 나는, 흙
속의 습기 속으로만 파고드는 지렁이도 흘리지 않는 눈물을 흘려야만
하는가. 밤은 마른 풀 서걱이는 둔덕으로 차게 이슬져 내리기만 하는
데, 내 아낙 떠나 바르도 헤매고 있네라.(중략)
바람길에라도 너는 한마디의 기별도 없고, 나는 뜻뿐인, 말이 말이
아닌 말을 짖어대고 있는데, 그러는 사이, 하릴없이 밤도 지새어, 너
죽은 지 이틀째.

나는 내 등짝에 눈물 콧물 찍어내던 친구에게 바로 이 마음으로
미역국을 끓였다. 나도 사랑해봤으니까. 나도 아파봤으니까. 네 마
음도 옛날의 나 같으려니, 그때처럼 갈기갈기 찢어지고 있으려니 싶
었다.

네가 그를 사랑한다고 고백했을 때

너에게도 내가 사랑한 작가의 입을 빌어 들려주고 싶은 얘기
가 있다. 내가 하루키를 좋아하게 된 이유는 스무 살에 읽은 『상실의

시대』 때문이 아니라 바로 그 하루키가 나와 똑같은 작가를 사랑한다는 이유 때문이었다. 바로 F. 스콧 피츠제럴드다. 누구나 알고, 누구나 기억하는 『위대한 개츠비』는 생리를 시작하고 몇 년 뒤, 아직 10대이던 시절 5월에서 6월로 넘어가는 시점에서 수국이 흐드러진 마당을 바라보며 현관 문턱에 앉아 읽었다. 10대의 흠모는 얼마나 유치한가 하면, 내가 데이지를 좋아하는 이유도 개츠비가 사랑한 작품 속 여인 이름과 같아서란다. 사실 데이지는 우리나라 개망초와 비슷하게 흔한 꽃이다. 그런데 개츠비에게는 이 세상 유일한 빛이지. 여리고 내숭 떨고 개츠비보다 더 허풍이 심하고 속물 근성이 다분한 꽃, 그런 여자. 누군가의 열렬한 사랑을 받아 비로소 다시 태어나는 여자.

네가 H를 사랑한다고 고백해 왔을 때 나는 헛웃음이 났어. 왜 하필 그런 남자지? 왜 하필 너를 지켜주지 못할 만큼 허약하고 네 진심을 무시로 짓밟을 만큼 경박하고 끝내 너를 버리고 말 정도로 무책임한 남자지? 혼란스러웠다. 아끼는 후배인 네가, 영민하고 분별력 있는 네가 어떻게 이런 사랑에 빠졌을까.

심지어 그는 너를 보란 듯이 외면하고 있었잖니. 뭣 때문에 미련을 버리지 못하느냐고 화를 내는 내게 너는 대답 대신 눈동자를 불안하게 굴리며 먼 데만 바라볼 뿐이었다. 거 보라고, 너도 대답을 찾지 못하고 있지 않느냐고, 평강공주와 온달도 아니고 이제 그만 접으라고 종용하고 있자니 너는 피식 웃고 있더구나. 그러고는 내게 고개를 돌려 말했지.

"선배, 그 사람이 시도 때도 없이 생각나고 심장이 두근거려. 그럴 때마다 웃음이 나는 걸 어떡해. 그 사람이 나 모른 척하는 건 참을 수 있어도 내가 그 사람을 모른 척 못 하겠어. 그니깐 조금만 기다려 줘. 어떻게든 이 마음, 해결을 볼 때까지만."

그 순간 개츠비가 떠오르더라. 뜨거운 마음을 알면서 이리 슬쩍, 저리 슬쩍 간만 볼 뿐, 적당히 거리를 두어 옆에 두고 다가가지도 떠나지도 못하게 하는 천하의 흔한 꽃, 하지만 한 남자에게는 찬란한 빛인 데이지. 그리고 그녀를 사랑하는 한 남자.

그때, 내가 경솔했다. 피츠제럴드는 『위대한 개츠비』를 통해 인간의 마음속 순수한 탐욕, 그리고 그걸 헤집어야만 깊숙한 곳에서 찾을 수 있는 여리디여린 진심을 말하잖아. 네 마음이 전부인 것을, 네 진심을 헤아려야 했던 것을, 나는 네가 상처 받을까 봐 걱정됐다. 그런데 너는 그 상처까지 받아낼 수 있는 큰마음을 갖고 있었어. 그 뒤로 나는 너를 걱정하지 않아. 너는 '내가 그의 이름을 불러주었을 때 그는 나에게로 와서 꽃이 되었다'는 김춘수의 서정과 꼭 닮아 있는, 투명하고 진심 어린 여자니까.

나의 몫으로 남겨진 고독 그리고 만화

어릴 때 나는 만화책을 보느라 밥을 무시로 거를 만큼 마니아였다. 명절 연휴에 화투 한 쪽도 집에 들이지 못하게 하시던 아버지 덕분에 우리 형제는 차례를 지내고 나면 동네 산책이나 TV 시청, 주전부리, 윷놀이 말고는 할 게 없었다. 그러던 어느 날 아버지 몰래 큰 오빠가 창달한 '명절을 보내는 바람직한 자세'로다 우리 집엔 은밀하게 만화책 열독 바람이 불었다. 처음엔 오빠들 취향을 따라 주로 남성적인 기업 극화를 읽다가 점차 독보적인 행보를 취했단다. 순정 만화, 성장 만화, 일본 만화를 두루 섭렵했어.

우리나라 만화도 재밌지만 아무래도 일찍 선진화한 일본의 만화가 내겐 더 감칠맛이 있다. 내가 좋아하는 많은 만화가 가운데 '대사발'로만 치면 『나나』의 야자와 아이와 『서양골동양과자점』의 요시나가 후미를 빼놓을 수 없다. 그런데 서정성의 측면에서는 요시나가 후미가 한발 앞서지. 당연해. 주로 동성 간의 사랑을 주제로 해왔기에 손발이 오그라드는 대사를 세련되면서도 섬세한 펜 끝으로다가 끝내주는 외모의 주인공을 감상하는 맛으로 승화시키는 재능이 그에겐 있으니까. 그리고 만화는 적당히 유치해야 제맛이니까.

속절없이 고양이만 울 뿐 개미 한 마리도 지나가지 않는 정적 속에서 외로움이 사무쳐 잠이 오지 않는 새벽 두 시, 바꿔 말하면 하루 중 가장 난감한 시간이지. 이럴 때 읽는 게 『서양골동양과자점』이다. 설탕 자체의 맛보다 달고 부드러운 맛을 좋아하는 나로선 케이크와 과자를 다룬 이 만화에 빠지는 건 자연스러운 일이야. 우울할 때 단맛을 찾듯 외로운 밤엔 이 만화에 이끌리게 된다고나 할까. 우리나라에서 영화로 만들어진다는 소식을 접했을 때 뭐랄까. 나 혼자 사랑한 연인이 대중에게 공개되는 서운함 같은 기분이 들 만큼 사랑하는 만화다.

그래도 다행인 건 워낙 스토리가 탄탄한 덕에 영화의 3차원보다 책의 2차원적 미덕이 더 많은 만화라는 점이다. 주인공 타치바나가 트라우마를 감추며 칠뜨기처럼 실실 웃으며 손님들에게 케이크를 소개하는 장면은 여러 번 봐도 애틋하다. 영화에선 그저 몽상가적 판타지로 소개돼서 실망했다만. 그 장면은 마치 우리의 밤, 그리고 아침이 주는 양면성과도 같아. 우리가 외로운 밤을 가까스로 보내고 아무렇지 않게 세수하고 화장한 다음 입을 꾹 다물고 현관을 나서는 것처럼. 우리의 고독은 그저 우리의 몫으로 남겨야 하는 것처럼.

세상의 달콤한 단어란 단어는 죄다 끌어낸 것 같은 다음 대사를 읽다보면 나는 사과잼 범벅의 뜨거운 애플파이를 꿀꺽 삼킨 것처럼 아찔해진다. 세상은 결코 달콤하지 않다는 것을 이미 알고 있는데 주인공 타치바나는 '아직 체념은 이르니, 달콤한 것만 기억하라'고 주문을 걸고 있는 것 같아.

손님의 맨 오른쪽에 있는 게 프레제. 딸기와 커스터드 버터크림을 피스타치오 맛 빵으로 감싼 것이죠. 바삭바삭한 사블레 빵 위에 시럽에 조린 블루베리와 생크림을 얹은 레어치즈 케이크.

오늘의 추천 상품은 붉은 과실과 아몬드 크림 타르트이고, 슈크림은 바닐라 빈즈를 듬뿍 넣은, 생크림이 들어간 커스터드를 안에 채워 넣었답니다. 케이크 속까지 휘핑크림이 듬뿍 스며들어 촉촉하기 그지없는 쇼콜라 클라식. 이건 악마의 유혹과도 같이 환상적인 맛이라서 자신있게 권해드릴 만한 상품이죠.

내가 읽은 최고의 여행서

  그토록 여행을 좋아하고, 목말라하면서도 여행 도중에는 생각이 사라진다.

  집을 떠나 처음 가보는 지방으로 가건 멀리 해외로 나가건 낯선 곳에 도착하면 후각과 청각, 촉각만 동물적으로 예민해진다. 그 상태는 돌아올 때까지 지속돼. 비로소 집에 도착해서야 그때의 여행에서 얻은 감상들을 정리해보는 거야. 왜 나는 낯선 곳에서 낯섦을 그 자체로 즐기지 못하나. 왜 나는 머무를 땐 떠나고 싶어 하고, 떠나 있을 땐 정착하기 위해 애를 쓰나. 요즘 나오는 여행서는 겉으로는 여행 일지를 표방하고 있지만 그 안에서 치르는 혹독한 자기와의 대화를 담고 있지. 태국이건 유럽이건 마땅히 치열한 사유의 시간을 거쳐야 비로소 혼자만의 여행이라고 말하는 것 같아 솔직히 부담스럽기도 해.

  그들은 여행에서 꼭 뭔가를 남겨야 한다는 강박에 사로잡힌 듯 더 깊고 더 처연하게 스스로를 드러내지. 그 가운데서도 정말 좋은 여행서는 정보가 충실하고 묘사가 뛰어나며 감동을 강요하지 않되 자연스럽게 자신을 드러내는 책이야. 최근에 읽은 몇 권의 책은 내게 그렇게 일상의 감동을 줬다.

  내가 읽은 최고의 여행서는 박지원의 『열하일기』다. 맞아. 우리가 고등학교 때 배운 조선 시대 하고도 정조 시절에 홍국영에 항거해 스스로 초야에 묻힌 그 박지원. 열하 박지원이 맞다. 물가로는 압록강과 황하, 산세로는 금강산부터 중국, 도읍으로는 지금의 서울부터 중원까지 아우르는 그의 책에는 익살과 해학, 충고와 반성이 책장을 넘기기 아까울 정도로 가득하다. 분류상 여행서는 아니지만 여행서로 읽었을 만큼 역동적이고 생생했거든. 읽기 쉽게 정리된 국역본에는 옛체를 살리기 위해 어지간한 방언과 구어들은 남겨뒀는데, 읽는 맛이 또한 쏠쏠하다. 호방하고 거침없는 품성, 자신감과 겸손이 황금비율로 녹아든 성정 덕분이 아닐까 싶어.

사유와 성찰은 내면의 울림 없이는 결코 나오지 않고, 그런 울림은 깎이고 깨어져 아무것도 남지 않았을 때 비로소 퐁퐁 솟는 것일 거다. 언젠가 내가 여행지에서 낯섦을 낯섦으로 즐길 수 있게 된다면 조분하게 그때의 감상을 적어 내려가고 싶어. 단순히 감성 언어의 남발이 아니라 짧고 굵은 말투, 길고 잔잔한 여운으로. 드러내지 않아도 알 수 있는 성정으로.

그러려면 뭣이냐. 우리에겐 아직 넘어지고 깨질 일이 산더미다. 기꺼이 받아들여야 할 판이다. 우리 인생이 바로 단 한 번의 여행 아니겠니, J야.

자기검열을 통해
네 안의 옥석을 가려봐

오너는 직원이 '내 회사처럼' 일해주길 바라고, 직원은 오너가 '자기 일처럼' 고용 정책을 꾸려주길 바라지. 하지만 바람은 바람으로 끝나게 마련. 이런 마음들로 일하고 회사를 운영한다면 크고 작은 분규들이 왜 생기겠니.

직딩의 입장에서 나는 농사꾼이 1년에 두 번 땅을 갈아엎듯 일도 이모작으로 했으면 좋겠어. 한 달 열심히 일한 뒤에 이어지는 한 달은 열심히 노는 거야. 사이클이 너무 멀다면 2주 정도로 해도 되겠지. 아니면 유럽의 한량들처럼 반년 일하고 반년 노는 건 어떨까. 먹고살기 빠듯한 우리 실정으로는 당장 이뤄지긴 어려운 일이지. 근데 말이다. 고용의 폭을 확대하고 임금 정책을 탄력적으로 운영하면서 노동의 강도를 조절하면 안 될까. 이게 안 되는 이유는 우리나라 사장님들의 두려움 때문이야. 자기 마음처럼 전투적으로 회사 일을 하고 있지 않다는 마뜩찮음과 놀게 하면 더욱 게을러져 일의 효율이 떨어질 것이라는 전근대적 사고방식의 결과라고 본다.

메말라가는 가슴에 촉촉한 비를 내리소서

슬프게도 우리는 매일 아침 전철 바닥에 깔려 죽을 위기를 극적으로 모면하며 출근해선 수면 부족의 붓기가 가라앉을 즈음 소화불량을 달래며 점심을 먹고, 상사 눈치를 보며 벼락같이 일을 처리한 뒤 얼굴에 스트레스성 뽀루지를 보태며 퇴근하는 일상을 일주일에 닷새 이상씩 반복해야 하지. 때문에 긍정적이고 낙천적인 사고방식으로 최면을 거는 게 필요해. '아아, 내게는 일이 있고, 아침이면 어디론가 출근할 곳이 있어. 요즘 같은 불경기에 이게 어디야! 어서 집에 가서 휴식을 취한 뒤 내일도 보람차게 일해야지'라는 식으로 말이야.

매일 아침 내일의 불투명한 향방이 서러운 취업 준비생에겐 가진 자의 오만으로 비춰질 소지가 다분한 말을 거침없이 하는 이유가 있다. 사회생활이라는 정글에 들어오면 원하건 원하지 않았건 간에 '인생, 너무 팍팍하고 재미없잖아!'라는 낙담이 통과의례처럼 작용하게 될 것이기 때문이야. 그러므로 부디 진정 원하는 일을 위해 진지하게 매진할 것과 청춘을 낭비하지 말 것을 당부하는 바이며, 농사꾼이 땅을 갈아엎듯 계절이 바뀔 때마다 통렬한 자기검열을 해주길 바라. 이런 과정을 거친 땅 그리고 청춘은 이듬해엔 윤기 나는 열매를 기대해볼 수 있어. 비옥하고 탄탄한 토양에서 맛 좋은 열매가 열리는 건 당연하잖니.

반대로 말하자면 내 토양은 양분을 잃어 말라가고 있다. 지금 나는 이 사실을 절감하는 중이다. 직장생활 십수 년 동안 출근과 퇴근, 신년과 송년을 거듭해온 나로선 이모작의 휴식이 간절하다는 뜻이다. 잠자는 시간 말고 깨어 있는 시간 내내 허리가 부서지도록 일해야 했으므로, 아직 모자라다며 누군가 지난 내 시간에 퉁을 놓는대도 코웃음을 칠 수 있을 만큼은 충실했다고 본다. 좌절된 순간의 보상으로 남들만큼의 성취도 있었고, 뼈아픈 후회를 지나 노동의 대가가 얼마나 짜릿한지도 맛봤다.

이미 일의 요령과 관성의 법칙을 터득했고, 그 요령과 법칙에 따라 치열한 매진과 숨 고르기의 적절한 안배 노하우도 알게 됐다. 이쯤 되면 필요한 건 뭐? 정서적 안정이지. 야자수에 해먹을 매달아 둥가둥가 책이나 읽으며 남국의 석양을 바라보는 물리적 휴식은 다음 문제다. 이왕이면 지중해의 바닷바람이 숨구멍으로 파고들고 잘 빠진 근육맨들이 요트 세일링을 하는 천국의 나날이면 좋겠지. 하지만 이제 와서 남국의 태양 아래건 회색 건물 1층의 벤치건 중요하지 않다. 어지러운 일상과 잊을 만하면 뒤통수를 강타하는 삶의 하이킥에 흔들리지 않을 수 있는 평상심이 오래 묵은 직장인들에겐 더 간절한 법이거든.

나와 죽이 잘 맞는 사람, 나와 전연 다른 사람

정서적 안정과 평상심을 위해 내가 고안해낸 방법은 좋은 사람들을 만나는 것이다.

잘나가는 사람과 성공한 사람들 말고 내가 좋아하고, 내가 끌리는 사람 말이다. 내가 어떤 인종에게 끌리는가 생각해보니 나는 결이 곱고 한결같은 사람을 좋아하더구나. 나처럼 외향적인 성격에 다혈질인 데다 대책 없이 정이 많아서 손해 보는 일도 잦은 '철부지 애기 같은 인성'의 소유자 말고 나와는 다른 사람들, 말하자면 두 끼를 굶었어도 밥에 뜸 들이는 시간을 즐거운 마음으로 기다릴 줄 아는 사람들이지. 쌀눈이 익어 풍기는 고소한 밥 냄새에 회가 동해도 그저 미소 한 방으로 안달하는 마음을 다스릴 줄 아는 사람.

예전엔 나와 비슷한 사람들에게 끌렸다. '당신은 내 과로군. 우리는 죽이 잘 맞겠어'라는 생각이 들면 바로 관심과 애정의 로켓을 상대의 심장에 발사했더랬지. 죽이 잘 맞는다는 것을 확인하려면 서로의 카드를 내보여야 한다. 그렇게 서로를 알아가는 과정이 또 유쾌해서, 한들한들 웃고 떠들면서 일상의 소소한 일들을 함께 해갔지. 그들 일부는 친구가 됐고, 또 일부는 지인 정도에 머물렀다.

언젠가 말한 적이 있듯 난 우울해지면 그 감정이 시나브로 휘발될 때까지 혼자 숨어버리는 경향이 있고, 가까운 사람들에게 절대 그 감정을 토로하거나 커밍아웃하지 않아. 민폐라고 생각하거든. 소위 절친들이 신경질을 부리는 지점이기도 한데, 아무리 마음을 풀어놓으려 해도 그게 잘 안 돼. 병이라면 병이다, 쩝. 내 입장에선 감정은

전이되는 법이고, 내 우울함이 상대로 옮겨 가면 내가 누군가를 우울의 늪에 빠트린 꼴이 되잖니. 때문에 나는 언제까지나 쾌활하고 잘 웃고 돌아가는 법 없이 곧이곧대로인 사람으로 머무르게 됐다.

그런 내가 웃음은 많으나 소리 내지 않고, 말이 없는 편이나 한번 말을 꺼내면 대화에 감칠맛이 나는 사람에게 끌리는 건 어쩌면 자연스러운 건지도 모르겠다. 하지만 아쉽게도 내가 끌리는 사람들과는 내 습성껏 유쾌하고 떠들썩한 일을 도모하기는 어렵다. 대신 내 행동과 생각에 위안과 검열을 받을 수 있다. 그들은 활기 대신 온기를, 왁자지껄한 이벤트 대신 휴식을 내게 준다. 어릴 적엔 몰랐던 사실인데 말이지. 비슷하면 반갑고, 정반대면 끌리더라. 반가운 사람 여럿이니 이제 슬그머니 정반대의 성정을 가진 물 같고 나무 같은 사람이 좋아지더라. 내 나름의 이모작인 셈이지.

타인을 양분으로 감성의 이모작을 짓자

J야, 2030 커리어우먼이 가장 취약한 것이 뭔지 아니? 사람을 파악할 줄 모른다는 점이야. 나도 그랬다. 당연하다. 세상에 나와 정신없이 쫓아가기 바쁜데 타인을 파악해가며 산다는 건 그 나이엔 사치일지도 모른다. 그런데 조금 더 특별하고 구체적인 이유가 너희들에겐 있지. 형제자매부터 시작해 다양한 계층과 부딪히며 커오느라 직관과 눈치가 빠른 윗세대와는 달리 너희들은 일단 컴퓨터로 자신을 보여주는 게 익숙해서 오프라인에서의 소통이 신통치 않지. 그러

다 보니 현실은 사람과 사람 사이에 씨실과 날실을 엮어가는 삶을 살고 있으면서 정작 사람에 대한 이해가 턱없이 부족하게 돼. 자기 자신을 효과적으로 표현하는 방법은 잘 알고 있으면서 상대방에게 어필하는 논리는 허약해. 그러니 만남은 일회성으로 그치게 되고 상대방에게 인상적인 존재감을 주지 못하는 경우가 많아.

문제가 뭘까. 네가 누구이고 어떤 사람인지, 지금 어디쯤 와 있는지, 얼마만큼의 경쟁력을 갖추고 있으며, 뭘 발전시키고 뭘 고쳐야 할지 등등 자기검열을 하지 않기 때문 아닐까. 사람 속에 섞여 있으면서도 자주 외로워지는 까닭은 너 스스로에 대해 자신감이 결여된 때문이야. 그러면서도 너희는 문제가 뭔지 직시하려 하지 않아. 자신의 한계를 목도하는 일은 네가 아니라 천하의 잔 다르크라고 해도 두려운 일이다. 그런데 누구나 해야 하는 일이기도 하지. 자신의 한계를 극복하고 말고는 네 의지에 달린 거고, 다만 내가 말하고 싶은 건 네 한계가 어디인지는 알아야 한다는 거다. 그래야 죽이 되든 밥이 되든 앞으로 나아갈지, 깨끗이 승복하고 뒤로 돌아 다른 길을 찾을지가 명확해질 것 아니냐.

네가 사회에 나와 일 때문에 만나는 그 많은 사람들의 기억 속에서 보석 같은 사람으로 남을 수 있는 방법은 너 자신을 투명하게 드러내는 일밖에 없어. 그것은 자기 검열의 과정을 통해야 한다는 건 두말하면 잔소리다. 노동의 이모작뿐 아니라 감성의 이모작이 필요한 이유다. 도대체 뭐가 뭔지 모르겠는데 일이 자꾸만 꼬여가고, 주변에 사람은 많은 것 같은데 정작 마음 털어놓을 사람 하나 없는 허

허벌판의 외로움이 엄습한다면 가차 없이 네가 다져온 토양을 갈아
엎어.

　지금껏 네가 다져온 시간과 노력을 아까워하지 마. 발전을 위해
삽을 들이대는 과정일 뿐, 그 땅은 누구도 건드릴 수 없는 너만의 영
토니까. 네 용기 부족과 외로움의 문제점이 뭔지 알아낼 수 있는 사
람은 이 세상에 너 하나뿐이란다. 고집스럽게 외면했던 네 한계에
삽을 들이대고 물어봐. 너 자신도 몰랐던 네 안의 옥토가 세상에 드
러날 거야.

진정성 갖춘 선배,
싸가지 없는 후배가 되렴

재미있는 얘기 하나 해줄게. 나는 선배 복이 없는 사람이었어. 직장생활을, 그것도 상하좌우 위계가 확실한 직종을 업으로 삼아 10년하고도 그 절반을 해온 사람이 할 수 있는 얘긴 아니지. 어찌 보면 참 서글픈 얘기를 단정적으로 할 수 있는 이유는 그것이 과거의 일이기 때문이야.

내 선배들이 들으면 밥 먹다가 급체할 만큼 어이없고, 급기야 "저런 싸가지 없는 것을 봤나" 하고 통탄하실 게야. "낫 놓고 기역자도 모르던 것을 어르고 달래가며 가르쳐 이만큼 사람 구실을 하게 해놨더니 고것, 말하는 꼬라지 보소"라며 혀를 끌끌 찰지도 모르겠다(이 글을 보고 계신 나의 선배들, 진정하세요. 아직 할 말이 남았는데 너무 몰아붙이지 마쇼, 좀). 아무튼 선배의 살뜰한 마음과 나의 '뒤통수치는 고백'에 속상해할 것을 뻔히 알면서 이렇게 단정할 정도로 나는 싸, 가, 지가 없는 거지.

입사 5년차, 직장이 조금 만만해 보이기 시작할 때

내가 선배 복을 발로 차버린 데는 이유가 있어. 습성 자체가 '무수리'인 탓에 선배라면 꼬박 눈 깔고 두 손 모으며 너무 무서워하기만 했기 때문이지. 형제 많은 가정에서 유교적으로 자란 탓에 상명하복과 장유유서의 개념이 이미 뼛속까지 박혀버린 스물네댓 살의 어린 여자에게 조직 내 선배라는 존재는 말 그대로 하늘이었어. 그런 시간이 흐르고, 직장 생활 4~5년차가 되니 세상이 조금 만만해지면서 내가 몸담은 필드에서만큼은 고개를 빳빳이 들 수 있을 정도가 됐지. 원래 그 시기가 오만과 거들먹거림의 쌍곡선을 심하게 타다가 아차 하는 순간에 고꾸라지고는, 통렬히 자기검열을 한번쯤 하게 되는 때잖니.

그러다 가만 보니 선배들에게는 뭔가 답답한 면이 있고, 심지어 어떤 부분에선 잘못됐다는 느낌이 살포시 들기 시작하대? 일 처리 방식이 구태의연한 것 같고, 나처럼 세련된 맛도 없고(아아, 착각의 끝은 어디인가!), 어떤 일에 있어선 선배보다 내가 더 낫기도 하더란 말씀이야. '애개, 이건 뭐람. 하늘 같은 선배도 못하는 게 있네? 안 되겠다. 내 일은 내가 처리하고, 내 갈 길은 알아서 찾아가야겠다'라는 생각이 비로소 들기 시작하면서 선배 복을 발로 차버린 대혼란의 계기가 찾아왔어. 똑같은 일을 함께 하고 있던 선배를 본의 아니게 제치고 치하와 격려들이 내게 쏟아졌을 때 회사 뒤 삼겹살 집에서 고기를 뒤집으며 선배가 했던 말을 나는 잊지 못한다.

"이번 일은 참 잘했다. 네가 뭐든 할 수 있을 것 같은 지금 이 순간을 경계해라. 세상에서 가장 무서운 신이 누군지 아냐? 자기 자신이야."

내 오만을 젠틀하고 철학적으로 꾸짖어주신 선배 앞에서 내 얼굴은 붉어졌다. 한편, 받아들이기 벅찬 꾸짖음 앞에 나는 어리기만 했다. 머릿속에 뎅 하고 종소리가 울려 퍼지면서 별의별 의심이 다 들더라. 이건 충고인가 격려인가 비난인가 협박인가. 의도가 있는 훈육이었기에 부끄럽기도 했고, 속상하기도 했지. 그래서 물었지. "선배 저, 잘 가고 있나요?" 선배는 "그럼! 속도 조절만 하면 돼"라며 활짝 웃더라.

후배 앞에서 자신의 무능을 깨끗이 인정하면서도 후배가 오르막을 전속력으로 달려가다 엔진에 무리가 갈 것을 염려했던, 그런 선배의 진정이 나는 너무 고마웠다. 그때 그 선배를 만나지 못했더라면, 그에게 이런 얘기를 듣지 못했더라면 내 삶은 더 못생겨졌을 거다. 그리고 '선배들은 참 외로운 존재구나'라는 생각을 하기 시작했다. 한편으로 진정성이 느껴지지 않는 선배들에겐 마음을 열지 못하는 새로운 습성이 생겼지. 알고 보면 좋은 선배들이었는데 내가 마음으로 모시는 선배 몇을 제외하고, 나와 이상이 맞지 않다는 이유로 그들에게 나는 '친해지고 싶어도 속을 알 수 없고, 마음을 연다 싶으면 제 할 말 다 하는 싸가지 없는 후배'가 돼갔다. 선배라면 무조건 60도 정도로 고개 숙여 인사하고 선배의 안위를 살피던, 삽살개처럼 어여쁘던 어린 날의 후배 안은영은 스스로 깡그리 잊어갔다.

좋은 후배보다 좋은 선배가 되는 게 더 힘들더구나

또 한 가지 고백하자면, 나란 인간은 쿨한 선배가 되기에는 애당초 그른 인물이다. 쿨한 선배의 정의가 '잘못에 대해선 가차 없이 벌을 주고, 성과에 대해선 칭찬을 아끼지 않는 사람'이라고 한다면 나는 그 축에 끼이지 못한다. 일에 대한 것보다 마음이 먼저 쓰이는 탓이다. 후배가 어떤 잘못을 하면 벌을 주는 게 망설여지고 자신의 실수 때문에 기가 죽지 않을까 소심하게 걱정부터 하지. 어떤 일에 성과를 올리면 진심으로 기쁘면서도 한편으론 '그것이 저 아이의 한계가 되면 안 될 텐데'라는 오지랖을 펴느라 칭찬해야 할 타이밍을 놓치기 일쑤야. 명쾌하게 선후배의 인간형으로 보자면 나는 한눈에 들어오는 선배이기보다 두고 보면서 조금씩 마음을 알게 되는, 좀 늦된 선배 쪽이야.

그러다 보니 종종 후배에게 상처를 받았다. 선배로서 명분은 망각한 채 마땅히 해야 할 훈육에 있어선 손바닥만 한 지략밖에 펴지 못하고 아끼는 마음만 크다 보니 퍼줄 것은 온갖 군데 다 퍼주고 실속은 못 챙기기 일쑤였어. 당연히 실책이 따랐다. 정에 이끌려 결단의 순간을 놓치기 일쑤고, 그로 인해 특별히 정을 줬던 후배에게 오해를 사기도 했지. 유독 일의 발육이 늦은 후배를 챙기다가 다른 후배의 성장을 돌보지 못하기도 했어. 정에 이끌리고, 과도한 연민을 남발하다가 자승자박하는 일이 내겐 허다했다.

용량을 초과하는 연민과 부실한 관리 능력 때문에 심장이 벌렁거릴 즈음 한 선배가 나를 불러 말했다. "너무 정 주지 마라." "어떻게 정을 안 줘요, 후밴데!" 울컥한 마음에 나도 모르게 반항 비슷한 것을 했는데 그 선배가 이렇게 호통치더라.

"네가 그들 때문에 아파했다는 사실을 그들은 하나도 기억하지 않아. 그 아이들이 못돼서가 아니야. 넌 과거에 안 그랬던 것 같아? 너도 그랬잖아. 물이 치솟아 흐르는 것 봤니? 원래 그런 거야. 정 줬다가 본전 생각나면 그건 애정이라고 할 수 없어. 너 지금 그 아이들에게 서운해하면서 본전 생각 하고 있잖니. 능력도 안 되면서 마음 함부로 주지 마."

선배가 후배 때문에 상처를 받는다는 사실을 후배일 적엔 죽었다 깨나도 알지 못한다. 상처 받는 쪽은 선배가 아니라 후배라고 생각하기 때문이지. 늘 지시에 따라 움직이고, 부당한 일을 당해도 상사나 선배이기 때문에 부조리를 말하기 어렵다고 생각해, 새로운 후배가 들어오면 선배에게 느꼈던 부조리함을 고스란히 어린 새싹에게 답습하게 되지. 선배에게 제대로 못 배운 후배일수록 그런 경향이 두드러져. 좋은 장군 밑에 훌륭한 장수가 난다는 옛말이 그르지 않아.

그래서 나는 선배가 주저하고 정에 흔들리는 걸 가뿐히 무시한 채 '무소의 뿔처럼 혼자서 가는' 싸가지 없는 후배가 좋다. 이런 후배는 선배에게 부채 의식과 죄책감을 느끼게 하지 않아. 진정성을 가진 선배와 싸가지 없는 후배, 이들이 함께 세월을 겪을수록 견고한 팀 워크를 발휘해. 최상의 궁합이야.

당돌함과 따뜻한 마음은 얼마든지 공존할 수 있어

얼마 전, 함께 가려다 결국 일 때문에 공연을 세 시간 앞두고 울먹이며 죄송하다고 네가 전화해 왔던 무용 공연 있잖아. 다시 내 한할 계획이 요원한 무용단이었기에 한 시간 가까운 거리를 달려 부 득부득 혼자서 공연장을 찾아갔지. 미안해하지 마. 나보다 네가 더 속상했을 텐데. 혼자여도 충분히 좋았으니까.

공연의 볼륨이 워낙 컸으니만큼 평소 자신의 얼굴 드러내길 아까 워하던 고매한 인사들이 대거 참석했고, 덕분에 나는 한꺼번에 여럿 의 선배들을 만나게 됐지. 나를 보더니 그들의 눈은 처음엔 반달→ 뱁새→하트 모양이 되더라. 그(녀)들은 내 인사에 대해 반달눈을 하 고 일단 반색하다가, 뱁새눈을 하고 '지금 이 아이가 어디서 무슨 일 을 하고 있더라' 혹은 '이러저러한 일을 하며 열심히 살아가고 있군' 하며 탐색하다가, 여전히 정글에서 몸을 부대끼며 살아가고 있다는 것에 대해 동지애를 섞은 하트 모양 눈빛으로 갈음하시었지.

내 눈치가 너무 빠른 것이 문제랄 순 없는 거겠지만 오히려 둔했 다면 좋았을 텐데. 몇 분 안 되는 짧은 시간 동안 심경의 흐름을 파 악할 정도가 됐다는 것은 나 역시 이미 화석처럼 굳어가는 선배가 돼간다는 거니까.

재미있는 사실은 후배에게 향하던 연민이 내 선배들에게 쏠리고 있더라는 거야. 그들도 나한테 상처 받았을 거다. 그들도 발육이 약한 나를 챙기느라 다른 후배에게 빈축을 샀을 것이고, 나를 특별히 아끼다가 결단의 순간을 놓쳤을지도 모르는 일. 나로 인해 그들이 상처 받았을 것이라는 사실을 그제야 알게 됐다.

J야. 나처럼 '외롭게 해드려서 죄송합니다'라고 사과하고 싶은 마음이 나중에 들지 않으려면 선배의 진정을 헤아릴 줄 아는, 싸가지는 없으나 똘똘하고 따뜻한 후배가 되어다오. 생각지도 않게 후배에게 위로 받는 순간이 얼마나 뿌듯하고 고마운지 너는 아직 모른다. 선배보다 후배가 더 많아지는 위치가 되면 그때 알게 될 거야.

내가 말하는 '싸가지 없음'이 뭘 말하는지는 알 거라 믿는다. 못되고 이기적인 게 아니라, 때로 선배와 맞설 줄 아는 용기를 말하는 거야. 너는 예전의 나처럼 할 말은 다 하는 '싸가지 없음'은 이미 갖췄으니 선배의 허전함을 파악하는 안테나만 세우면 돼. 그리고 내용 없이 허세 부리는 선배라 할지라도 예를 갖출 것. 허세가 심할수록 외로움도 깊은 법이거든.

내 인생의 위시리스트

J야. 너 고라니 들어봤지? 사슴과의 동물이야. 쉽게 말하면 우아한 사슴과 귀여운 담비 중간이라고 보면 돼. 날씬한 다리와 뾰족한 코가 그럴싸해서 요새 밤이면 밭으로 내려오는 산짐승 피해 때문에 울상인 농민들도 사뿐사뿐 도망치는 고라니의 자태에는 종종 시선을 빼앗긴다지. 역시 사람이나 동물이나 예쁘고 볼 일이다. 그런데 이 고라니는 스스로 무덤을 파는 성격이 있단다. 얼마나 안쓰럽고도 지랄맞고도 슬프냐면, 밀렵꾼들이 이 고라니를 잡으려고 애들이 잘 가는 길목에 올무를 놓으면 열이면 다섯 놈은 걸린대. 예민하고 두뇌 회전도 빠른 편인데 왜 그럴까. 답은 간단해. 의심이 많거든. 가는 길로만 다니기 때문에 예민한 성격에도 불구하고 다른 동물보다 더 덫에 걸리기 십상이라는 거야.

고라니 같던 성격은 다 어디 가고?

일단 올무에 걸리면 얼기설기 교묘하게 엮은 두꺼운 철사가 고라니의 길고 가느다란 발목을 콱 물게 되는데, 움직일수록 철사가 살가죽을 뚫고 뼈를 파고든다는군. 덫에 걸리는 순간 이 고라니는 사람과 똑같이 "끼아아아악!" 소리를 친대. 아주 구슬프고 섬뜩하게 온 산이 떠나가라 울부짖는다는 거야.

울음소리가 잦아들기를 기다려 올라가보면 올무엔 살과 가죽이 찢기고 뼈가 부러진 고라니 발목만 남아 있대. 심지어 멧돼지들도 덫에 걸리면 용쓰다 숨만 헐떡이는데 고라니란 놈들은 기어이 발을 잘라내고 피가 흐르는 발로 절뚝이며 도망간다는군. 철사에 발목이 떨어져나가는 것쯤 아무것도 아니라는 듯이, 구속 공포에 시달려 죽음을 맞느니 발목을 스스로 끊어버리겠다는 듯이 잇새로 침을 떨어트리며 발을 잘라낸 거지.

이렇게 고약하고 안쓰럽게 발목을 끊고 달아나기 전에 어쩌다 삼림청 직원들이 먼저 올무에 걸린 고라니를 발견하는 경우가 있대. 치료를 위해 병원에 데려온 뒤 열어보면 30분도 안 되는 사이 불안과 신경쇠약에 시달리다 심장마비로 죽어 있다는군.

얼마 전 오랜만에 만난 선배가 나더러 "고라니 같던 성격은 어딜 가고 좋아졌네?"라더라. 고라니 같은 성격은 뭐고, 좋아진 건 또 뭐람. 하지만 없는 얘기는 아니었지. 그다지 명예로운 추억은 아니다만 지금보다 더 철없던 시절 나는 고라니 같았더랬다. 불의에 타협하지 않는 정의로움? 모두가 '예'라고 말할 때 '아니오'라고 말하는 용기?

애, 어떻게 사람이 한결같이 정의롭고 용기 있을 수 있니. 물론 나도 이런 사람이 되고 싶지만 가끔 '삑사리'를 내줘야 인생이 다이내믹한 거야. 아무튼 정의와 용기는 너무 멋있는 항목이어서 나와는 거리가 있고, 내가 고라니 같았던 이유는 예민하고 고집스러워서 탐탁찮거나 불편하면 제꺽 고개를 돌리고 잘라버렸던 성격 때문이지.

사회생활을 하면서 점점 까칠하게 성격이 변하더니, 싫은 사람과는 마주 앉아 밥 한술을 넘기기 어려운 고집쟁이가 돼 있더라. 그랬던 지난 시절에 비하면 시쳇말로 난 정말 '용'된 거다. 지나보니 까칠하고 예민한 성격이 필요할 때는 별로 없더구나. 그러나 너도 알잖니. 사람은 변하지 않는다는 걸. 때로 까탈을 부리고 싶은 순간은 분명 있지. 그런데 까탈 욕구가 다섯 번 일면 이젠 서너 번 정도는 참을 수 있게 된 거지. 전문 용어로 '진화', 생리학적으로 '노화', 낙천적으로는 '성숙'이겠다.

말하자면 사회생활이 피폐해지고 팍팍해질수록 더욱 간절하여 내가 그토록 바랐던, 어릴 적 둥글둥글한 성격을 찾고 싶다는 위시리스트에 조금씩 가까워지고 있는 거지.

둥글둥글하게, 그리고 가볍게

J야. 나는 네가 가슴에 칼 하나를 감추되 겉으로는 지금보다 더 둥글둥글해졌으면 좋겠어. 가슴속 칼은 네 자신이 게을러지거나

마음이 못나질 때 사용하고, 일상생활에선 모두에게 넉넉했으면 좋겠어. 능동적, 전투적, 공격적 등등의 마인드는 너 스스로에게만 사용하고 너를 둘러싼 모두와 유연하게 지내길 바란다. 고집스럽게 발목을 끊어가며 도망해봐야 과다 출혈로 패사할 뿐이야.

또 하나의 위시리스트는 내 인생이 가벼웠으면 하는 것이다. 무라카미 하루키의 『댄스 댄스 댄스』에는 이런 구절이 나와.

"네 나이 때에 말이야. 매일 라디오에 매달리고, 용돈을 모아 레코드를 샀지. 이 세상에 로큰롤만큼 멋진 건 없다고 생각했어. 듣고 있기만 해도 행복했었지."

"지금은 어때요?"

"지금도 듣고 있지. 좋아하는 곡도 있고. 하지만 가사를 암송할 만큼 열심히 듣지는 않아. 예전만큼은 감동하지 않아."

"왜 그럴까요?"

"왜 그럴까?"

"가르쳐줘요" 하고 유키는 말했다.

"정말 좋은 건 적다는 걸 알게 되니까 그렇겠지" 하고 나는 말했다.

"정말 좋은 건 아주 적거든. 뭐든 그래. 책이나, 영화나, 콘서트나, 정말로 좋은 건 적어. 록 뮤직만 해도 그렇지. 좋은 곡은 한 시간 동안 라디오를 들어도 한 곡 정도밖에 없어. 나머진 대량 생산의 찌꺼기 같은 거야. 하지만 예전엔 그런 거 깊이 생각하지 않았지. 무엇을 듣건 제법 재미있었어. 젊었고, 시간은 얼마든지 있었고, 게다가 사랑을 하

WORLD MAP

고 있었어. 시시한 것에도, 사소한 일에도 마음의 떨림 같은 걸 느낄 수 있었어. 내가 하는 말 알겠어?"

젊고, 시간은 얼마든지 있고, 게다가 사랑을 하고 있는 우리들의 이 행복한 순간에 세상의 짐을 다 짊어진 듯 땅이 꺼져라 한숨을 쉬고 있는 네 모습을 좀 봐봐. 우리는 매사 두렵고 걱정스럽고 불안하고 힘겹지. 그런데 왜 그 이면에는 '어쨌거나 한번 해볼게요'라는 마음이 도사리고 있지 않니? 왜 그 소중한 패기는 명치에서 가르릉댈 뿐 턱 밑까지 차오르지 않지? 왜 네 삶을 윤기나게 하는 원동력을 부끄러워하지? 가슴이 부풀어 오르는 열정, 그것이야말로 네가 지금 선택해야 할 최선의 공격이자 방어책이란다.

J야, 인생에서 가장 아름다운 시절을 건너고 있는 너에게 나는 불투명한 미래를 지레 두려워하기보다 현재에 눌어붙어 있는 군살을 빼라고 말하고 싶다. 이를테면 불안함, 공포, 자신 없음 따위 말이다.

너도 알다시피 다이어트의 첫 번째 원칙은 몸속 노폐물을 빼는 일이야. 디톡스 다이어트가 요요 현상이 없는 건 이 때문이야. 몸에 독소가 쌓인 채라면 아무리 영양을 보충하고 운동을 해도 눈가의 다크서클과 여드름이 없어지지 않아. 나쁜 기운을 빼내야만 건강해질 수 있어. 아무리 의욕을 불살라봐야 애초의 소극적인 두려움을 없애지 않는다면 너는 시시때때로 불필요한 걱정거리를 안고 살게 될 거야.

세상을 살아간다는 건 어쩌면 하루키의 말마따나 좋은 것이 점점 사라지는 것일지도 몰라. 내가 첫손에 꼽았던 가치들이 점점 퇴색해 가는 건 서글픈 일이다. 사랑했던 음악과 영화와 책과 사람이 점점 시들해져갈 일만 남은 건데, 바로 그 점을 경계하기 위해서라도 우리는 영혼에 쌓인 독소를 제거할 필요가 있어. 열 곡 중 단 한 곡이라도 건지려는 책 속 주인공의 마음처럼, 조금씩 버리고 털어내면서 정말 소중한 것을 챙기자꾸나.

원하는 게 있을 땐 그 소망을 휘발시키지 말고 적어둬

나는 연말이면 값을 치르더라도 예쁘고 마음에 쏙 드는 노트 한 권을 산다. 그리고 12월 31일이 되면 노트를 펼치고 위시리스트를 적는다. 예전엔 딱 열 개만 적었는데 요샌 뻔뻔해져서 생각나는 대로 다 적어본단다. 그리고 전년에 적었던 위시리스트를 꺼내보는 거야. 중복되는 항목은 반드시 있게 마련이다. 두 번 이상 반복되는 항목은 1년 내에 이루어질 수 없는 것이라고 생각하고 일정을 조금 멀리 잡지. 가령 '예쁜 웃음 주름을 갖게 해주세요'라는 것은 넉넉하게 나이를 먹을수록, 많이 웃을수록 가능한 것이니까 1년 새 만들어지지 않아. 또 '작은 일에 기뻐하고, 작은 일에 슬퍼하지 않게 해주세요' 같은 것은 정말이지 성격의 문제이기 때문에 기한을 정해두기가 어렵더라. 대신 작은 일에 기뻐하고 작은 일에 슬퍼하지 않기 위해 노력은 하게 돼. 하긴, 이만한 게 어디니.

하지만 '올해는 엄마와 해외 여행을 가고 싶어요'라는 항목을 적어 넣으면 매달 조금씩 저축을 하게 되니까 생활도 짜임새 있어지고 신년의 바람을 실천한 게 되니 기분이 매우 흡족해지지. '식탐을 줄이고 싶어요', '뱃살 대신 근육을 갖고 싶어요' 같은 것을 적는다고 해서 단기간에 소망이 이뤄지지는 않지만 분명 바뀌는 게 있다. 위시리스트 노트를 가까이 두고 들춰보다 보면 어느새 위시리스트는 생활 습관이 되는 거지.

지금 들춰보니 올초 내가 1순위로 적은 위시리스트는 '내 주변 사람들을 더 사랑할 수 있게 건강한 몸과 마음을 주세요'였더구나. 지금 와 생각하면 절반은 성공했고 절반은 실패했다. 주변 사람들에 대한 애정은 비슷하거나 깊어졌으되 방만한 생활로 인해 건강은 조금 손해를 본 듯해. 이듬해 위시리스트는 다시 '건강'이다.

나는 이 위시리스트를 20년 가까이 적어왔고, 그로 인해 조금씩 사람다워졌다고 믿는다.

원하는 게 있을 땐 그 소망을 휘발시키지 말고 메모해보렴. 너만의 위시리스트를 만들어봐. 인생을 조금은 더 촘촘하고 계획적으로 살 수 있단다.

세상 누구도 너 자신보다
소중한 사람은 없어

내가 메신저로 등산에 취미를 붙였다고 얘기했을 때 네가 맨 처음 한 말 기억나니?

"등산은 안 돼. 그것도 혼자서는 더더욱 안 돼."

웬만한 일엔 심드렁한 네가 팔 걷어붙이고 반대하는 게 의아했는데 덧붙이길, 여럿이 다니는 사람은 그렇지 않은데 혼자 다니는 걸 좋아하면 나중엔 무섭게 산에 빠져든다고. 그러다 사고라도 나면 어쩌려고 그러냐고. 동이 트기도 전에 차 몰고 나가 산자락에서 기다렸다가 해 뜨기 무섭게 혼자 산에 오르는 여자를 알고 있다면서 차라리 수영을 하라고 했잖니. 산보다 물이라……. 그것도 좋겠지. 그런데 그때 내게 정말 필요했던 건 운동 그 자체가 아니라 신선한 공기였다. 물속에 고개를 처박고 사지를 젓다가 한꺼번에 수면 위에서 숨을 뱉는 건 왠지 무서웠어. 그리고 네가 몰라서 그러는데 나 있잖아, 물이 무섭다. 흑…….

당시 내 몸은 '건강하다'고는 할 수 없는 상태였고, 다행히 운동은 좋아하는 성격이지만 몸의 순환 기능이 떨어지다 보니 밀폐된 공간에서 몸을 움직이는 실내 운동에 진력이 나 있었다. 극도의 자극이나 압박 없이 내 근육과 심장의 배터리를 조절해가며 자연의 허파 속으로, 더 신선한 공기 속으로 걸어 들어가는 일은 당시의 내게 얼마나 필요한 운동이었겠니. 다행히 산에 오르고 싶어 잠을 설치는 열혈 신도는 아니니까 걱정 마라. 내 목적은 정상에 오르는 게 아니라 숲에 내 몸을 갖다 놓는 것일 뿐. 오염되지 않은 흙을 딛고 나무 옆에 서고 싶을 뿐.

머릿속이 시끄러울 땐 산으로 간다

처음엔 겉멋을 부렸다. 책과 신문을 배낭에 넣고, 귀에는 이어폰을 꽂고 노래를 흥얼거리다가, 디지털카메라로 다람쥐와 진달래를 찍었어. 산 중턱에 앉아 나무들이 제 몸 부딪히며 만들어주는 바람으로 두 팔 벌려 풍욕을 하다가 책을 읽었지. 그러다가 산에 오르고 정상에서 기념하는 일보다 그저 걷는 일에 집중하게 됐어. 산에서 뭔가 다른 일을 하는 게 점점 부담스러워지더라. 결정적으로 다름 아닌 나의 교만이 계기가 되어주었지. 신발 끈이 풀린 줄도 모르고 다람쥐를 쫓다가 무릎을 다쳐 악 소리 내며 주저앉고 나서야 내가 서 있는 곳이 평지가 아니라는 걸 깨달았다. 하는 일이, 마주선 상대가, 닥친 고난이 술술 풀리는 찰나 균형을 잃고 와락 교만해지는 평지에서의 습성을 산에 올라가서도 고치지 못하고 탈이 나고 말았던 거다.

요새는 산에서 아무것도 하지 않아. 그저 걷기만 해. 뒤꿈치부터 발바닥을 거쳐 발가락까지 고르게 힘을 분산해서 잘 걷는 일은 굉장히 어려워. 물론, 어느 순간 그저 무심히 걷게 된다만. 주말마다 산에 오르던 것이 때로는 한 달에 한두 번이 되기도 하지. 어쨌든 숲은 머릿속이 시끄러울 때마다 가장 효과적으로 두통약을 처방해줘. 그것도 한 방에 말야. 멋지지 않니?

산에 올라본 사람 중에 무릎을 다치고 나서야 신중해진 이가 어디 나뿐이겠니. 인간에게 교만은 오랜 얘기고, 크고 작은 재앙을 부르면서도 인류가 멸망하는 그 순간까지 떼려야 뗄 수 없는 관계일 거야. 하기야 멀리 갈 것도 없다. 나의 교만 역시 매 순간 찬연히 빛나면서 크고 작은 수치심과 자괴감을 불러일으켰으므로 쉽게 고쳐지지 않을 터, 시시때때로 주의하지 않으면 안 돼. 아뿔사 교만했구나, 라고 깨닫는 찰나까지 물정 모르고 천둥벌거숭이처럼 날뛰어댄 거고, 주변의 우려와 충고가 들리지 않을 만큼 이기적인 외골수였다는 뜻이니까. 그런 행동들 때문에 주변이 힘들었을 테니까. 너한테 처음으로 털어놓는 일종의 고백이니까 조금만 더 들어보렴.

마음껏 행복할 수 없었던 시간

내가 가장 한심했던 순간을 말해줄까?

현기증 날 정도로 열렬히 사랑하던 애인이 사랑의 감정에 충만해 있던 순간에 때마침 청혼했을 때? 기자가 돼서 경쟁지보다 한발 빨리 성과를 올렸을 때? 뭐가 뭔지 모르고 내놓은 처녀작이 베스트셀러가 됐을 때?

물론 성공 혹은 만족감이 들던 순간만큼은 나도 남들 앞에서 뻐기고 싶었지. 나는 사랑 받아 마땅한 존재다, 나는 내 몫의 일을 이렇듯 잘 해내고 있다, 나는 차마 꿈으로도 꾸지 못하던 것을 이뤄냈다……는 황홀한 착각에 빠졌으니까. 적어도 그 당시에는 마음껏 기뻐해도 좋다고 생각했다. 자축하고 또 자축했어. 사랑을, 일을, 커리어를. 잘난 척하는 것으로 그쳤으면 어떤 사람에겐 섣부른 자신감이나 교만으로, 또 어떤 사람에겐 '뭐 그 정도 성과라면 잘난 척할 수도 있지' 정도로 그럭저럭 이해되고 끝났을 거야. 문제는 그 다음이지.

나는 행복한 순간에 마음껏 행복할 수가 없도록 생겨먹은 인간이었던 거야. 행복한 순간 뒤엔 반드시 알 수 없는 공포가 찾아왔고, 자축의 여진이 싹 사라진 자리에는 전보다 더 작아진 내 모습만 보였다. 자축하고 또 자축하던 순간들은 그러니까 파티가 끝난 뒤의 공허함을 조금이라도 늦춰보기 위한 몸부림이었던 거야.

자축의 향연, 교만의 자각이 끝나면 어김없이 내가 사랑 받을 자격이 있는 사람인가, 그날 누군가의 도움이 아니었다면 그런 기사를 쓸 수 있었을까 하고 스스로를 의심하기 시작했지. 내 첫 책이 사람들의 입에 오르내리기 시작했을 때 나는 내가 써놓고도 그 책을 깎아내리기 바빴어. 그 어떤 악평이나 악플보다 더 맵고 싸늘한 말을 늘어놨더니, 덕담을 하던 사람들은 무슨 말을 해야 할지 몰라 당황하더군. 꼴이 어떻든 우여곡절 끝에 세상에 내놓은 자식 같은 성과물에 대해 누가 뭐라기 전에 먼저 나서서 폄훼하는 내 기분은 또 어땠겠니? 아리다 못해 처절한 심정이었지. 겸손을 가장한 자만은 그만두라고, 그저 현재를 충분히 즐기라고 말하는 사람도 있었지만 그럴 수 없었다.

내가 나를 의심하는 이유를 너는 알고 있겠지. 그래. 네가 짐작하다시피 이토록 짜릿한 행복이 내 것이어도 좋은가, 라는 어리둥절함 뒤에는 누군가 토를 다는 사람이 있지 않을까, 라는 불안감이 어김없이 도사리고 있었기 때문이야. 그래서 누군가 의심하기 전에 내가 나를 의심하기 시작했어. 내가 먼저 내 것에 상처를 내놓아야 안심할 수 있었어. 그러다 보니 낙천적이던 성격이 점점 시니컬하게 변해가더라.

사랑은 애틋했고, 일에는 자신만만했고, 내 작업물은 귀해 죽겠는데 표현을 못했어. 그런 내가 속상했다. '나 왜 이렇게 한심하지? 뭐가 두려운 거지?' 싶었으니까. 내가 생각해도 지나칠 정도로 이상한 방향으로 자기합리화를 해댄 거야.

이 정도면 거의 중증 아니었을까? 한 남자의 사랑을 듬뿍 받으며 특별한 여자가 되고, 일로 성과를 내는 순간에도, 내 안에 깃든 행복감이 휘발될까 봐 전전긍긍하느라 마음은 점점 윤기를 잃어갔고, 그러다 보니 하루하루 너무 피로했어. 그러다 문득 이런 생각이 드는 거야. '뭐 어때, 나, 열심히 살고 있잖아. 내가 살 만해야 주변이 행복한 거 아니겠어.'

참으로 고마운 자각이었다. 맘껏 누리지 못하면서 앞으로 나아가지도 못하던 어느 휴일, 약속을 취소하고 홀로 나선 산행이 나를 바꿔줬어. 북한산 기슭에 올라 나는 아주 오랜만에 두 팔을 활짝 벌려 가슴을 내밀어 풍욕했지. 바람을 온몸으로 받아들이던 바로 그 순간, 나는 한숨 같기도 하고 흐느낌 같기도 한 호흡을 나도 모르게 반복하고 있더라. 그때부터였을 거다. 내가 내 마음에 비로소 충실해질 수 있던 건.

냉가슴앓이 환자들에겐 산이 하나씩 필요해

내가 요새 가장 잘 쓰는 말이 '곳간에서 인심 난다'야. 어찌 보면 참 이기적인 표현이지. 그런데 그런 이기심이 차라리 건강한 게 아닌가 싶다. 내 마음이 헐벗은 상태인데 어떻게 주변에 살뜰할 수 있겠니.

드라마 〈파리의 연인〉에서 박신양이 한 대접은 족히 될 만큼 어마어마한 양의 침을 튀겨가며 김정은에게 외쳤던 그 말. "왜 말을 못해. 이 남자가 내 남자다, 왜 말을 못해!"는 적어도 나한텐 주옥같은 명대사다. 이제는 나도 "나는 당신에게 어울리는 여자예요, 나 잘했나요? 내가 해냈어요"라고 말할 수도 있을 것 같아. 그동안 왜곡된 시각으로 삐뚜름하게 안으로만 숨어들던 내가 스스로를 이렇게 정면으로 방어하고, 건강하게 아낄 수 있게 된 것이 산에 오르면서 얻은 성과란다.

손사래를 치며 나의 입산정진을 반대한 너야말로 정말 산을 가까이해야 할 필요가 있어. 너처럼 겉으로는 무심하고 속은 뜨거운 애가 오히려 더 무섭게 산에 빠져들 수 있다는 거, 정작 너는 모르지? 무슨 말을 쏟아내도, 어떤 불온한 생각을 품고 올라도 산은 다 들어주고 받아주거든. 그뿐이겠니. 네가 풀어놓은 내밀한 이야기들을 동네방네 가볍게 떠벌이지 않고, 언제 어떤 모습으로 찾아가도 늘 그 자리에서 묵묵히 반겨준단다.

표현하지 못하고, 속으로 끙끙 앓아온 습관성 냉가슴앓이 환자들에겐 그런 산이 하나씩 필요해. 사람이면 더 좋겠지. 네 손을 잡아줄 온기가 있으니까. 다음에 연애할 땐 산 같은 사람을 만나렴. 한눈에 쨍 하니 눈에 들어오는 매력은 적을지 몰라도 만날수록 야금야금 알아가는 재미가 있어. 그리고 그 재미는 평생 너를 웃게 해주고 안온하게 감싸줄 거야. 산은 먼저 움직이는 법이 없고, 자기를 알아보고 멀리서 찾아오는 사람에게만 충성을 다한다는 맹점이 있으니까 안목을 키우는 연습은 필수야.

그게 산이건 바다건, 남자건 일이건 괜히 주변만 빙빙 도는 건 바보짓이야. 적어도 나처럼 요상한 자기애에 빠져 허우적대느라 시간 낭비는 하지 마라. 세상 누구도 너 자신보다 소중한 사람은 없어. 목

표가 생기면 주저하지 마. 정면으로 마주 섰을 때 비로소 네 미래도
너에게 찬란한 속살을 보여줄 거야.

#1.

청춘은 푸를 청(靑)에 봄 춘(春) 자를 쓴다. 나는 그냥 청춘을 '봄날의 푸른 기운'이라고 풀어본다. 청춘을 사는 이를 청년이라고 부르는데 푸를 청에 해 년(年) 자다. 이것도 그냥 내 식대로 '푸른 시절'이라고 풀어본다. 쉼표에 주저함이 없고, 막힘에 절망하지 않는 시절, 청춘이란 그런 거다.

#2.

나처럼 살아라, 라고 당당하게 말할 수 있는 사람은 없다. 누구의 인생이 남의 본보기가 될 수 없듯, 누구의 인생 역시 남을 흉내 내라고 있는 게 아니다. 스스럼없는 후배에게 털어놓고 싶었다. 겉으론 멀쩡해 보이지만 실은 미안하고 민망한 게 많고, 그럼에도 나는 내 인생을 사랑한다고, 너처럼 나도 그러하다고 말하고 싶었다. 지나보니 허전하다고, 내 손을 잡아달라고 말하고도 싶었다.

#3.

이 책은 내 첫 번째 청춘의 고백이자 반성이다. 털어놓지 않은 농밀한 얘기들은 나 혼자 야금야금 갉아먹으며 내 미래를 채워가련다.

#4.

534-1번지와 계절과 심장과 온기, 모두에게 감사.

2010년 1월

안은영

여자공감

초판 1쇄 2010년 1월 20일
초판 9쇄 2014년 1월 20일

지은이 | 안은영
펴낸이 | 송영석

펴낸곳 | (株)해냄출판사
등록번호 | 제10-229호
등록일자 | 1988년 5월 11일

서울시 마포구 서교동 368-4 해냄빌딩 5 · 6층
대표전화 | 326-1600 **팩스** | 326-1624
홈페이지 | www.hainaim.com

ISBN 978-89-7337-230-0

파본은 본사나 구입하신 서점에서 교환하여 드립니다.